새롭게 읽는 『토지』

새롭게 읽는 『토지』

초판 1쇄 발행 2022년 2월 28일

지은이 임회숙
펴낸이 강수걸
기획실장 이수현
편집장 권경옥
편집 신지은 오해은 강나래
디자인 권문경 조은비
펴낸곳 산지니
등록 2005년 2월 7일 제333-3370000251002005000001호
주소 부산시 해운대구 수영강변대로 140 BCC 613호
전화 051-504-7070 | 팩스 051-507-7543
홈페이지 www.sanzinibook.com
전자우편 sanzini@sanzinibook.com
블로그 sanzinibook.tistory.com

ISBN 979-11-6861-019-4 93800

* 책값은 뒤표지에 있습니다.
* 잘못된 책은 구입하신 곳에서 교환해드립니다.

새롭게 읽는 『토지』

임희숙
지음

산지니

머리말

20세기 말부터 시작된 소설의 위기는 현재진행형이다. 그럼에도 불구하고 소설의 원형인 이야기들은 다양한 형태로 변모하며 발전하고 있다. 이야기가 다양한 형태로 발전하듯 소설도 위기를 탈출하고 앞으로 나아갈 수는 없는 것일까.

소설이 앞으로 나아가기 위해선 잊혀져 가는 소설들을 다시 바라볼 필요가 있을 것이다. 온고이지신은 여전히 유효한 것일 테니 말이다. 사람들의 기억에서 잊히고 있는 『토지』를 새삼스럽게 꺼낸 것은 어쩌면 그곳에서 답을 찾을 수 있을지도 모른다는 기대 때문이다.

『토지』는 연재 초기부터 많은 연구자들의 연구 대상이 되었던 소설이다. 논자들은 『토지』의 장르 규명이나 동학혁명의 의미, 일제강점기 동아시아를 바라보는 시각 그리고 민족과 국가의 의미 등을 규명하는 데 집중해 왔다. 그리고 『토지』의 서사 구조, 인물, 공간을 바라보는 관점 연구에 주력해 왔다. 하지만 『토지』의 창작방법에 관한 연구는 미진한 편이다.

이 책은 『토지』의 창작방법적 특성이 생명관을 기반으로 드러나고 있음에 대해 기술하고 있다. 박경리는 생명의 특성을 본능에 입각한 능동성으로 파악하고 이를 작품 창작 과정에 형상화한다. 박경리의 생명관은 균형과 입체로 정의할 수 있다. 또한 그는 인물을 통해 공간을 창조해 가는 것이 문학이라 말한다. 작가의 이와 같은 세계관은 『토지』 창작 과정에 반영된 것으로 보인다. 작가의 세계관이 이와 같은 창작 과정을 통해 드러나고 있음을 살펴봄으로써 『토지』를 읽는 또 하나의 길이 만들어질 것이라 생각한다.

무엇보다 인간에 대한 깊은 이해와 배려라는 가르침을 주신 함정임 교수님께 감사의 마음을 전하고 싶다. 인간에 대한 이해와 배려라는 인문학의 가치를 몸소 실천하는 함정임 교수님을 통해 인문학의 진정한 가치가 무엇인지 깨달았음을 고백한다. 너그러운 마음과 넓은 눈으로 책을 볼 수 있도록 이끌어 주신 한수영 교수님의 인간적인 가르침 역시 잊지 않을 것이다.

소쉬르의 저서 『일반언어학 강의』라는 책자를 집어던졌던 때가 있었다. 그 책은 나의 무지와 인내를 시험하기에 충분했고, 책의 무게를 이기지 못한 나는 눈물을 흘려야 했다. 그러나 그때 책을 들어 내 손에 쥐어 준 나의 영원한 친구이자 스승인 황진호 박사에게도 깊은 감사의 마음을 전한다. 그리고 늘 곁에서 힘이 되어 준 황성원 교수님, 엄마의 모습을 묵묵히 지켜봐 준 나의 아들 황익 고맙고 사랑한다.

나를 아는 모든 이들이 나에게 준 신뢰와 사랑을 잊지 않을 것이다. 그리고 쉽지 않은 글을 위해 시간과 노력을 허락해 주신 신지은 편집자님과 산지니 강수걸 대표님께 감사의 마음을 전한다.

차례

3장 서사를 만드는 방법-공간 중심 서사와 위계 없는 서사 진행

서론

『토지』를 읽기 전에

1
서사를 위한 선택

1) 서사 양식의 변화

인간이 살아가는 시대와 장소, 모든 사회에 걸쳐 서사가 나타났다. 서사는 인류 역사의 시작과 함께 출발했기에 서사가 없는 시 · 공간에 살았던 사람은 어디에도 없다. 그것은 서사 안에 인간의 삶 자체가 담겨 있기 때문이다. 이러한 삶의 특성은 인간이 시 · 공간이라는 토대 위에 살아가는 존재이기 때문에 드러나는 것이다. 애벗은 하루에도 수없이 많은 순간에, 매일의 일상적인 삶 속에서 우리가 서사를 만들고 있다고 주장했다. 그리고 그는 이러한 서사적 특징이 우리가 단어들을 배열하는 순간부터 시작된다고 말한다.[1]

인간의 이러한 특성은 인간이 시간을 인식하는 것과 무관하지

---

1 H. 포터 애벗(H. Porter Abbott)(2010), 『서사학 강의-이야기에 대한 모든 것』, 문학과지성사, 18-19쪽.

않다. 애벗은 "서사는 인류가 시간에 대한 이해를 구조화하는 가장 좋은 방법이다."[2]라고 설명한다. 그러면서 시간을 인식할 수 있는 시계를 예로 든다. 그러나 시계는 중세 이후의 산물이며 그 이전에도 시간을 인식하고자 하는 인간의 노력이 있었음을 지적한다. 기계 장치로서의 시간이 우리에게 제공하는 것은 규칙적인 간극일 뿐이며 오히려 사건들 자체가 시간의 질서를 창조한다는 것이다. 애벗은 서사적 시간은 흔히 사건(events)이라는 우발적 사고와 관련되는 것으로 보았다. 인간은 언제나 사건의 연속, 즉 서사를 통해 시간을 형상해 왔으며 서사는 우리가 시간 속에서 세계를 이해하는 가장 중요한 방식이라고 주장한다.

인간 삶의 양식이 변하듯 이야기를 담는 서사 양식도 변해 왔다. 이러한 변화는 인간 삶의 방식과 무관하지 않다. 애벗에 의하면 사람들은 삶과 죽음의 순환을 스토리와 유사하다고 느끼는데, 이는 우리 삶에 처음과 중간 그리고 끝이 있기 때문이라고 주장한다. 우리는 스토리 속에서 스토리와 살고 있기 때문에 스토리를 현실적이라고 인식하게 된다는 것이다.[3]

산업이 발달하고 시민이 중심이 되는 사회가 되면서 이야기를 전달하는 서사 양식도 새롭게 생산된다. 로망스(romance)를 대체하게 된 소설(novel)은 허황되지 않고 현실적이다. 과학의 발달은 인

2 애벗, 위의 책, 22쪽.

3 애벗, 위의 책, 54쪽.

간의 인식 체계 변화에 영향을 주게 되고 객관적이고 현실적인 것에 동의를 표하게 된다. 그러다 보니 이야기 역시 현실적일수록 설득력을 얻게 되는 것이다. 이야기가 허구임을 알지만 현실적이라 인식하는 것은 소설의 개연성 때문이다. 근대 이후 독자는 그럴듯한 이야기로서 소설을 받아들인다. 그렇다면 소설가에게 이야기는 무엇일까. 그리고 이야기는 어떻게 소설이 되는 것일까. 무엇보다 소설은 어떤 창작 과정을 거치게 되는 것일까.

2) 서사라는 유전 인자

애벗은 인간의 서사 인식은 유전적이라 말한다. 그의 말처럼 서사는 모든 사람에게 부여된 재능이라 할 수 있다.[4] 작가 박경리 역시 이야기를 좋아했다. 그는 "나도 소설을 쓰지 않았다면 어머니처럼 이야기를 좋아했을 것"[5]이라고 고백한다. 그러나 박경리는 이야기를 좋아하는 독자가 아니라 이야기를 만드는 작가가 되었다. 그는 "할 이야기가 많기 때문"에 소설가가 되었다고 말하며 "지금까지 많은 소설을 썼지만 할 말을 한 마디도 못했다는 괴로움을 안고 살고 있다."고 회상한다. 작가 박경리는 이야기를 하기 위해 소설을 썼던 것이라 할 수 있다. 하지만 그는 할 말을 다하지

4 애벗, 위의 책, 18쪽.

5 박경리(1993), 『Q씨에게』, 솔출판사, 13쪽.

못하는 상태에 와 있다고 주장한다. 그리고 이 모순적인 상황을 받아들이는 방법으로 계속해 글을 쓰겠노라 다짐한다.[6]

박경리는 1955년 단편 「계산」을 『현대문학』에 발표한 뒤, 작품활동을 이어간다. 그러던 중 1969년 9월에 『토지』 연재를 시작해 1994년 8월 『토지』 연재를 완료한다. 그는 26년 동안 연재 지면을 바꿔가며 『토지』를 창작한다. 〈현대문학〉을 시작으로 〈문학사상〉, 〈주부 생활〉, 〈정경문화〉, 〈월간 경향〉을 거쳐 〈문화일보〉에서 연재를 끝낸다. 작가는 『토지』 2부를 끝낸 뒤 보내게 된 공백기에 대해 소설과 세상의 바람도 잊은 채 살았다고 회고한다.[7] 그는 절박함과 궁핍이 소설을 쓰게 한 힘이라고 말하면서 그 근원엔 가족이 있었다고 밝힌다. 작가 박경리에게 있어 절박함과 궁핍의 원인은 가족이었다.[8] 하지만 박경리는 절박함과 궁핍이 끝난 뒤에도 『토지』 창작을 이어간다. 박경리는 그것을 작가의 운명이라고 단언한다.

26년 동안 『토지』를 집필하면서 작가가 쉬어 간 시간은 8년이 넘지 않는다. 소설이 탄생시킨 인물만 600여 명, 소설에서 다루어진 시간만 50여 년이다. 작가가 공백기를 이겨내면서까지 소설 『토지』를 쓴 이유는 무엇일까? 그리고 왜 하필 하동의 평사리

---

6 박경리(2003), 『문학을 사랑하는 젊은이들에게』, 현대문학, 245쪽.

7 박경리, 『Q씨에게』, 240-241쪽.

8 "나의 문학에서 그것의 비중은 너무나 컸고 역시 나의 삶에서도 그것은 거의 전부를 차지하고 있기 때문이다." 박경리, 위의 책, 230쪽.

를 이야기의 배경으로 삼은 것일까. 무엇보다 동학농민 항쟁이 실패로 끝난 지 3년이 지난 1897년을 소설의 시간 배경으로 선택[9]한 이유는 무엇일까. 이 글은 이러한 의문에서 출발한다. 그리고 작가의 선택과 관련된 의문은 작가의 창작방법에 대한 궁금증으로 이어진다.

작가란 작품을 창작하기에 앞서 많은 것을 선택하게 된다. 이때의 선택은 표현하고 싶은 내용 즉, 주제와 관련된 사항부터 그 주제를 표현할 방법으로서의 형식에 대한 선택을 포함한다. 그러나 내용과 형식에는 우선순위가 없다. 작품을 집필하기 전 주제를 먼저 선택하기도 하고, 주제를 선택하기 전 형식을 선택하기도 한다. 주제가 결정되고 나면 작가는 그것을 전달하기 위해 인물을 비롯한 시 · 공간 그리고 사건 전개 방식을 결정하게 된다. 이때 작가가 선택하게 되는 소설의 형식적인 요소들, 즉 소설 창작 기법에 대해 알아보고자 하는 것이 이 글의 목적이다.

9 "작가는 어느 것을 반드시 선택하여 그것을 자기 작품 속에 구축하여야 하는 것일까. 물론 여기서는 선택이 지니는 의미에서 문제는 얼마든지 이동할 수 있을 것입니다. 어느 시대 어느 곳을 막론하고 이 문제는 매우 중요한 것이었으며, 논란도 많이 되어 왔다고 생각합니다. (중략) 선택에 대한 의문을 제시하는 이유는 자유로운 선택 여부에 그 문제점이 달려 있기 때문입니다." 박경리, 위의 책, 154-155쪽.

3) 서사 원리 규명의 필요성

그간 소설 『토지』의 창작방법과 관련된 논의는 활발하게 이루어지지 않았다. 여러 연구자들은 『토지』의 인물과 주제, 작가 의식, 장르 규정과 관련해 논의해 왔다. 특히 작가 박경리의 문학관을 한(恨)과 생명사상(生命思想)으로 보고 그 특성을 규명한 연구가 많았다. 다음으로 인물에 대한 탐색이 두드러지는데 이 역시 인물의 창작방법에 관한 것이기보다 내용적인 측면에서 인물의 역할에 대한 연구가 주류를 이룬다. 이를 통해 『토지』에 대한 연구가 내용적인 측면에만 집중된 것은 아닌가 의문을 제기할 수 있다. 소설 속 요소들이 획득하게 되는 의미에 대한 답을 찾는 것도 중요하지만 내용 전달을 위해 선택된 형식에 대한 답을 찾는 것도 중요하다. 그래야 소설을 입체적이고 정확하게 이해할 수 있기 때문이다. 특히 20권에 달하는 방대한 분량의 소설 『토지』를 올바르게 이해하기 위해서는 창작방법에 관한 논의도 병행되어야 할 것이라 생각한다.

소설 연구는 완성된 예술품으로서의 소설뿐만 아니라 소설 창작 과정까지 대상에 포함해야 한다. 박경리는 소설 쓰는 과정에 대해 "배경과 사건과 인물을 설정한 뒤 작가는 가공에다 인생을 구축하는 작업에 착수하게 되는데 여기서 배경을 운명이라 한다면 그것에 대결을 하든, 복종을 하든, 인물의 행위는 성격에서 결정되는 것이겠고 사건은 양자 간을 내왕할 수 있는 융통성을 띠게 되는 것"[10]이라고 정의한다. 그리고 소설을 쓰는 행위란 인물을 통해 공간을 창조하는 것이라 설명한다. 공간은 한 인간의 시계(視界)에 속한다. 『토지』의 경우 수많은 사람들의 시계 공간이 그려진다. 그리고 한 사람의 시계건 백 사람의 시계건 공간이라는 의미는 동일하다. 공간 안에서는 상황과 방식이라는 현상이 벌어진다. 박경리는 상황과 방식과 현상을 끈질기게 추구하며 공간이나 시간에 대해 질문하는 것이라 덧붙인다.[11] 그러면서 소설은 실제 인생과 가공의 인생이 어떤 형태로든 닮아야 하는 것이 규칙이라고 말한다. 이처럼 소설을 쓰는 행위에 수반되는 여러 문제는 내용을 전달하는 도구로서의 형식뿐 아니라 내용이 획득하게 되는 개연성과도 관련된 문제이다. 박경리 역시 개연성과 관련해 여러 요소들을 선택했음을 밝힌다. 그는 호열자와 흉년이 일어났던 시기면서 작가가 기억할 수 있는 시대를 찾아 시간 배경을 선택했으며 자신이 잘 알고 있는 지역을 공간 배경으로 선택했다. 이는 자신이 알고 있는 시간과 공간으로부터 이야기를 시작해야 한다는 생각에서였다. 그리고 그러한 선택은 리얼리티 때문이었다고 설명한다.[12]

『토지』는 '당대' 민중의 구체적인 삶을 그린 이야기이며, 제국주의가 몰고 온 근대 자본주의를 받아안은 민중의 모습을 생생하

10 박경리, 앞의 책, 160-161쪽.

11 박경리(1994), 『꿈꾸는 자가 창조한다-박경리의 원주통신』, 나남출판, 190쪽.

12 김치수(2016), 『박경리와 이청준』, 문학과지성사, 223쪽.

게 그린 이야기라 할 수 있다. 그렇다면 그러한 서사가 가능했던 이유는 무엇인가. 질문은 대하소설 『토지』를 작동시키는 서사 원리, 곧 소설 창작방법에 대한 고찰을 필요로 한다. 이러한 일련의 과정을 통해 『토지』를 바라보는 새로운 시선이 만들어질 수 있을 것이라 판단된다.

2
『토지』를 바라보는 시선들

1) 작가의 시간

박경리의 소설 『토지』[13]는 집필 기간 26년, 등장인물 약 600여 명, 작품에서 다뤄지고 있는 시간 배경만 오십여 년에 달하는 대하소설(大河小說)이다. 작가는 『토지』를 창작하게 된 동기를 '언젠가 들었던 이야기가 작가 속에서 오랜 세월 곰삭다 어느 날 세상에 나온 것이라'[14] 말한다. 이처럼 방대한 대하소설이 만들어지게 된 동기는 전해 들은 이야기가 전부이다. 언젠가 작가가 전해 들

13 본 연구에서는 마로니에북스에서 발간한 『토지』 1-20권을 연구 대상으로 한다. 『토지』는 1994년 8월 15일 연재를 마무리한 뒤 솔출판사에서 16권으로 완간되었다. 이후 2002년 나남에서 21권으로 출판되었고, 2008년 작가 타계 후 2012년 마로니에북스에서 전 20권으로 출판된다. 마로니에북스 판본을 연구대상으로 삼는 것은 『토지』 판본 비교 연구 이후 확정된 종합본이기 때문이다. 최유찬(2003), 「『토지』 판본 비교 연구」, 한국문학연구학회, 『현대문학의 연구』 21호.

14 박경리, 앞의 책, 61-62쪽.

은 이야기가 작가에 의해 시·공간을 만나게 되고 대하소설로 탄생하게 된 것이다.

작가에게는 두 개의 시간이 존재한다. 하나는 작품 속의 시간이고 나머지 하나는 작품을 쓰는 시간이다. 『토지』가 시작되는 시간은 구한말인 1897년 추석이다. 1897년은 조선이 대한제국으로 국호를 바꾸고 광무개혁이 시작된 해이다. 그리고 동학농민운동과 갑오개혁이 실패로 돌아간 직후이기도 하다. 또 이 시기는 청일전쟁에서 승리한 일본이 제국주의 반열에 진입한 때이다.

작품 연재가 시작된 1969년은 인류가 달에 발을 내디뎠고, 우리나라 최초로 추기경이 탄생했으며 개헌에 성공한 박정희 정권이 승승장구하던 때였다. 작가는 왜 1969년에 1897년을 호명한 것일까. 이상진은 작가가 『토지』를 집필하던 시기가 1970~80년대이기 때문에 민족주의와 반일을 다룰 수밖에 없었을 것이라 주장한다.[15] 이와 관련해 박경리는 풍속과 언어가 익숙한 경상도의 평야와 지리산을 공간적 배경으로, 당대를 이해할 수 있는 시대 배경이 필요했기 때문이라고 말한다.[16] 작가의 이러한 증언을 토대로 이야기를 끌어가기 위한 물리적 공간과 시대를 이해할 수 있는 객관적 시간 설정이 필요했을 것이라고 추측할 수 있다. 이 같은 이유로 선택된 공간과 시간적 배경은 다양한 서사전략으로 형

15 이상진(2010), 「탈식민주의적 시각에서 본 『토지』 속의 일본, 일본인, 일본론」, 『현대소설 연구』 43호, 한국현대소설학회, 409-445쪽.

16 김치수, 앞의 책, 217-223쪽.

상화되고 있다. 작가가 선택한 소설의 시간은 작가의 집필 시간과 무관하지 않다.[17]

2) 연구자들의 시선

현재까지 『토지』를 대상으로 진행된 연구는 장르 규정의 문제나 인물, 주제 그리고 작가의식[18]에 관한 연구가 주를 이룬다. 이 외에도 작품에 언급된 역사적 사건과 배경이 되고 있는 공간 등에 대한 연구가 이루어져 왔다.[19]

---

17 "시대를 파악하는 것은 작가의 필수적인 요구입니다. 시대는 생명이 생존하는 시간이며, 시대의 자리는 모든 생명의, 삶의 터전이기 때문입니다. (중략) 삶 자체가 치열한 것이기에 삶을 다루는 작가정신이 치열해야만 하는 것은 너무나 당연하며, 결코 문제를 회피해서도 안 될 것입니다." 박경리, 앞의 책, 59쪽.

18 김은경(2000), 「『토지』의 서사구조 연구」, 서울대학교 대학원 석사, 2쪽.

19 정호웅(2015), 「토지의 공간 · 인물 · 주제」, 『토지와 공간-토지학회총서 1』, 토지학회, 마로니에북스, 17-18쪽. 최유찬(1995), 「한국 근대문화와 박경리의 토지」, 『한 · 생명 · 대자대비-토지비평집 Ⅱ』, 솔출판사, 126-127쪽. 임회숙(2019), 「소설 『토지』의 근대 형상화 방식 연구-토론, 사유, 신분변이를 중심으로」, 『석당논총』 74집, 동아대학교 석당학술원, 10쪽. 박혜원(2002), 『박경리 『토지』의 인물 연구』, 이화여자대학교 대학원 박사. 김수진(1997), 『박경리의 『토지』 연구 – 인물형상화를 중심으로』, 연세대학교 교육대학원 석사. 이상진(1998), 『박경리의 『土地』 연구-인물형상화를 중심으로』, 연세대학교 대학원 박사. 강국희(2004), 「박경리 『토지』의 여성인물 연구」, 경희대학교 교육대학원 석사. 이미화(2011), 『박경리 『토지』에 나타난 여성인물 연구 – 탈식민적 페미니즘의 관점에서』, 부산대학교 대학원 박사. 이성애(2013), 「『토지』의 과부 인물상 연구」, 중앙대학교 대학원 석사. 최재은(2006), 「박경리의 『토지』 연구 – 여성인물의 욕망을 중심으로」, 안동대학교 교육대학원 석사. 최지선(2009), 『박경리 『토지』에 나타난 남성인물의 존재방식과 욕망 양상 연구』, 부산대학교 대학원 석사. 이상진(2018),

이처럼 『토지』에 관한 다양한 관점의 연구가 진행된 것과 달리 창작방법과 관련된 연구는 극히 미진하다. 창작방법론이란 창작품을 대상으로 서사를 연구하는 것이다. 소설의 기본적인 요소뿐 아니라 사상과 문체까지 연구 대상으로 삼아 창작자의 의도를 간파하고 대상화하는 것이 창작방법 연구라 할 수 있다.

「심상과 사실, 지도의 상상력-박경리 『토지』의 만주지역 형상화 방식」, 『통합인문학연구』 10권 1호, 한국방송통신대학교 통합인문학연구소, 277-306쪽. 이상진(2008), 「자유와 생명의 공간, 『토지』의 지리산」, 『현대소설연구』 37권, 한국현대소설학회, 277-300쪽. 이상진(2005), 「『토지』의 평사리 지역 형상화와 서사적 의미」, 『배달말』 37권, 배달말학회, 262-286쪽. 전예진(2017), 「『토지』의 여성이 겪는 트라우마와 공간 이동-서희와 봉순을 중심으로」, 『현대문학이론연구』 70권, 현대문학이론학회, 409-432쪽. 조윤아(2018), 「두 가지 층위로 나타난 하얼빈의 장소성-박경리의 『토지』를 중심으로」, 『비평문학』 68호, 한국비평문학회, 218-247쪽. 강찬모(2009), 「박경리의 소설 『토지』에 나타난 간도의 이주와 디아스포라의 귀소성 연구」, 『어문연구』 59권, 어문연구학회, 207-229쪽. 김정숙(2018), 「박경리 문학의 근원으로서의 '생명의식'과 그 특성-에코페미니즘 및 기존 연구의 검토를 중심으로」, 『아시아여성연구』 57권 2호, 아시아여성연구원. 조윤아(1999), 「박경리의 『토지』 연구-생명사상으로의 변모를 중심으로」, 『논문집』 제7호, 서울여자대학교, 215-226쪽. 김현숙(2008), 「박경리 문학의 생명사상」, 『한중인문학연구』 24집, 한중인문학회, 47-74쪽. 이미화(2015), 「박경리 『토지』에 나타나는 생태학적 특성 연구」, 『인문사회과학연구』 16권 2호, 부경대학교 인문사회과학연구소, 65-90쪽. 허연실(2013), 「박경리 『토지』에 나타난 '민족모성'과 비체-유인실의 '주체되기'를 중심으로」, 『현대문학이론연구』 53집, 현대문학이론학회, 341-361쪽. 이상진(2010), 「탈식민주의적 시각에서 본 『토지』 속의 일본, 일본인, 일본론」, 『현대소설연구』 43호 한국현대소설학회, 409-445쪽. 박상민(2004), 「박경리 『토지』에 나타난 일본론」, 『현대문학의 연구』 24집, 국학자료원, 77-122쪽. 강보람(2013), 『박경리 『토지』의 교육 방법연구』, 서강대학교 교육대학원 석사. 임금희(2007), 「『토지』의 교육학적 연구」, 고려대학교 대학원 박사. 강성금(2011), 「『토지』에 나타난 높임법의 양상 연구」, 강원대학교 대학원 석사. 이은주(2012), 「소설 『토지』 속에 나타난 방언의 성격-조사와 어미를 중심으로」, 경남대학교 교육대학원 석사.

이동재는 『토지』를 여타의 대하소설의 특성과 유사하다고 주장한다.[20] 그러나 『토지』는 일반적인 가족사 소설 혹은 연대기 소설과 다른 면모를 보인다. 대를 이은 가족의 역사를 그리고 있으나 서사를 끌고 가는 중심 가족은 존재하지 않으며, 각각의 가족이 유기적으로 이어져 있으나 그 연결고리는 개연성을 획득하고 있지 않다. 『토지』의 인물들은 그저 공간을 공유하고 있을 뿐이다. 『토지』는 사건의 역순행적 구성과 삽입 서사를 통해 인과관계를 보여줌으로써 대하소설이지만 플롯을 구현하고 있다. 이동재의 이와 같은 결론은 대하소설 전반에 대한 창작방법론을 논의하게 되면서 발생한 문제라 할 수 있다. 그러므로 그의 글은 『토지』 창작방법론과 관련된 구체적인 논의라 볼 수는 없다.

최유희는 『토지』의 창작방법을 경물(敬物) 사상으로 파악한다. 또, 『토지』의 샤머니즘적 생명 원리가 인물에게 적용되고 있음을 지적한다. 그의 논의에 동의하지만 또출네를 사물화된 인물로 본 것은 비이성적 존재를 사물로 보았기 때문이며 이러한 견해는 이분법적 구분으로 인한 판단이 아닌가 한다. 또, 또출네의 환상을 동학 의식으로 보고 최참판가의 운명으로 연결하는 것은 경물

20 이동재는 『토지』를 역사소설, 가족사, 연대기 소설로서의 대하소설이라는 점에 주목하여 이 작품을 매개로 대하소설의 창작 의도, 발상, 주제 및 인물, 사건, 배경 등의 구성 방법론에 초점을 맞춘 논문이라 설명한다. 그러면서 특정 작품에 한정해 논의를 진행할 수밖에 없다 보니 한계가 많음을 앞서 밝힌다. 이동재(2012), 「대하소설의 창작방법론 – 박경리의 『토지』를 중심으로」, 『어문논집』 66호, 민족어문학회, 415-444쪽.

사상을 확대 적용한 것으로 보인다.

이승윤은 『토지』의 구조적 특성을 열린 구조에서 찾는다. 인물과 장면이 작가와 종속관계에 있지 않기 때문에 열린 구조를 확정할 수 있다는 것이다. 그리고 이승윤은 이러한 이야기 전개 방식을 '능청떨기'라 지적한다.[21] 그러나 그는 열린 구조와 '능청떨기'를 통한 이야기 전개 방식의 효과나 의미를 설명하지 않는다.

홍장미는 박경리 글쓰기의 특성을 근현대사의 체험에 찾는다.[22] 그러나 체험의 소설화는 많은 작가들에게서도 나타나는 특징으로 박경리만의 글쓰기 특징이라 말할 수는 없다.

창작방법론 혹은 글쓰기 방식과 관련된 연구 자료를 검토해 보면, 『토지』 전체를 대상으로 한 구체적인 창작방법 연구가 아직은 미진하다는 것을 확인할 수 있다. 또, 작가가 선택한 창작방법들이 어떤 의미와 미적 효과를 발생시키고 있는지 밝히지 못하고 있다는 것 또한 알 수 있다. 때문에 이 글에서는 『토지』 창작방법의 특성과 그 의미를 파악한 후, 『토지』가 어떤 소설적 미학을 획득하는지 살펴보고자 한다. 이를 통해 대하소설 『토지』를 새로운 관점에서 읽어 나아갈 수 있게 되기를 희망한다.

---

21 이승윤(2018), 「『토지』의 서사 전개 양상과 소설 작법」, 『대중서사연구』 24권 1호, 대중서사학회, 417-447쪽.

22 박경리 글쓰기 전반에 대해 연구된 글은 홍장미가 유일하다. 홍장미는 작가가 직접 언급한 글쓰기 전략이 소설 속에 잘 녹아나고 있는가를 판단하고 있다. 홍장미(2015), 『박경리 소설의 글쓰기 방법 연구』, 중앙대학교 대학원 석사.

3
새로운 관점들

1) 우연과 공간의 만남

소설 『토지』는 1894년 동학농민운동에서부터 1945년 독립할 때까지 50여 년에 걸친 시간과 수많은 등장인물, 그리고 그들이 겪어내는 무수한 사건까지, 말 그대로 거대한 세계를 작품 속에 표현하고 있다. 그래서인지 많은 연구자들이 다양한 측면에서 『토지』를 연구해 왔다.

기존 논자들은 소설 『토지』를 통해 동학혁명의 의미, 식민지 시기 동아시아를 바라보는 시각, 근대의 형성과 의미 등을 확인하고자 했다. 또한 소설에 언급되고 있는 근대적 이데올로기, 민족 혹은 국가와 관련된 논의를 진행하기 위해 서사 구조나 서술 방식에 관해 연구했다.

그러나 그 논의가 부분적이거나 파편적인 데 그치는 경우가 많았고, 작품 전체를 대상으로 하고는 있으나 그 모든 요소들이 어떤 방식으로 어우러져 소설적 의미를 획득하는지 통합적으로 정리되지 않았다. 때문에 작품을 바라보는 균형 잡힌 시각을 확보하기 위해서는 창작 과정에 대한 전반적인 이해가 필요하다.

박경리는 자신의 창작방법에 대해 다수의 강연을 통해 여러 차례 언급했다.[23] 그는 자신의 창작관을 인물을 통한 공간의 창조라 말한다. 이는 장소를 통해 소설이 형상화되는 것임을 의미한다. 박경리는 창작 과정이란 우연히 떠오른 어떤 생각이 장소를 만나 장면으로 포착되는 과정이라 정의한다. 이렇게 포착된 장면은 필연적으로 연결되어 새로운 공간으로 창조된다. 『토지』는 '우연히' 듣게 된 이야기를 계기로 창작되었다. 그리고 인간 근원의 문제인 한(恨)을 형상화하고자 만들어졌다. 『토지』라는 창작품은 우연히 듣게 된 옛이야기가 지리산과 평사리라는 공간을 만나 창조된다. 박경리는 창조란 개성을 만드는 모험 행위라 정의한다. 그리고 개성, 즉 새로움을 만들기 위해 필요한 것은 상상력이라 강조한다. 상상력은 기억에 의존한 경우가 많다. 언젠가 전해 들은 이야기나 소문이 상상력을 만나 새로운 세계로 탄생하는 것인데 이때, 작가는 기억과 일정한 거리두기를 해야 한다고 덧붙인다. 일정한 거리를 유지하기 위한 노력이 상상이며, 기억에 상상이 더해지면 개성 있는 세계가 창조되는 것이다.[24] 박경리의 이러한 창

23 박경리(2017), 『문학을 사랑하는 젊은이들에게』, 현대문학.

24 김영민(1996), 「박경리의 문학관 연구－고통과 창조 그리고 생명의 글쓰기」, 『현대문학의 연구』 6권, 현대문학연구학회, 214쪽.

작관은 『토지』를 통해 600여 명의 인물과 한반도와 만주 그리고 연해주 일대라는 공간을 창조하게 된 것이다.

작가가 선택한 요소들이 어떤 방식으로 발현되고 어우러지는가를 밝히는 것은 연구자들의 몫이다. 작가의 창작 과정에 대한 답을 찾다 보면 창작 의도뿐 아니라 창작방법에 사용된 요소들도 밝힐 수 있을 것이다. 결론적으로 이와 같은 요소들의 의미를 파악하다 보면 『토지』만의 소설적 미학을 규명해 볼 수 있으리라 기대한다.

2) 논의 전개 위한 이론적 틀

『토지』의 창작방법론을 살펴보기 위해 제임스 우드(James Wood)의 견해를 참고하고자 한다. 우드는 그의 저서 『소설은 어떻게 작동하는가』의 서문에서 이론적 질문에 실질적으로 답하겠다고 밝힌다. 그의 논의는 작중인물의 분류, 세부사항의 훌륭한 사용법, 시점의 작동 원리, 세계와 은유의 문제, 그리고 감동에 대해 설명하고 마지막으로 리얼리즘에 대해 질문을 던지고 자신의 견해를 밝히는 것으로 마무리한다.

우드는 앞서 언급한 질문들에 대해 작가로서의 답을 내놓기 위해 포스터의 이론을 참고하는데, 이 글 역시 우드와 포스터의 이론을 토대로 논의를 전개하고자 한다. 포스터의 논의가 오래된 틀로 인식되는 면이 없지 않으나, 포스터의 이론이 논의의 개념을 근본적으로 제공하고 있기 때문이다.

또 다른 틀로는 애벗의 이론을 참고하고자 한다. 애벗은 서사란 시간에 따른 사건의 재현을 포함하는 모든 활동과 관련된 것이며, 인간에게서만 볼 수 있는 현상이라 정의한다. 그리고 애벗의 논의 개념 역시 우드와 유사하다. 때문에 작가로서의 답을 찾는 우드와 포스터, 그리고 실질적인 기술(記述)에 입각한 애벗의 견해를 분석 도구로 활용하는 것은 논의의 틀을 공고히 하는 결과를 가져올 것이다.

구체적인 창작방법 논의에 앞서 『토지』에 드러나는 박경리의 문학관과 그의 창작관을 살펴볼 필요가 있다. 기존 연구자들 대부분은 박경리의 '생명관'을 '생명사상'이나 '생명의식'으로 정리한다. 그러나 본 글에서는 박경리의 '생명의식'을 기존의 용어인 '생명사상'이 아닌 '생명관(生命觀)'으로 사용하고자 한다. 왜냐하면 생명사상이란 용어를 사용하게 되면 박경리가 말하는 '생명(生命)'이 '고정(固定)'되어 버릴 수 있기 때문이다. 박경리는 생명의 특성 중 하나로 '능동(能動)'을 강조한다. 그는 살아 움직이는 것, 고착될 수 없는 것, 완성되지 않는 것을 생명의 특성이라 말한다. 이러한 박경리의 관점을 견지하여 '생명관'이란 용어를 사용하며 논의를 전개해 나갈 것이다.

박경리의 문학관을 고찰하는 것은 작품의 요소들이 그의 생명관에 어떻게 기능하는가를 살펴보기 위함이다. 그 이후 작품을 고찰할 때 활용하게 될 논의의 틀이 우드와 애벗 그리고 포스터의 관점이다. 우드는 창작자의 눈으로 여러 질문들에 답하려 노력한다. 그는 논의에 앞서 자신의 주장의 특성과 소설적 작동 방식을 자세히 설명하고 그것이 실제 세상과 연결되고 있음을 밝힌다. 우드는 자유간접화법의 활용과 세부사항에 대해 논의를 전개한다. 자유간접화법은 시점의 작동 원리를 보여주어 인물의 특성을 규정한다. 결과적으로 시점의 변화를 이끌어 인물의 내면을 보여준다. 이를 통해 인물을 입체적으로 드러나게 한다.

3) 입체적 인물과 서사 그리고 서사미학

우드와 애벗의 견해를 바탕으로, 선택적 자유간접화법과 시점의 변화를 통해 인물의 성격이 입체화되고 있음을 살펴보고자 한다. 그리고 초점화의 양상을 통해 인물이 균형 있게 등장하는 것은 물론 인물의 눈을 통해 서술되는 상황이 현장감 있고 사실적으로 전달됨을 확인해 볼 것이다. 애벗은 초점화라는 용어가 논쟁적이긴 하지만 시점보다는 유용한 용어로 파악한다. 그리고 서사 속 인물이 렌즈를 통해 다른 인물과 사건을 바라보는 것이 초점화라 정의한다. 그는 초점화된 인물의 시선으로 서술되는 상황은 섬세하고 상세하게 기술되어 독자에게 생동감 있게 전달된다고 말한다.[25] 또한 선택적 초점화를 통한 인물의 균형 있는 등장이 인물의

25 애벗, 위의 책, 146-147쪽.

경계가 사라지게 함을 확인할 것이다. 인물의 경계가 사라지는 것은 선택적 초점화를 통해 주요 인물과 부수적 인물을 가리지 않고 평등하게 서술하기 때문에 얻어지는 효과이다. 이를 통해 『토지』가 중심 인물을 기반으로 한 서사가 아님을 확인할 수 있다.

『토지』에는 다양한 남녀 애정관계가 등장한다. 그런데 이들 대부분은 삼각 이상의 다각 관계를 형성한다. 이러한 구조적 특성은 주요 인물과 부수적 인물, 선한 인물, 악한 인물을 가리지 않으며 계급의 높고 낮음에 관계없이 나타난다. 이와 같은 특성은 인물 간 경계가 없기 때문에 가능하다. 즉 모든 인물을 평등한 시선으로 바라보고 있기 때문에 이들의 관계 역시 수평적으로 그려지는 것이라 할 수 있다. 또 이러한 인물 간 관계 형성의 주요 원인은 각 인물의 성격에 기인함을 확인할 수 있다.

다음으로 말 돌리기와 서사 배치의 특성을 통해 『토지』 서사가 입체화되고 있음에 대해 논의할 것이다. 우드는 세부사항을 선택적 사항이라 말한다. 작가의 편집적 서술 전략으로 결정되는 세부사항은 개별 서사의 역할과 분위기를 조성한다. 『토지』는 편집적 서술 전략이 두드러진 소설이다. 그리고 그 특성은 공간 중심 서사 전개 양상으로 드러난다. 『토지』의 공간은 평사리와 지리산을 시작으로 용정과 만주 일대 그리고 서울, 진주, 일본으로 확장된다. 이들 공간은 하나의 중요 공간을 중심으로 서술되는 것이 아니라 모든 공간이 평등하게 서술된다. 이로 인해 공간의 수평관계가 형성된다. 결과적으로 수평관계에 있는 공간을 편집적 서술

전략으로 선택해 서술함으로써 개별 서사가 입체화되고 서사 간 균형이 유지된다. 이러한 특성은 서술자의 말 돌리기와 사건의 역순행적 배치를 통해 구체화된다.

『토지』 서사에서 확인할 수 있는 또 하나의 특성은 세부사항과 관련된 요소이다. 이 역시 편집적으로 선택된다. 세부사항은 개별성을 강화하고 서사를 생동감 있게 전달한다. 특히 공간을 중심으로 서사가 전개되는 『토지』만의 세부사항은 시·공간의 특성을 강화하여 『토지』만의 개성을 획득하게 한다. 세부사항을 통해 공간뿐 아니라 시대적 특성이 드러나게 되며, 근대 격변기 민중들의 구체적인 삶의 모습이라는 주제가 부각되고, 입체적이고 생동감 있는 서사가 전개되는 것을 확인해 볼 것이다.

예술은 심미적인 속성을 지닌다. 이와 관련해서는 주로 미술과 음악 같은 예술 분야가 대상이 되었다. 하지만 포스터는 문학, 그중에서도 소설 역시 심미적일 수 있음을 주장한다.[26] 포스터는 소설에서 느낄 수 있는 미적 감각을 '패턴'과 '리듬'을 통해 획득하게 된다고 주장한다. 지금까지 『토지』의 미학적 성취는 한(限), 생명(生命)과 관련해 논의되어 왔다. 본 글에서는 『토지』의 미학적 성취를 서사 구조의 특성에서 파악하고자 한다. 이를 위해 『토지』의 각 부별 사건 전개 양상을 분석하여 전체상을 '치맛자락 패턴'으로 정의하였다. 『토지』의 치맛자락 패턴은 평등한 사건 전개

---

26 E. M. 포스터(E. M. Forster)(1990), 『소설의 이해(Aspect of the Novel)』, 문예출판사, 163-184쪽.

구조로 획득되는 특성이라 할 수 있다. 또, 인물의 초점화와 다각 관계 역시 경계 없이 균형 있게 이루어지고 있다. 즉 인물의 순차적 등장을 편집적으로 서술함으로써 인물 각각이 개별 서사에 기여하게 되어 인물뿐 아니라 개별 서사 역시 평등한 양상을 보이고 있다. 이때 덧붙여지는 인물의 개별 서사는 서양 고전음악인 다성부 음악과 닮아 있다. 여러 개의 선율이 성부를 이루는 다성부 음악처럼 개별 인물 하나하나가 각자의 서사를 전달한다. 개별 인물의 서사는 중심에서 전개되다 주변으로 사라지고 또 다른 인물의 서사가 중심에서 전개되다가 주변으로 사라지는 양상이 반복적으로 나타난다. 또 서사 전개 양상에서 느껴지는 속도감은 교향악적 리듬과 닮아 있다. 『토지』는 1부와 2부 중반까지 사건 전개가 빠른 반면 3부 이후부터는 그 속도가 현저하게 느려지다 5부에 가서는 3세대 서사가 주를 이루면서 어느 정도 속도를 회복하게 된다. 서사 속도를 결정하는 주요 원인으로 토론식 대화, 과거 서사 서술, 인물의 사색 등을 들 수 있는데, 이들이 나타나는 횟수에 따라 서사 진행에 변화가 생기게 되는 것이다. 그래서 포스터의 말처럼 독서를 끝낸 이후 교향악 연주와 비슷한 리듬감을 느끼게 된다.

이상으로 언급한 방법들을 통해 박경리의 『토지』 창작방법의 특성을 살펴보고자 한다. 이러한 일련의 과정을 이행하다 보면 『토지』의 새로운 영역을 개척함과 동시에 작가의 사상과 창작관을 통합적으로 고찰할 수 있을 것이다. 이를 통해 『토지』의 새로운 독법을 찾아볼 수 있을 것이라 기대한다.

1장

박경리의 생명관과 창작관

‘생명’을 바라보는 시선

지금까지 작가 박경리의 문학관은 '생명사상'과 '한'의 관점에서 바라보는 시각이 많았다. 그 이유는 소설 곳곳에서 '생명'과 관련된 작가의 견해가 드러나 있기 때문이다. 그렇다면 박경리는 '생명'의 특성을 어떻게 파악하고 있는 것일까. 그는 "모든 살아 있는 것들은 제각기의 분위기, 표정을 지니면서, 또 살아 있는 것들이 군집한 산들로 각기 독특한 제 표정을 지니면서 숨 쉬고 있었다. 새삼스런 일도 아니지만 살아 있다는 것은 아름답다. 살아 있다는 것에 대한 인식 이상의 진실은 없다. 그래서 우리는 고통까지 껴안으며 살아가는 것인지 모르겠다."[1]고 말한다. 그는 모든 살아 있는 것에서 아름다움을 본다. 그런데 이 아름다움은 고통까지 껴안는 아름다움이다. 고통을 아름답다 말하게 되는 것은 생명의 능동성 때문이다. 박경리는 생명의 능동성이 생명에 깃든 '영성(靈

1 박경리(2016), 『생명의 아픔』, 마로니에북스, 10쪽.

性)' 때문이라고 설명한다. 그러나 박경리가 언급한 '생명'을 선명하게 인식하기란 쉽지 않다. 국립국어원의 표준국어대사전은 생명을 '사람이 살아서 숨 쉬고 활동할 수 있게 하는 힘'이라고 정의하고 있다. 사전적 정의의 생명은 박경리가 말하는 '생명'과는 그 의미가 사뭇 다르다. 생명이란 무엇인가라는 질문은 의학뿐 아니라 철학과 종교에서도 다양하게 연구되어 왔다. 그러나 생명은 다양한 특성을 지니기 때문에 분명하게 정의 내릴 수 없다.[2] 이는 '생명사상' 혹은 '생명관'의 대상인 생명이 가지는 특성 때문일 것이다. 그러므로 생명을 관념으로 바라봐서는 안 된다. 많은 논자들이 박경리의 문학관을 '생명의식' 혹은 '생명사상'이라는 용어로 정리한다. 이러한 용어 정리는 '생명'을 기존의 관념으로 바라보았기 때문이다. 박경리가 말하는 '생명'은 기존의 관념과 다르므로 독립적인 시각이 필요하다.[3]

박경리의 '생명의식'을 '생명관(生命觀)'으로 사용해야 하는 것은 '사상'이라는 용어가 함의하는 속성으로 인해 박경리가 말하는 '생명'이 '고정'되어 버리기 때문이다. 사상(思想)이란 '사고 작용의 결과로 얻어진 체계적이고 논리적인 의식 내용'이다. 또 철학에서는 '인간들이 생활하면서 지니게 되는 세계관이나 논리적 판단체

---

2 강민경은 생명현상은 인식 대상이 아니며 무엇으로도 환원할 수 없기 때문에 직관으로 파악할 수 없다고 언급한다. 강민경(2016), 『동의보감의 생명관 연구』, 서울대학교 교육대학원 교육 석사, 7-10쪽.

3 김정숙(2018), 「박경리 문학의 근원으로서의 '생명의식'과 그 특성」, 『아시아여성연구』 57권 2호, 숙명대학교 아시아여성연구원, 43쪽.

계를 가리키는 철학용어로 세계관'이라 정의한다.[4] 반면 관(觀)은 '사물이나 현상을 관찰할 때, 그 사람이 보고 생각하는 태도나 방향 또는 처지'를 말한다. 결국 생명관은 생명을 바라보는 생각이며 태도를 말하는 것이다. 박경리는 '생명'의 특성을 '끝없이 변화하는 것', '완성되지 않은 상태'로 '지속되는 것'이라 정의한다. 여기서 용어 정의에 관한 문제를 언급하게 된 것은 작가의 문학관에 대해 작가 스스로 '생명사상'이라 언급하지 않았음에도 불구하고, 연구자들에 의해 '사상'이라는 관념으로 고착된 것은 아닌가 하는 생각 때문이다. 그래서 박경리의 문학관을 '생명관'의 관점에서 바라보고자 한다.

연구자들은 생명사상을 현실의 탈출 방법 혹은 작가의 삶 전반에 걸쳐 드러나고 있는 삶의 태도로 파악하거나, 무속 혹은 동학과의 관련성에 집중한다.[5] 이와 같은 연구자들의 해석에도 불구하고 박경리의 생명관은 선명하게 다가오지 않는다. 그렇다면 『토지』의 작가 박경리가 말하는 '자연스러운 생명'은 무엇인가. 그리고 그의 생명관은 어떻게 발현되고 있는가.

존재하는 모든 생명은 모순된 대립 상태에 놓여 있다. 누군가는 살아남고 누군가는 죽어야 하는 모순된 대립 상태는 무작위적

---

4 한국민족문화대백과사전(http://encykorea.aks.ac.kr), 2020년 12월 3일.

5 조윤아, 앞의 논문, 216쪽. 최유희, 앞의 논문, 110쪽. 심원섭(1996), 「박경리의 생명 사상 연구」, 『현대문학의 연구』 6권, 한국문학연구학회, 299-327쪽. 김현숙, 앞의 논문, 47-74쪽. 한점돌, 앞의 논문, 373-400쪽.

이다. 죽거나 살거나 고귀하거나 비천한 존재로 살아가게 되는 것은 무작위라 비정하다. 그러나 이 비정함은 생명이 일정한 균형을 유지하는 근원이다.

결과적으로 생명은 비정한 균형을 토대로 평등하게 공존한다. 때문에 비정한 균형을 이룰 수 있다. 삶은 아름답지만 힘들고, 고귀하지만 비천하다. 시작과 끝을 알 수 없어 비극적이나 존재할 수 있어 축복이다. 모든 생명은 비극이며 축복인 모순된 대립 상태에 놓여 있어 평등하다. 무작위로 선택된 생명은 균형을 유지해야만 생명을 이어갈 수 있다. 박경리는 이러한 생명의 비정한 균형이라는 모순된 상태를 평등을 통한 균형으로 해소하고자 한다.

1
대립되는 존재들의 비정한 균형

1) 본능, 생명 능동성의 근원

박경리 생명관의 시작을 1980년 이후로 보는 견해가 있다. 김정숙은 그의 글에서 이태동의 글을 참고해 '생명주의'가 처음 언급된 상황을 서술한다. 글에 따르면 박경리의 생명관은 동학혁명이 민간신앙과 만난 것과 관련된다고 말한다. 박경리의 생명관은 『토지』를 중심으로 민족 샤머니즘, 동학혁명, 현실 극복의 정신 그리고 민중이라는 맥락에서 이해된다는 것이다.[6] 또 다른 연구자 조윤아는 생명관의 출발을 김지하로 파악한다. 그의 글에서 생명사상의 선두주자인 김지하는 해월 최시형의 몇 가지 사상을 설명하

6 김정숙은 이태동의 글 「『토지』와 역사적 상상력」의 내용을 언급한다. '생명주의'가 처음 언급된 것은 『월간조선』에서 마련한 좌담 "소설 『토지』를 말한다"에서이다. 이후 대담에 참여한 이태동이 그의 저서에 언급하면서 시작된 것이라 파악한다. 김정숙, 앞의 논문, 43쪽.

면서 '가족 전체에게도 우주 생명이 있으며 가족 전체는 하나의 거룩한 생명공동체라는 사상을 발견할 수 있다.'[7]고 말한 부분을 언급한다. 그는 김지하의 언급에 기대어 가족주의를 생명공동체의 사상이 나아간 가족 공동체 의식으로 받아들여야 한다고 제안한다. 그리고 『토지』의 가족 서사는 단순히 세대에 걸친 가족에 관한 이야기가 아니라 생명공동체 사상이 발현되고 있는 것이라 주장한다.

박경리는 그의 수필집에서 생명은 능동적인 것임을 지속적으로 언급한다. 생명은 움직이는 것이며 움직이지 않는 것은 곧 생명이 아니라고 말한다. 완성된 것, 움직이지 않는 것은 더 이상 생명일 수 없다. 움직인다는 것은 무엇인가? 지속된다는 것이다. 멈추지 않고 이어지는 것이 생명이다. 그런데 이 지속되는 생명은 시·공간의 영향을 받는다. 박경리는 내가 원해서 세상에 태어난 것은 아니라는 문학소녀의 말에 공감을 표한다. 그리고 이것이 생명에 대한 근원적 질문이라고 설명한다.[8] 작가의 말처럼 인간뿐 아니라 존재하는 모든 생물은 스스로 원해서 태어나지 않았다.

박경리는 생명의 특성을 본능이라고 정의한다. 본능은 생명이 능동성을 띠게 되는 이유다. 본능의 실체는 아무도 모른다. 그저 실존을 의식할 뿐이다. 생명은 또 다른 생명을 희생해야만 유

---

7 조윤아, 앞의 논문, 222쪽.

8 박경리, 『생명의 아픔』, 55쪽.

지된다. 먹이사슬이 그 예라 할 수 있다. 비정한 균형이라는 모순된 상황에 놓여 있는 것이다. 이것이 생명에게 주어진 근원적인 비극이다.

> "세상 참 요상하다. 머할라꼬 이 풍진 세상을 살것다고 꾸역꾸역 나올라 카노. 목심도 보존키 어렵은 이 판국에"(3권 234쪽)

호열자의 창궐로 수많은 사람들이 죽어가는 상황에서 임이네는 새 생명을 낳는다. 윤보는 이용의 아이가 태어나는 상황을 지켜보며 위와 같이 한탄한다. 그런가 하면 『토지』의 대표적 악인인 조준구는 주어진 생을 다한 뒤 병사한다. 악하다 하여 일찍 죽고 선하다 하여 천수를 누리는 것이 아니라 우연에 의해 결정되는 생명 현상으로 죽고 사는 것이다.

> 한두 마리의 개미들이 떠내려가다가 나뭇잎에 겨우 붙어서 살아남았다면 그것은 물장난한 인간의 뜻이 아니다. (중략) 그렇다면 선악은 선택되었는가? 다만 그것은 우연이었을 뿐이다. 그리하여 종자는 하나의 우연으로 하여, 그것에는 악을 배태할 경우도 있을 것이고, 선을 배태할 경우도 있을 것이다. 진실로 신의 힘은 인간의 선악에 미치지 못하고 오로지 인간은 인간의 테두리 안에서 우연과 필연에 의하여 탄생하며 소멸하는 끝없는 되풀이 속에

서만 존재하는 것이다.[9]

박경리의 수필에 수록된 「장마 끝의 생각」 중 일부다. 위 글은 선과 악의 우연성에 대해 말하고 있다. 생명은 무작위로 선택되었기 때문에 갈등이 발생하는 모순 상태에 놓이게 되는데 이것이 바로 비정한 균형이다.

2) 인물에게 부여된 운명과 무작위로 일어나는 사건

『토지』에서는 등장인물과 그들이 겪는 사건을 통해 비정한 균형을 발견할 수 있다. 인물들이 겪는 사건은 적정 수준에서 멈추지 않고 극단까지 치닫는 경우가 많다. 이는 인물의 사회적 지위고하를 막론하고 동일하게 발생한다. 박경리는 만일 성격이 자기 운명을 결정짓는 것이라면 그럼 그 성격은 어디서 누가 주었겠느냐, 유전이라면 그 인자는 도대체 어디서 온 것이냐, 그것은 결국 운명 아니겠느냐는 원론적인 이야기를 통해 작가의 역할에 대해 고민한다. 작가는 소설의 배경이 운명이라고 할 때 그것과 대결하거나 복종하는 것은 인물의 성격에 의해 결정되는 것이라고 설명한다. 결국 작가는 작가의 의식 저변에 깔려 있는 문학관을 토대로 인물에게 성격을 부여한다.

---

9 박경리, 『Q씨에게』, 99쪽.

『토지』는 신분제가 폐지된 직후인 1897년을 시간배경으로 시작된다. 그러나 『토지』 서사 안에서는 여전히 신분제가 유지되고 있다. 서희는 '아가씨'에서 '마님'이 된다. 길상은 신분을 정확하게 가늠할 수 없으나 최참판댁 심부름꾼에서 서희의 남편이 된다. 월선은 무당의 딸이기 때문에 평민인 이용과 혼인할 수 없다. 양현은 양반인 이상현을 아버지로 두었지만 봉순이 기생이기에 신분과 관련해 혼란을 겪는다. 송관수는 백정의 딸과 결혼해 신분이 하락하고 이는 송영광이 방황하는 이유가 된다. 최참판댁의 노비였던 김이평은 면천으로 평민이 된다. 가난한 양반 김평산과 몰락한 양반 김훈장은 양반이라는 자부심으로 가득한 인물들이다. 이외의 등장인물 대부분은 평민이거나 천민이다. 『토지』의 등장인물은 시대에 맞는 신분을 부여받았다. 이것이 작가가 인물들에게 부여한 운명이다.

신분제도야말로 비정한 균형의 예라 할 수 있다. 주어진 신분(선택이 아닌 말 그대로 주어진)이야말로 무작위의 존재에게 무작위로 벌어지는 상황이다. 신분을 선택할 수 없는 상황은 자연의 비정함을 닮았다. 그럼에도 살아가야 하는 것이 생명에게 주어진 본능이며 이것이 생명이 보유한 능동성이다.

『토지』 속 인물들에게 부여된 계급뿐 아니라 그들이 겪게 되는 사건 역시 무작위로 벌어진다. 윤씨 부인은 김개주에게 겁탈당한다. 『토지』 서사의 근원이 되는 이 사건은 윤씨 부인에게 어느 날 찾아오는 우연한 사건이다. 김개주라는 인물의 욕정에 의해 벌어진 사건이지만 이 사건의 결과 김환이 출생하게 되고 서희는 고아로 남겨진다. 강청댁은 아이라도 낳아 이용의 마음을 잡고 싶지만 아이를 낳지 못한다. 그런가 하면 살인자의 여편네인 임이네는 이용의 아들 홍이를 낳는다. 월선의 불행은 무당의 딸이기 때문이다. 그로 인해 이용과 결혼할 수 없다. 강청댁이 호열자로 죽고 월선은 임이네가 낳은 홍이를 아들처럼 기른다. 푸건은 가난 때문에 여수의 강순구에게 시집가지만 폐병을 앓다 죽어 간다. 조병수는 양반가의 자손이나 곱추로 태어난다. 김서방의 아들 개똥이는 천치(지적장애)다. 유인실은 오가타와의 사랑을 거부하나 그와의 사이에서 아들을 낳는다. 인간의 힘으로 어쩔 수 없는 또 하나의 사건은 호열자다. 『토지』 속 인물들에게 호열자는 이유도 모르고 원인도 모르는, 비극적인 사건이다. 호열자로 인해 죽어 가는 인물이 있는가 하면 운 좋게 살아남는 인물도 있다.

이처럼 『토지』 속 인물들은 무작위로 닥쳐온 사건을 겪으며 각자의 삶을 살아낸다. 겁탈로 수태가 된 윤씨 부인이나 사랑을 거부하지만 아이를 잉태하게 되는 유인실 그리고 이용의 순간적인 욕정으로 홍이를 낳는 임이네는, 강청댁이나 월선의 입장에서는 부러운 존재들이다. 곱추로 태어난 조병수, 천치인 개똥이는 왜 다른 인물들처럼 정상적인 신체를 타고나지 못한 것일까. 이용을 위해 희생을 감내한 월선은 홍이가 성장하는 것을 다 보지 못하고 죽는다. 가난 때문에 여수로 시집간 푸건은 남편의 극진한 사랑을 받아 행복해질 것 같았으나 아버지와 같은 폐병에 걸리고 만다. 누군가는 아이를 낳고 누군가는 아이를 낳지 못한다. 또 누군가는 생명을 이어 가고 누군가는 죽어 간다. 이처럼 대비되는 상황에 놓인 인물들이 겪는 사건이 작가가 말하고자 하는 비정한 균형이다. 이 균형은 작품의 인물에게 주어진 운명적 사건을 통해 발현된다.

3) 선악을 구분하지 않는 비정한 균형

비정한 균형은 선악을 구분하지 않는다. 『토지』의 대표적 악인 조준구는 몰락한 양반의 후손이며 잘생긴 얼굴을 가졌지만 악인의 기질로 점철된 인물이다. 그는 수많은 악행을 저지르다 서희로부터 빼앗은 재산을 탕진하고 아들 병수를 괴롭히다 죽는다. 그는 양반이라는 신념과 돈에 대한 욕망으로 가득 차 있다. 조준구와 같은 악인이 천수(天壽)를 누리다 죽는 것은[10] 가난한 푸건이 젊은 나이에 죽는 것과 대조된다.

두리 아버지 강봉기는 속물이다. 함안댁이 죽은 뒤 삼끈을 챙기는 비정한 인물이기도 하다. 자신의 이득을 위해 삼수 편에 서기도 하고 딸 두리를 위해 헛소문을 퍼트려 복동네를 죽게 만든다. 봉기의 이런 성품은 타고난 것이다. 봉기는 뱀같이 간교하고 돼지같이 욕심 많은 인물이지만 천수를 누린다.

10 서사 중간에 병사(病死)나 사고사(事故死)를 당하지 않고 장성한 아들과 손주까지 본 상황이므로 천수(天壽)를 누린 것이라 할 수 있다.

김거복은 함안댁의 자살 이후 온갖 역경을 이겨내며 성장하지만 일본의 밀정이 된다. 이름을 김두수로 바꾸고 살인자의 아들임을 감추려 노력한다. 심금녀를 사랑하지만 사랑을 이루지 못한다. 공노인의 양녀인 송애를 밀정으로 이용하고 버린다거나, 심금녀의 애인을 총살하는 등 악행을 저지르지만 한복에 대한 신뢰는 잃지 않는다. 거복의 악행 역시 타고난 성품이 첫 번째 원인이다. 아버지 김평산을 닮은 외모에 손버릇이 나쁠 뿐 아니라 싸움도 잦다. 김거복 역시 조준구처럼 태생적인 악인의 면모를 보인다.

김이평의 아들 김두만은 본처인 기성네를 구박한다. 비빔밥집으로 돈을 벌기 시작하면서 돈 앞에서는 어떤 부도덕도 문제가 되지 않는다. 많은 돈으로 진주의 유지가 되지만 최참판댁 노비 출신의 후손이라는 사실을 숨기고자 한다. 김두만의 악행에는 신분에 대한 결핍이 자리하고 있다. 무작위로 선택된 노비라는 신분에 대한 분노와 신분 상승을 꿈꾸는 욕망이 악행의 근원이라 할 수 있다.

동학 잔당 지삼만의 배신으로 김환은 죽음에 이른다. 지삼만은 외형부터 악인의 면면을 보인다. 그는 땅땅하게 되바라진 몸매에 노리끼리하고 성근 수염을 가졌다. 과격한 성격인 그는 지식인을 신뢰하지 않으며 농민 중심 투쟁을 고집한다. 지삼만의 악행은 그 출발이 조준구나 김두만과는 다르다. 조준구나 김두만이 돈에 대한 욕망이나 신분 상승에 대한 욕망으로 악행을 저질렀다면 지삼만은 동학당의 재건과정에서 악행이 시작된다.

대립된 존재들에게 주어진 비정한 균형은 어떻게 형상화되고 있는가. 인간은 자연의 일부다. 그러니 자연의 속성을 닮을 수밖에 없다. 자연은 경쟁(競爭), 공생(共生), 포식(捕食), 기생(寄生)과 같은 방법으로 균형 상태를 유지한다. 균형을 유지하는 방법으로서 경쟁, 공생, 포식, 기생하는 것 자체가 비정하다. 공생을 제외한 나머지 방법은 어느 한쪽이 희생돼야 유지된다. 이것이 자연의 비정한 속성이다. 희생양은 무작위로 결정된다. 선(善)하다거나 여리다거나 고귀하다 하여 희생양에서 제외되는 것은 아니다. 자연의 생명은 선별되어 운명이 주어지는 것이 아니라 자연의 상태에 내던져져 있을 뿐이다. 모든 생명이 공평하고 평등하게 자연 상태에 내던져져 있는 것, 그리고 이러한 상태로 균형을 유지하려는 성질이 자연의 항상성(恒常性)이다. 인간 역시 이러한 상태에 놓여 있는 것이다. 선하다 하여 살아남고 악하다 하여 천수를 누릴 수 없는 것이 아니다. 누구는 양반으로 누구는 천민으로 태어나고, 누구는 아이를 낳지 못하고 누구는 원하지 않는 아이를 낳는다. 고귀한 양반이라 하여 비극적 운명이 비껴가는 것도 아니고 천민이라 하여 행복을 누릴 수 없는 것도 아니다. 인물에게 무작위로 던져지는 운명이야말로 평등하게 주어진 자연의 상태 즉 비정한 균형의 발현이라 할 수 있다.

2
억압과 절멸, 공존을 위한 평등

1) 대립된 상태에 놓여 있는 생명

생명이 비정한 균형을 유지하는 이유는 대립하는 존재가 계속 해서 발생하기 때문이다. 대립할 수밖에 없는 존재가 지속적으로 태어나기 때문에 세상은 갈등의 연속이다. 생명은 능동적인 특성을 가진 채 균형을 유지한다. 이때 균형을 유지하게 되는 근본적인 힘이 평등이다. 평등이란 자연적 조건 안에서 탄생, 성장, 소멸하는 과정이 동일하게 주어진다는 의미이다. 자연의 모든 생명체는 탄생, 성장, 소멸의 과정을 거쳐야 한다. 이러한 과정은 생명의 변화 과정이다. 그 과정은 복잡하고 다양하며 독자적이다. 그리고 한순간도 멈추지 않는다.[11]

박경리는 모든 사물은 모순 위에 존재하며 바로 그것이 균형

11 박경리, 『문학을 사랑하는 젊은이들에게』, 188쪽.

이라고 말한다. 그리고 그는 불과 물은 다 같이 있어야지 어느 한 쪽의 것만 있다면 절멸 상태에 놓일 것이라 주장한다.[12] 생명은 대립된 상태 안에서 균형을 유지하기 위해 억압, 절멸, 공존으로 균형을 유지하려 한다.

약육강식 상태의 생명은 억압 혹은 절멸 상태에 있을 때만 균형을 유지할 수 있다. 키 큰 나무 아래 잡목이 자랄 수 없고, 곤충은 새에게 잡아먹힌다. 그러나 가끔 공존을 삶의 방식으로 택한 생명들도 있다. 나비와 벌은 꿀을 얻고 꽃은 수정하여 열매를 맺는다. 이와 같은 과정의 반복은 생명이 배태한 능동성이다. 무작위의 존재가 무작위 상황에 놓이게 되면서 발생한 갈등은 대립과 억압 그리고 절멸 상태를 만들어 낸다. 그리고 그 대립 상태의 균형이 유지되면서 공존하게 되는 것인데 이는 평등이 내재되어 있기에 가능하다. 인간이 인식하는 악(惡) 역시 무작위로 선택된 결과물이다. 작가는 '악도 정열이라면 그 정열에 움직여지는 행위의 결과는 움직이지 못하는 편보다 유리하다'고 판단한다.

소설 『토지』는 하나의 능동하는 생명이다. 소설 안에서도 역시 비정한 균형을 이루는 억압, 절멸, 공존의 모습을 발견할 수 있다. 박경리는 인물에게 배경이라는 운명을 지어 주고 성격을 부여하는 것이 작가라고 말한다. 그렇다면 인물들은 그들에게 주어진 운명을 어떻게 받아들일까.

---

12 박경리, 『생명의 아픔』, 144쪽.

2) 운명이라는 억압

억압 상태는 인물에게 주어진 운명으로 드러난다. 5대째 하동 평사리의 지주이자 만석꾼 집안인 최참판댁은 음산한 기운에 사로잡혀 있다. 권력을 상징하는 최참판댁에게 주어진 운명은 혹독하다. 최치수의 아버지는 노비 쇠돌이 권하는 노루 고기를 먹고 21세에 요절한다. 그리고 요절한 남편을 위해 기도를 드리러 천은사로 간 윤씨 부인은 김개주에게 겁탈당해 김환을 낳는다. 성장한 김환은 최참판댁 노비가 되어 형수인 별당아씨와 도망한다. 김환과 아내를 쫓던 최치수는 귀녀의 계략으로 살해당한다. 호열자로 윤씨 부인이 죽고 조준구에게 토지를 빼앗긴 서희는 용정에서 길상과 결혼한다. 이처럼 최참판가는 운명에 억압당하는 가문이다. 노루 고기, 겁탈과 임신, 호열자와 같은 무작위의 사건들이 바로 최참판가의 생명을 억압하는 운명이다.

이용 일가 역시 운명에 억압당한다. 이용은 월선이 무당의 딸이기 때문에 결혼을 할 수 없다. 부모님의 뜻에 따라 아내로 맞이한 강청댁은 아이를 낳지 못한다. 그런가 하면 단 한 번 욕정의 결과로 홍이가 태어난다. 그러나 이용은 그 모든 운명을 거부하지 않은 채 자신에게 주어진 운명에 순응하며 생을 마감한다.

봉순은 태어나 보니 침모의 딸이다. 그녀는 길상을 사랑하는 마음을 접고 기생의 길을 택한다. 이후 이상현과 사이에 양현을 낳지만 타고난 유약한 기질을 이기지 못하고 자살한다. 그녀 역시 자신에게 주어진 운명을 받아들인다. 노비에서 기생으로 삶의 방식을 바꾸긴 했으나 신분적 한계인 운명을 극복하지 못하고 자살함으로써 양현의 삶에 영향을 미친다.

인물은 작가가 던져 준 운명을 받아들일 수도 있고 거부할 수도 있다. 이러한 선택은 인물의 성격에 기인한다. 『토지』에서 운명을 거부하는 경우는 최서희, 임명희, 유인실과 별당아씨 같은 인물을 통해 확인할 수 있다.

최서희의 경우 조준구의 억압을 피해 용정으로 떠나지만 자신의 의지로 평사리에 돌아온다. 서희는 스스로 최서희이기를 거부하고 김서희이기를 택한다. 결국 멸문의 길로 갈 수밖에 없었던 가문을 일으키며 자신에게 주어진 운명을 극복한다. 임명희는 조용하와의 결혼을 통해 중인 신분을 거부하려 하지만 불행한 삶을 이어 간다. 그러나 신분 상승을 꿈꾼 것은 자본의 논리에 휘둘렸기 때문임을 깨닫고 이혼을 선택한다. 이후 자신이 선택한 삶을 살아감으로써 운명의 억압을 극복한다. 일본인 오가타를 사랑하는 유인실은 자신의 사랑이 모순임을 깨닫고 독립운동을 택한다. 오가타와의 사이에 태어난 아이를 거부하고, 여자나 엄마가 아닌 독자적인 인간의 삶을 살아간다. 별당아씨는 시대와 운명을 거부하고 사랑을 선택하는 인물이다. 사대부 집 여인이 외간 남자와 도피 행각을 벌인다는 것은 시대적 운명을 거부하는 것이라 할 수 있다. 김환과 별당아씨의 사랑은 별당아씨의 죽음으로 끝이 나지만, 별당아씨는 자신의 사랑과 선택을 후회하지 않는다. 그녀는 자신에게 주어진 운명[13]을 거부하고 주체적으로 사랑을 선택한 인물이다.

계급은 스스로 선택할 수 없기 때문에 운명적 억압이라 할 수 있다. 그러나 계급을 억압으로 인식할 때에야 비로소 억압이 성립된다.[14] 제도사적 개념을 빌리자면 근대의 표상 중 하나는 인본주의와 평등주의라 할 수 있다.

『토지』는 동학농민운동을 소설 말미까지 끌고 간다. 동학사상은 인내천(人乃天) 사상을 표방해 모든 차별을 반대하는 사상으로, 반상, 적서, 노주, 남녀, 노소, 빈부는 물론이고 토지의 균분, 여전제, 경자유전, 경제평등을 포함하는 민주적 근대사상이라 평가된다.[15] 동학사상은 이후 사람 섬기기를 한울같이 한다는 가르침으로 발전하게 되고, 인간뿐만 아니라 모든 자연에 이르기까지 한울에 내재한 것으로 보는 물물천사사천(物物天事事天)의 범천론적사

---

13 당시 결혼 풍습을 전제로 별당아씨 역시 여느 여성들처럼 자신의 결혼 상대자를 선택할 수 없었을 것이라고 유추해볼 수 있다. 부모와 가문 중심으로 혼사가 이루어졌던 것을 감안한다면 별당아씨 역시 자신에게 주어진 운명의 억압을 거부한 것으로 보아야 한다.

14 김영근의 경우 근대화의 기준을 10개의 범주로 나누고 있다. 그는 정치-민주주의, 경제-자본주의와 산업화, 제도-인권주의, 평등주의, 교육-학교주의, 학문-과학주의, 사상-언론 자유, 종교-종교적 자유, 대인 관계-개인주의, 군사외교-평화, 가족-핵가족을 표방한 것이 근대라고 말한다. 임회숙, 앞의 논문, 6쪽 재인용.

15 한점돌, 앞의 논문, 376쪽.

상(汎天論的思想)으로 발전한다. 박경리는 샤머니즘을 우리 사상의 근본이라 생각한다. 또한 생명의 불멸적 영성과 교류하고자 하지만 이루기 어려운 소망을 한(恨)이라 정의한다. 이러한 사상을 토대로 동학을 샤머니즘의 후예로 평가한다. 그는 동학에 대해 우리의 근본을 복원하려는 농민 혁명이자 생명의 존엄성을 확립하려 한 세계사적 사건이라 평한다.[16] 모든 차별을 반대하는 동학의 평등사상을 통해 계급의 억압을 인식하게 되는 것이다.

『토지』 안에는 계급의 억압을 인식하는 인물과 그렇지 않은 인물이 등장한다. 계급의 억압을 인식하지만 거부하지 않는 인물은 대부분 운명 순응적인 인물들이다. 그러나 계급의 억압을 인식하고 신분의 억압으로부터 탈피하고자 노력하는 인물도 있다. 귀녀가 계급 억압에서 벗어나기 위해 선택한 방법은 최치수의 아이를 낳는 것이다. 그러나 최치수는 귀녀에게 눈길을 주지 않고 귀녀는 결국 최치수를 살해하기에 이른다. 계급을 극복하려는 귀녀의 노력은 실패로 돌아갔지만 그녀는 억압을 탈피하고자 노력한 인물에 속한다. 김이평은 면천으로 평민이 된다. 이 인물은 계급에 대한 인식은 있으나 억압이라고 느끼지 않는 듯하다. 반면 그의 아들 김두만은 신분에 대한 열등감, 즉 신분의 억압을 탈피하는 방편으로 돈을 선택한다. 그는 온갖 악행을 행하면서 돈을 벌고 진주 지역의 유지가 된다. 그러나 과거 노비였던 신분에 대한

16 한점돌, 위의 논문, 380쪽.

열등감을 버리지 못했으므로 억압에서 탈피하지 못한 인물이라 할 수 있다. 중인인 임명희는 일제강점기의 귀족인 조용하와 결혼해 신분 억압에서 벗어날 뿐만 아니라 조용하의 사후 유산을 받아 거부가 됨으로써 자본을 소유하게 된다.

일제강점기를 거치면서 우리 민족은 급격하게 찾아든 근대를 경험하게 된다. 이때 다수의 사람들이 인식하게 되는 근대의 또 다른 표상은 자본이다. 자본이 가진 힘은 중세부터 이어져 온 계급을 한순간에 무너뜨린다. 그리고 자본이 새로운 억압 기제로 자리잡게 된다. 조준구가 원한 것은 최참판가의 재산이다. 최참판가의 재산을 손에 쥔 조준구는 평사리 농민의 새로운 운명이 된다. 그는 소작권을 이용해 평사리 농민들을 억압한다.

3) 죽음이라는 절멸 상태

비정한 균형의 대립된 모순은 절멸(絶滅) 상태를 만들기도 한다. 완전히 사라지는 절멸 상태는 죽음을 의미한다. 박상민은 『토지』가 다양한 죽음을 보여 주는 것은 도덕 문제를 주제화하려는 수사학적 전략이라 말한다. 그는 논의를 통해 세 가지 결론에 도달하는데, 하나는 박경리 소설에는 인위적 죽음이 많이 등장한다는 것이고, 둘째는 죽음에 대한 작가의 이중적 인식이 나타난다는 것이며, 마지막으로 죽음이 일상화되어 있음을 지적한다. 그러면서 이러한 죽음은 도덕적 질문, 자살에 대한 동정적 미의식, 일상적 죽음을 통한 죽음에의 공포를 축소하게 만든다고 말한다.[17] 이와 같은 죽음 분류 작업은 의미 있는 것이라 판단된다. 그러나 각각의 죽음이 가지는 의미는 좀 더 큰 틀에서 보아야 할 것이다. 왜냐하면 박경리의 생명관은 죽음까지도 생명 현상으로 보고 있고, 다양한 죽음을 보여 주는 것 역시 생명 현상의 다양함을 형상화한 것으로 보아야 하기 때문이다. 생명에게 있어 탄생만큼 죽음도 자연스러운 현상이다. 생명이 무작위로 주어지듯 죽음도 무작위로 주어진다. 이를 토대로 『토지』에 그려지는 죽음의 종류를 자연적 죽음과 인위적 죽음으로 나누어 볼 수 있다.

『토지』에 등장하는 자연적인 죽음으로 병사와 자연사를 들 수 있다. 박상민은 자연사가 가장 흔하고 일반적인 죽음임을 강조하면서 『토지』에는 그 자연스러운 죽음이 많이 나타나지 않는다고 설명한다. 그러나 죽음을 무작위의 존재에게 들이닥치는 무작위적 사건으로 본다면 자연사와 병사는 같은 성질의 것이라 보아야 할 것이다. 병사든 자연사든 죽음은 인간의 힘으로 막을 수 없기 때문이다. 그리고 인위적인 죽음으로는 살해, 처형, 자살 등을 들 수 있다.

1부의 경우 자연사와 병사를 포함한 자연스러운 죽음이 14회[18] 그려진다. 정신이상자인 또출네의 방화로 최치수의 살해 증

---

17 박상민, 앞의 논문, 34쪽.

18 1부 : 바우 할아범, 간난 할멈, 또출네(사고사), 문의원(사고사), 우관스님, 별당아씨, 강청댁, 김서방, 김진사댁 두 과부, 돌이, 봉순네, 윤씨 부인, 수동, 삼

거가 사라진다. 그 과정에서 아무도 없는 시간에 현실을 올바로 인식할 수 없는 심신미약 상태의 또출네가 사망하게 되는데, 해당 죽음은 인간의 힘으로 막을 수 없는 사고사이므로, 자연사에 해당한다는 것이다. 문의원의 낙상 사고 역시 이러한 맥락에서 이해될 수 있다.

인위적인 죽음[19] 중에서도 그 성격을 되짚어 보아야 할 죽음으로 우개동의 죽음을 들 수 있다. 우개동의 경우 집단에게 맞아 죽는 경우이지만 큰 틀에서 보아 처형에 해당한다. 왜냐하면 그의 죽음은 반민족적 행위와 마을 사람들을 향한 횡포에 대한 마을 주민의 단죄로 보아야 하기 때문이다. 서서방네의 아사 역시 겉으로는 극심한 흉년 때문이지만 조준구가 구휼미를 내주지 않아 발생한 죽음이므로 살해에 해당한다.

자살의 경우 일반적인 생명의 죽음과 달리 죽음을 선택한 경우에 해당한다. 함안댁은 목을 매고, 강포수는 오발 사고를 가장

월 아기
2부 : 월선
3부 : 이용, 임이네, 푸건, 홍씨
4부 : 김이평
5부 : 송영환, 강봉기, 임이, 김영팔, 송관수

19 1부 : 최치수(살해), 귀녀, 평산, 칠성, 삼수, 정한조(처형), 윤보(사살), 서서방네(아사), 함안댁
2부 : 윤이병, 강포수
3부 : 마당쇠, 지삼만, 심금녀, 복동네, 김환, 기호
4부 : 우가, 조용하
5부 : 배설자, 우개동

한다. 심금녀는 머리를 부딪쳐 죽는다. 복동네는 양잿물을 마시고, 김환은 굶어서, 기화는 물에 빠져 자살한다. 이들 대부분은 절망 상태에 놓여 있는데 그 절망의 원인을 살펴볼 필요가 있다. 함안댁이나 심금녀, 복동네처럼 절망의 원인이 외부에 있는 경우와 강포수와 기화, 조용하처럼 절망의 원인이 내면에 있는 경우로 나눌 수 있다. 그러나 이 모든 인위적인 죽음은 '욕망'을 이루지 못해 벌어진 것이다. 그것이 자본이든, 명예든, 사랑이든, 개인의 욕망을 이루지 못한 절망으로 인해 인물이 자살을 선택하는 것이다. 무작위의 존재에게 무작위로 다가오는 사건들로 마주하게 되는 죽음 역시 대립된 상태의 생명에게 나타나는 비정한 균형으로 보아야 한다. 『토지』는 다양한 양태의 죽음을 통해 생명의 비정함을 보여 주고 있다. 그것이 비록 인위적인 죽음이라 할지라도 자연의 한 부분인 여타의 생명들과 별반 다르지 않다.

> 모든 생명은 능동적으로 자신의 삶을 영위하는 만큼 스스로 자신의 삶을 포기하는 가능성이 동물이라고 전혀 없다 할 수 있을까. 하여간 사람에게는 확실하게 그것이 있다. 내가 원해서 태어난 것이 아니라는 항변과 동시. 자결권은 그의 손아귀에 쥐어져 있는 것이다. 그것은 일종의 아이러니다. 해서 그렇게 태어난 것이 원망스러우면 왜 여태까지 살았느냐, 하며 냉혹히 말하게 되

는 것이다.[20]

동물의 자결권에 대한 작가의 견해다. 원해서 태어나지 않았기에 스스로 삶의 끝을 결정할 수 있는 자결권은 동물에게서도 보인다는 것이다. 그 예로 작가는 짝 잃은 거위가 거식(拒食)하거나 홀로된 꿩이 외로워 머리를 부딪쳐 죽었다는 이야기를 떠올린다. 당연한 권리처럼 자결권이 있지만 그것을 정당하다 말하지는 않는다. 박상민은 작가 박경리가 자살을 미화하는 측면이 있음을 지적한다. 그러나 그것은 작가의 의도라기보다 해석의 결과일 뿐이다. 그는 또 도덕적 담론을 위해 살해와 처형을 죽음의 형태로 형상화하는 것이라 했지만 이 역시 연구자의 해석의 결과로 보아야 할 것이다. 결국 소설 『토지』에 등장하는 죽음은 생명관의 입장에서 죽음의 모든 양태를 보여 주는 것으로 보아야 하며, 이것이 비정한 균형의 자연에서 볼 수 있는 절멸을 의미하는 것이다.

4) 비정한 균형의 또 다른 모습, 공존

비정한 균형을 유지하는 또 다른 방법은 공존이다. 나비와 꿀벌이 꽃에 의존해 생명을 이어간다거나 독성이 있는 말미잘 틈에 몸을 숨긴 채 먹이를 찾는 흰동가리가 이 경우에 속한다. 그리고

---

20 박경리, 『생명의 아픔』, 57쪽.

평사리를 중심으로 살아가는 인물들 그 자체가 『토지』가 그리는 공존이라 할 수 있다. 최참판 일가가 소유한 땅을 중심으로 모여든 평사리 주민들은 각자의 처지에 맞게 살아간다. 집안 노비들은 최참판댁의 일손을 돕고, 평사리 농민들은 최참판댁의 소작농으로 살아가거나 장사를 하고, 윤보처럼 목수 일을 하기도 한다. 그러나 이들의 공존은 호열자라는 국면을 맞으며 위기에 봉착한다. 무작위의 존재에게 무작위로 다가온 사건으로서의 호열자는 많은 생명을 앗아간다. 그 와중에 조준구가 최참판가의 토지를 몰수해 자신의 소유로 만든다. 이때부터 공존의 균형에 균열이 가기 시작한다. 농부들의 성실한 노동과 윤씨 부인의 통솔력으로 유지되던 평사리의 공존은 뒤이어 찾아온 흉년으로 완전히 깨지고 만다. 불합리와 굶주림에 시달리던 평사리 주민들이 최참판댁을 습격하지만 실패한다. 결국 왜병에게 쫓기는 신세가 된 평사리 사람들은 지리산에서 의병 활동을 하게 된다. 그러나 윤보가 죽자 의병은 와해되고, 이 과정에서 의병 활동을 접은 일부 세력과 서희 일행은 용정으로 이주한다.

누대에 걸쳐 이어지던 공존의 균형이 깨진 직후 이들은 고향을 떠나는 아픔을 겪는다. 하지만 용정에 도착한 이들은 또다시 각자 삶을 모색한다. 용정에 정착한 평사리 일행 대부분은 크든 작든 장사를 한다. 그러나 이용은 농사꾼의 면모를 버리지 못하고 영팔이를 따라 산밭으로 간다. 서희는 윤씨 부인이 남긴 재산으로 거부가 된다. 평사리 땅을 찾기 위한 일념으로 친일 행각도 마다

하지 않지만 용정에 정착한 평사리 사람들과 어울려 살아간다.

용정은 자본의 논리가 작동하는 공간이다. 서희의 매점매석과 월선의 주막 장사, 산판에서 먹고사는 이용 등을 통해 자본과 직결된 삶을 보여 준다. 반상 구별이 약한 동네답게 서희의 양반으로서의 권위도 약해진다. 김훈장 역시 양반을 고집하는 것처럼 평가될 뿐, 그의 주장은 타인에게 억압으로 작용하지 않는다. 용정은 상의 학교를 통해 근대 교육이 이루어지는 공간이라는 점에서 가장 큰 차이를 보인다. 상의 학교는 민족 자본으로 만들어진 교육 기관으로, 이홍을 비롯한 평사리 주민들의 자녀와 용정 일대에 살고 있는 조선 민족의 자녀들이 교육을 받고 있다.

평사리의 공존이 깨진 후 용정으로 옮겨간 평사리 사람들은 근대적 공존 상태에 놓인 것으로 파악할 수 있다. 양반과 평민이 공동체적 삶을 살아가는 것이 평사리의 공존이었다면 용정의 공존은 근대적 속성 아래 독자적 삶을 영위하는 공존이라 할 수 있다. 근대적 속성인 계급 문제를 정면으로 뒤집는 사건이 바로 서희와 길상의 결혼이다. 평사리였다면 불가능했을 두 사람의 결혼은 용정이었기 때문에 가능했고, 인간은 모두 평등하다는 근대적 계급 개념 때문에 가능해진다.

용정 생활을 접고 진주와 평사리로 돌아온 평사리 사람들은 이전과 다른 공존 관계를 형성한다. 서희가 되찾은 최참판가의 재산은 평사리 사람들에 의해 유지 · 관리된다. 서희는 늙고 비루해진 평사리 사람들이 평사리로 돌아갈 수 있도록 배려한다. 계급적 한계가 사라진 것이다. 지리산 역시 동학 잔당과 독립운동을 하는 세력이 공존하는 곳이면서 쫓기는 사람들과 버림받은 사람들이 공존하는 공간이라 할 수 있다.

작가는 평사리와 용정 그리고 다시 진주와 평사리로 이어지는 공간을 통해 평사리 사람들의 공존을 보여 주고 있다. 용정으로 이주할 때 평사리 사람들은 함께였고, 고향으로 돌아올 때도 역시 함께였다. 이러한 흐름은 상하 관계로서의 공존에서 수평적 관계로서의 공존, 즉 평등한 관계로서의 공존을 보여 주는 것이라 할 수 있다.

2장

인물 형상화 방법

『토지』의 등장인물은 중요 인물과 부수적 인물까지 포함하여 600여 명에 이른다. 그리고 이들 인물의 성격은 대부분 개성적이다. 그러다 보니 『토지』의 인물에 관한 연구 역시 다양한 관점에서 이루어져 왔다. 박경리는 『토지』가 다수의 인물을 선택한 것은 그것이 구성에 용이하기 때문이라 설명한다. 집필 전 인물을 기획하지 않은 것 역시 작가 박경리가 추구한 창작방법적 특징이라 할 수 있다. 무엇보다 작가는 『토지』의 시대를 산 사람들의 잔영(殘影)을 기억해 그리려 노력했다. 이는 소설의 시간 배경 선택과 관련 있으며 이는 리얼리티를 위한 선택이다. 결과적으로 실재한 인물로부터 서사 속 인물이 만들어진 것이며 이로 인해 개성 강한 다수의 인물이 창조된 것이다.[1]

연구자들 역시 『토지』의 인물 유형에 관한 다양한 견해를 견

---

1 김치수, 앞의 책, 222-239쪽.

지한다. 그들은 인물 유형을 남성 인물과 여성 인물로 나누어 그 특성을 규명하거나, 인물의 기능을 중심으로 분류하여 특성을 살펴보고, 가치를 기반으로 인물을 분류한다. 또, 박경리 소설 전반에 걸쳐 나타난 인물이 『토지』의 등장인물로 그려지고 있는 것으로 파악하기도 한다.[2]

애벗은 스토리의 중요 요소로 행위와 인물 구성을 꼽는다. 포스터는 인물을 평면적 유형과 입체적 유형으로 나누고, '어떤 일'이 벌어진 것인가에 대한 궁금증이 '누구에게' 일어난 것인가로 이어지는 것은 이야기의 행동 주체가 인물이기 때문이라고 설명한다. 그는 소설 속 인물을 성격에 따라 평면적 인물과 입체적 인물로 나누었고 구조주의자들은 역할에 따라서 주동 인물과 반동 인물로 나누기도 했다.

우드는 포스터의 이러한 인물 분류에 반대하면서 외부 묘사에 치중한 인물 표현에 대해 정적인 것에 매달리는 것이라고 비판한다. 또, 독자는 작고 명이 짧으며 다소 평면적인 인물들에게서 크고 입체적인 인물을 느낄 수 있다는 새로운 견해를 제시한다.

독자는 고정관념에 사로잡혀 있기 마련이며 작가가 소설 속

---

2 이덕화(1996), 「서술의도에서 본 『토지』의 인물유형」, 『현대문학의 연구』 6권, 한국문학연구학회, 123-161쪽. 안세영(1999), 「소설 『토지』의 작중인물 연구」, 동아대학교 교육대학원 석사. 이기성(2003), 「『토지』 연구: 역사의식과 인물유형」, 충북대학교 교육대학원 석사. 김은경(2007), 「박경리 『토지』에 나타난 '굴절'의 원리와 인물 정체성의 문제」, 『민족문학사연구』 35호, 민족문학사학회, 306-338쪽. 박혜원, 앞의 논문.

인물을 볼품없고 너저분한 모습으로 그렸다면 독자는 그 인물에 대해 볼품없고 너저분한 직업을 가졌거나, 낮은 계급의 사람일 것이라고 미루어 짐작하게 된다는 애벗의 말처럼 이러한 현상은 소설의 인물과 현실의 우리가 닮았기 때문인지도 모른다. 그리고 작가 역시 그러한 고정관념에 사로잡혀 인물의 성격을 결정지을 수 있기 때문이기도 하다. 인물에 대한 고정관념은 인물의 성격을 구현하는 방법에만 국한된 것은 아니다. 이와 관련해서는 포스터 역시 우드와 같은 견해를 보인다. 소설가 자신이 인간이기 때문에, 다른 예술 형태에는 없는 친밀성이 작가 자신과 제재 사이에 있다고 주장한다.

이들의 이러한 주장은 작가에 의해 창조되는 인물의 성격에 한계가 있을 수밖에 없음을 말하는 것이다. 그렇다면 작가는 인물을 창조함에 있어 기존의 질서나 고정관념을 넘어설 수 없는가.

제임스 우드는 소설의 인물과 관련해 인물은 정형화되어서는 안 되며, 외면과 내면 모두를 가져야 하고 성장 발전하며 착해야 한다고 설명한다. 그리고 용인할 수 없는 인물도 그릴 수 있어야 한다고 주장한다. 소설가는 일반적으로 통용되는 인물뿐만 아니라 부도덕하거나 비인간적인 인물 혹은 인간적 특성을 넘어선 인물까지도 창조할 수 있어야 한다. 소설가는 새로운 인물을 창조하기 위해 노력해 왔으며 노력해야 한다는 것이다.

우드는 단일한 소설적 인물은 없다고 지적한다. 그는 수천 가지 유형의 사람들이 있고 작가는 그중 일부를 입체적 혹은 평면적으로 그리는 것이라고 강조한다. 같은 맥락으로 표면적이거나 내면적인 인물을 그리고 복잡하거나 단순한 인물을 그리게 된다고 주장한다. 그러나 그는 인물이 지면에 등장하는 시간과 관련하여 주요 인물과 군소 인물로 나누는 것에 반대한다. 우드는 시간이 아니라 생동감을 기준으로 인물을 나누어야 한다고 주장한다. 그는 성격 변화에 따라 인물의 성격을 나누고 평면적 인물을 희극적으로, 입체적 인물을 높게 평가하는 포스터의 견해에 반대한다. 그는 다수의 인물은 지극히 평면적이라고 말하면서 인물에 대한 입체 개념을 폐지했으면 좋겠다고 주장한다. 왜냐하면 인물이 아무리 생동감 있다 하더라도 현실적일 수 없고 입체적일 수 없기 때문이다. 그러면서 섬세함의 중요성을 강조한다. 생생한 인물일수록 섬세하며 편집적이라는 것이다. 이러한 인물의 경우 평면적일 수밖에 없지만 생동감 있으며 흥미롭다고 설명한다.[3]

우드는 인물을 생동감 있게 창조하는 방식으로 선택적 자유간접화법과 선택적 초점화를 든다. 또 1인칭 주인공 시점을 신뢰할 수 없는 서술자로, 3인칭 전지적 작가 시점을 신뢰할 수 있는 서술자로 구분한다. 그러나 1인칭 시점의 경우 인물이 깨달음의 상태에서 자신의 이야기를 들려준다면 신뢰할 수 있다고 말한다. 이는 인물이 자신의 과거를 회상하는 서술 방식을 택할 때에 해당한다. 또, 3인칭 관찰자 시점의 경우는 전지적 시점보다 신뢰할 수

---

3 제임스 우드, 위의 책, 117-139쪽.

없다고 강조한다. 신뢰의 문제는 서사가 진행되면서 인물의 성격이 어떻게 변해갈 것인가를 가늠할 수 있는 근거가 되는데, 인물의 성격이 변할지 그렇지 않을지 알 수 없는 이유는 서술자 자체가 미래를 알지 못하기 때문이다.

결국 인물의 성격이란 그 인물을 누가 어디서 바라보는가에 따라 결정되는 것이라 할 수 있다. 우드는 신뢰할 수 있는 시점으로 전지적 시점을 들면서도, 전지성을 완벽하게 가지는 것은 불가능하다고 말한다. 왜냐하면 한 인물에 대해 서술하다 보면 어쩔 수 없이 자유간접화법을 사용하게 되기 때문이다. 자유간접화법을 사용하게 될 경우 3인칭 시점이 1인칭 시점으로 변하게 된다. 이를 통해 작가의 시점과 언어뿐 아니라 작중 인물의 시점과 언어를 통해 인물을 경험하게 되는 것이다. 애벗은 이때 인물에게 목소리를 빌리는 것은 저자이며 자유간접화법을 통해 인물을 깊이 이해하게 된다고 말한다.[4] 그의 말처럼 자유간접화법을 사용함으로써 인물에 대한 몰입도를 높이고 생동감 있게 그릴 수 있는 것이다.

인물 형상화와 관련한 두 번째 사항은 선택적 초점화다. 우드는 소설이 부분적으로 인물을 바라보는 주체를 바꿈으로써 인물 묘사 기법의 변화를 준다고 설명한다. 그 예로 『돈키호테』의 서술자 산초가 사라진 순간을 든다. 돈키호테에 대해 이야기를 들려주

---

4 애벗, 앞의 책, 60쪽.

던 산초가 둘시네아 공주를 구하기 위해 떠난 직후, 혼자 남은 돈키호테는 자신의 목소리를 낸다. 이처럼 『돈키호테』에서 서술자를 일시적으로 바꾸는 것 역시 인물을 입체화하는 방식이다. 그리고 내면에 대해 언급하는 돈키호테 덕분에 독자는 더 많은 정보를 얻게 되고 돈키호테라는 인물을 입체적으로 이해하게 된다.

이와 유사한 효과를 주는 것이 시점의 조정이다. 시점의 조정은 서사를 바라보는 서술자가 관찰 대상을 바꾸는 것을 말한다. 예를 들어 관찰 대상이던 주요 인물에서 부수적 인물로 시점을 돌림으로써 주요 인물뿐 아니라 부수적 인물 역시 구체적이고 입체적으로 표현할 수 있게 되는 것이다. 애벗은 초점화란 서사와 인물을 바라보는 렌즈 선택과 관련된 문제라고 말한다. 렌즈의 선택은 누구의 눈으로 보는 것인가 하는 문제이다. 관찰 렌즈를 바꾸면 사건을 대하는 태도와 인물의 성격 모두 변화가 발생하게 된다. 선택적 초점화를 통해 인물 각각을 입체적으로 서술할 수 있게 됨으로써 주요 인물뿐 아니라 부수적 인물까지도 균형 있게 그릴 수 있게 된다.

인물의 성격은 서사 속 인물들의 관계에 영향을 미친다. 『토지』에는 수많은 관계가 등장하지만 특히 애정관계의 경우 다각 관계를 형성하고 있어 흥미롭다. 서희와 길상이를 비롯한 애정관계가 다각 관계를 형성하게 되는 것은 개별 인물의 성격에 기인하는 경우가 대부분이다. 이러한 다각 관계는 주요 인물과 부수적 인물을 가리지 않고 공평하게 나타난다. 이는 선택적 초점화를 통해 인물을 균형 있게 등장시키는 것은 물론 모든 인물을 평등하게 기술하고 있기 때문이다. 이와 같은 기술방식이 나타나는 것은 작가 박경리의 세계관에서 비롯된 것이라 할 수 있다.

1
선택적 자유간접화법
— 인칭 변화와 인물의 생동감

앞서 언급했듯이 선택적 자유간접화법이란 서술을 담당한 화자가 일시적으로 작중인물의 목소리를 직접 사용하거나 인물의 심리를 섬세하게 드러내는 것을 말한다. 애벗은 자유간접화법을 사용함으로써 시점이 이동하게 되고 이를 통해 인물을 생동감 있게 느끼게 된다고 주장한다. 반면 우드는 인물의 내면이 드러나는 어휘를 통해 인물의 생동감을 느끼게 된다고 말한다. '테드는 바보 같은 눈물 사이로 오케스트라를 쳐다보았다.'는 문장에서 '바보 같은'이라는 어휘가 자유간접화법으로 쓰인 예라 할 수 있다. 만약 '바보 같은'이라는 어휘를 지워 버리면 '테드는 눈물 사이로 오케스트라를 쳐다보았다.'와 같은 표준 양식이 전달된다. '바보 같은'이라는 단어는 테드의 감정 상태를 나타내는 것이므로 3인칭 시점이지만 1인칭 시점과 같은 결과를 보이게 되는 것이다. 이 경우 인물의 심리가 섬세하게 드러나게 되고, 그렇게 드러난 심리는 인물의 성격을 생동감 있게 느끼도록 한다. 우드는 단어가 지칭하는 대상이 화자로부터 선택된 인물이 되어 그 인물의 내면이 드러나게 된다고 설명한다.

소설『토지』역시 선택적 자유간접화법을 통해 3인칭 시점을 1인칭 시점으로 변화시켜 인물의 심리를 드러내고 있다. 3인칭 서술자에 의해 그려지는 인물의 성격이 간접적이라면 1인칭 인물을 통해 드러나는 인물의 성격은 직접적이다. 이와 같은 인칭의 변화를 통해 인물의 성격은 입체화되고 구체화된다.

일반적으로 자유간접화법은 작중 인물의 목소리와 화자의 목소리가 뒤섞인 경우를 말한다. 또, 서술자의 목소리에서 발화한 말이나 사고를 직접 인용해 한 인물의 목소리로 드러내기도 한다. 인물의 발화는 인용부호로 묶어 직접 드러내는 경우와 인용부호 없이 간접적으로 드러내는 경우로 나눌 수 있다.[5] 우드는 자유간접화법은 거의 눈에 띄지 않거나 들리지 않을 때 가장 강력하다고 주장한다. 때문에 우리는 인물의 감정이 느껴지는 형용사나 부사의 사용 여부를 통해 자유간접화법을 확인할 수 있다. 독자는 인물의 성격 변화 유무가 아니라 사건에 따른 인물의 반응 양상을 통해 생동감 있는 인물이냐 아니냐를 판단하기도 한다. 또 서술자의 목소리가 아닌 인물의 목소리를 직접 드러내어 생동감을 배가시킨다. 독자는 선택적 자유간접화법을 통해 인물을 생동감 있게 느끼는 것은 물론이고 서사의 중심이 자연스럽게 이동하게 됨을

---

5 애벗, 위의 책, 153-154쪽.

발견할 수 있다.

『토지』의 인물은 다양한 기준으로 유형화된다. 특히, 성격 형성 원인에 따라 내적 유인(誘因)과 외적 유인(誘因)으로 분류할 수 있는데, 인물에게 주어진 타고난 성격이 사건에 영향을 미치는 경우를 내적 유인으로, 외부적 원인이 인물의 성격 형성에 영향을 미친 경우를 외적 유인으로 살펴보았다.

1) 내적 유인(誘因)과 인물의 성격

유전적 요인과 사건의 관계

내적 유인이란 유전이 인물 성격에 형향을 미친 경우에 해당한다. 유전적 유인으로 성격이 형성된 인물의 경우 삶의 태도나 사건을 대하는 태도, 애정관계까지 타고난 성격에 영향을 받는다.

강청댁은 성깔 있고 강한 성격을 타고났다. 매사에 부정적이며 불같은 성격인 데다 질투가 많다. 이러한 성격의 강청댁은 이용과 월선의 사랑을 질투하는 것뿐만 아니라 월선 편을 드는 마을 사람들까지도 미워한다. 이런 강청댁 성격 서술에 '앙칼진', '무섭게', '파들파들'과 같은 어휘들이 사용된다. 이 같은 어휘는 강청댁의 성격을 부각시키고 강청댁의 심리 상태를 드러낸다. 강청댁은 이용이 월선과 사라질지도 모른다는 불안과 본인이 본처의 지위를 박탈당할지 모른다는 두려움에 싸여 있다. 앙칼지고 불같은 성격과 두렵고 불안한 심리가 더해져 강청댁의 성격이 조금 더 구체화되고 입체적으로 드러난다. 이와 같은 성격은 1인칭 시점으로 전환된 자유간접화법으로도 확인할 수 있다.

> 빌어묵을 계집년, 밤새도록 뚜디린 장작 같은 낯짝 해가지고 소나아도 없는 년이 그런 일이라 카믄 바지 한 가랭이에 두 다리 넣고 나선다 카이, 하며 강청댁은 속으로 욕지거리를 했다.(1권 108쪽)[6]

1인칭 시점으로 전환된 위 예문은 막달네에 대한 강청댁의 심리를 생동감 있게 전달한다. 3인칭 서술자의 목소리를 멈추고 강청댁 목소리를 냄으로써 인물의 성격이 사실적으로 그려진다. 월선 편을 들고 나서는 막달네가 못마땅한 강청댁은 남편이 없는 막달네의 외모를 비하한다. 강청댁의 이러한 성격은 타고난 것이며 인물 간 서사에 영향을 미치고 있다. 이에 더해 이용의 아이를 임신한 임이네 앞에서 기를 펴지 못하는 강청댁 모습 역시 서사에 영향을 미치고 있다. 이는 월선과의 관계에서는 보이지 않는 모습으로, 내적 유인으로 형성된 성격의 또 다른 특성으로 볼 수 있으며 강청댁이라는 인물이 입체적으로 드러나게 되는 이유가 된다.

이용은 평사리에서 농부로서의 삶을 살아가는 인물이다. 부모님 말씀에 따라 강청댁과 결혼하지만 월선을 잊지 못해 괴로워한

---

6 용례가 나타는 권수와 참고 면수만 표기함.

다. 이용은 인간에 대한 기본적인 애정과 인간으로서의 도의를 지키는 인물이다. 때문에 강청댁을 미워하지도 월선을 선택하지도 못한다. 특히 자신의 아이를 낳은 임이네를 아내로 받아들이는 태도 역시 인간적 도의를 지키려는 이용의 성격에 기인한다. 이런 이용의 성격은 용정으로 이주하면서 변화를 겪는다. 용정에서 이용 일가는 월선과 함께 국밥집을 운영하며 살아간다. 그러나 가장으로서 가족의 생계를 책임지지 못하는 자신에 대한 회의에 빠진다. 이러한 이용의 심리는 '슬프게', '파랗게 질린다', '쓰게 입맛을 다신다', '무시무시한 분위기', '조소가 지나간다'와 같은 어휘로 드러난다.

> 투전판을 기웃거리는 건달패라면 모를까. 무슨 푼수로? 기껏 농사나 지어먹던 놈이, 제 혼자 입치레도 못하는 주제에, 길을 걷다가도 그 생각을 하면 세상이 좁아 보였다.(5권 16쪽)

이용은 말수 적고 우직하며 농부로서의 삶에 충실한 인물이다. 강청댁이 죽고 자책에 빠지는 이유 역시 인간적 도의를 지키는 이용의 타고난 성품 때문이다.

『토지』 2부에는 이용 일가와 관련된 서사가 빈번하게 나타난다. 이는 이용이라는 인물의 성격이 외부 요인의 영향으로 변화를 보이기 때문인 것으로 풀이된다. 그러나 2부에서 그려지는 이용의 성격 변화는 일시적인 것이라 할 수 있다. 왜냐하면 평사리로 돌아간 이용은 병든 몸이 되었지만 인간에 대한 예의를 지키는 성품을 유지한 채 늙어가기 때문이다. 타고난 성품과 변화된 환경 사이에서 갈등하게 되는 2부에서는 이용을 일시적 외부 유인 성격 인물로 분류할 수 있다. 그리고 이러한 변화로 인해 이용의 성격이 입체화됨을 알 수 있다. 그리고 이와 같은 변화 양상은 자유간접화법을 통해 구체적으로 드러난다.

월선은 이용과 가슴 아픈 사랑을 이어가는 인물이다. 이용의 사랑을 거부하지 못하면서 임이네가 낳은 이홍을 친자식처럼 보살핀다. 그녀는 '슬프게', '가슴이 내려앉는', '얼굴빛이 달라지는' 등의 어휘로 표현된다. 무당 딸이라는 이유로 이용과 결혼할 수 없는 월선은 다른 여자의 남편을 사랑하는 불행한 인물이다. 강청댁의 질투에 적극적으로 저항할 수 없는 것은 월선 자신의 입지가 떳떳하지 못하기 때문이다. 이러한 상황은 월선의 소극적이고 두려움 많은 성품과 무당의 딸이라는 신분 때문이기도 하다. 그러나 강청댁의 질투와 임이네의 물욕을 견디면서까지 자신의 사랑을 포기하지 않는다는 점에서 주체적 면모를 가진 인물이라 할 수 있다. 이와 같은 면모는 타고난 성격과 상이한 모습이라 할 수 있으며 이로 인해 월선의 성격이 입체적으로 드러난다.

일본인 남성 오가타를 사랑하는 유인실 역시 타고난 성격으로 인해 역경을 경험하는 인물이다. 유인실은 식민 지배국의 남자를 사랑하는 스스로를 자책한다. 그녀는 자신이 낳은 아이를 거부하고 민족을 선택할 만큼 의지적 인물이다. 민족의 아픔과 개인의 행복 사이에서 갈등하지만 끝내 민족을 택하는 유인실의 타고난 성격 역시 자유간접화법을 통해 그려진다.

봉순은 최참판가 침모의 딸이다. 신분적으로 노비는 아니지만 서희의 몸종 노릇을 하며 서희, 길상 등과 함께 성장한다. 봉순 역시 내적 유인에 의해 성격이 형성된 인물이다. 그녀는 조용하고 얌전한 성격이나 가무에 대한 욕망이 강하다. 이는 아버지로부터 물려받은 유전적 요인 때문이다. 길상을 사랑하지만 서희를 위해 마음을 접고 기생이 된 뒤 이상현과 사이에 딸 양현을 낳는 비련의 인물이기도 하다. 길상 이외의 누구도 사랑하지 않았던 봉순은 자살로 생을 마감한다. 봉순의 성격은 '조마조마', '어리둥절', '겁이 나', '달음박질', '상현을 노려본다', '힐난의 어조다', '저도 모르게 실소한다', '빨개진다', '풀이 죽는다', '완연히 당황해', '발광하듯 악을 쓴다'와 같은 어휘로 구체화된다.

유전적 성격과 외적 유인의 관계

『토지』 1부와 2부 서사의 중심 인물이자 대표인물인 서희는 내적 유인으로 형성된 강인한 성격과 외적 유인이 더해지는 인물로 그려진다. 특히 외적 유인이 인물 성격 형성에 더 큰 영향을 미치는 것처럼 보인다. 하지만 서희의 성격 형성은 유전적 유인으로 보아야 한다. 서희의 강인하고 고집스러우면서 냉정한 성격으로 인해 조준구와의 대결을 버텨내고 최참판가를 되찾기 때문이다. 이러한 서희의 성격은 『토지』 서사가 진행되면서 여러 차례 변화한다.

『토지』 1부의 어린 서희의 성격은 '볼멘소리', '노려보다', '애처롭게', '얼어붙게', '풀이 죽은', '의젓하게', '당황한 기색', '낯빛이 변한다'와 같은 어휘로 드러난다. 어린 시절이지만 서희의 성격은 어둡고 부정적인 어휘를 통해 직접적이고 구체적으로 그려진다.

그러나 조준구에게 가문을 빼앗긴 서희는 복수와 가문을 되찾겠다는 일념으로 재물을 모으는 데 매진한다. 성인이 된 서희는 싸늘하고 독기 어린 성격을 보인다. 서희의 이러한 성격은 '조소를 머금다', '독기가 피어난다', '냉랭했다', '엷은 조소', '긴장한 눈빛' 등의 어휘를 통해 구체화된다. 윤씨 부인이 남성적인 근엄함을 보인 인물이라면 서희는 날카롭고 예민한 여성적 면모를 보인다. 2부에서 서희의 성격 변화는 길상과의 관계에서도 나타난다. 길상이 만나는 옥이네를 찾아가는 과정에서 서희는 '설움에 가득 차' 있다. 그러면서 자신의 마음을 받아주지 않는 길상을 원망한다. 그날 서희는 '엄마를 찾으며 울던 어린 날처럼 서럽게' 운다. 그 사건을 계기로 길상과 결혼한 서희는 또다시 가문을 찾겠다는 집념에 사로잡힌 채 차갑고 싸늘한 모습으로 돌아간다.

> 자식 둘을 앞세우고 날면 되는 것이다. 그런데 왜 이리 허한가. 때때로 마음 밑바닥에서 거슬러 오르는 설렁한 냉바람은 무슨 까닭인가. (중략) 조선으로 돌아갈 것인가.(8권 140쪽)

서희는 가문을 찾겠다는 집념을 불태우던 여인이었다. 하지만 두 아들의 엄마가 되면서 그 성격에 변화가 생긴다. 이러한 변화는 혼신의 힘을 다해 매달렸던 가문 찾기가 끝난 뒤에 나타난다. 서희는 자신의 삶을 돌아보며 헛헛한 냉기를 느낀다. 그리고 고집스럽고 차갑던 여인에서 어머니로, 타인의 마음을 헤아리는 여인으로 변해 간다. 그리고 두 아들에게 기대어 살아가리라 마음먹으면서도 쓸쓸함을 느끼는 인물로 변화한다.

길상 역시 『토지』를 대표하는 인물 중 하나다. 길상은 서사가 거듭될수록 내적 유인으로 형성된 성격의 소유자임이 구체화되며 사색적이고 이성적인 인물로 성장한다. 그런가 하면 서희의 충실한 심복이자 뛰어난 장사꾼의 면모를 보인다. 서희와 결혼 후 신분과 관련된 고뇌를 느끼지만 김환을 만나 독립운동에 매진하기로 결심하면서 진중하고 사색적인 성격이 강화된다. 이러한 길상의 심리 서술에는 '노기를 띤다', '냉정하게 웃는다', '긴장한다', '자조의 웃음', '신경질과 우수가 어지럽게 감돈다', '어리둥절하다', '노려보다'와 같은 어휘가 사용되고 있다. 이 같은 어휘를 길상은 행동보다는 감정과 관련된 어휘가 주로 사용되고 있다는 것을 확인할 수 있다. 이를 통해 길상은 생각이 많으며 지적인 성품의 인물이지만 내적인 갈등과 고뇌를 가진 인물임이 드러난다.

> 도대체 얼마나 오랜 세월을 별들은 저렇게 가물거리고 있었더란 말인가. (중략) 무너지고 재가 되고 폐허로 변한 곳, 저 잿더미는

죽음일까? 저 사물의 변화는 죽음일까?(5권 58쪽)

위 문장은 생명에 대한 길상의 사유를 자유간접화법으로 나타내고 있다. 이러한 서술로 인해 길상의 사색적이며 생명지향적인 성격이 부각된다. 길상은 어린 날 어미 참새가 새끼 참새에게 먹이 주는 장면을 떠올리며 신기해하는 인물이다. 그러나 서희와 결혼하며 신분에 대한 갈등을 느끼는 인물이기도 하다. 이와 같은 길상의 성격은 자유간접화법을 통해 구체적이고 입체적으로 표현되고 있다.

『토지』 1부에서 구천으로 등장한 김환 역시 내적 유인으로 성격이 형성된 인물이다. 윤씨 부인에 대한 복수를 위해 최참판가로 찾아들었던 때의 김환(구천)은 준수한 외모와 슬기로운 기운을 풍기는 인물이었다. 1부에서는 김환의 성격을 등장인물들의 대화를 통해 구체화한다. 그러나 2부에 재등장한 김환은 동학 재건과 독립운동에 매진하는 인물임이 부각된다. 그는 '거세게 일렁인다', '눈이 험악하다', '이글이글 불길이 인다', '경련이 인다', '몽롱해진다'와 같은 어휘로 표현된다. 김환은 『토지』 안에서 영웅적 인물로 그려지는 몇 안 되는 인물 중 하나다. 민초들의 정신적 지주이자 독립운동의 구심점 역할을 하는 인물답게 행동보다는 심리 묘사와 관련된 어휘가 주로 사용된다.

『토지』의 대표적 악인이자 최참판가 몰락의 중심에 서 있는 조준구 역시 타고난 성격에 기인한 인물이며 자유간접화법을 통해 인물의 특성이 나타난다. 조준구에게는 '픽 웃는다', '싫은 표정', '이맛살을 찌푸린다', '쓰디쓴 얼굴', '체구에 맞지 않는 너털웃음', '공손하게', '괴로움과 불안이', '눈에 조롱기가', '경계의 빛', '격한 목소리' 등의 어휘가 사용되고 있다. 윤씨 부인의 외가 친척인 조준구는 몰락한 양반의 후손이다. 외모는 잘생긴 편이며 귀티가 나지만 몸의 균형이 맞지 않아 기형적으로 보인다. 교활하며 이기적인 조준구는 최참판가의 재산을 수중에 넣지만 더 많은 재물을 탐하다 결국 전 재산을 잃게 된다. 그러나 죽는 순간까지 자신의 잘못을 깨닫지 못하는 인물이다. 양반이라는 의식, 재물에 대한 욕망, 마지막까지 악행을 범하는 인물이며 교활하고 음흉한 조준구의 성격은 다양한 어휘로 나타난다.

『토지』의 대표적 지식인이면서 서사 말미까지 방황하는 이상현 역시 내적 유인으로 성격이 형성된 인물이라 할 수 있다. 그는 사대부 집안의 자손이자 아버지 이동진의 뛰어난 인품을 보며 자라 자의식은 강하지만 비도덕적이고 허무한 성품으로 방황을 지속하는 인물이다. 이상현의 성격은 '힘이 쑥 빠진 얼굴', '악마적 웃음', '절망감', '딱딱하게 굳어진', '증오에 찬', '새파랗게 질린', '싸늘하게'와 같은 어휘로 표현된다. 그는 서희의 사랑을 거부하고 길상에 대한 열등감에 사로잡힌 인물이다. 작가는 이상현을 통해 일제강점기 나약한 지식인을 그리고자 했던 것으로 보인다.

3·1운동의 실패뿐 아니라 서희가 길상과 결혼한 이후 이상현의 방황은 더욱 깊어진다. 부친 이동진과 같이 독립운동에 매진하

지도 못하고 그렇다고 고향으로 돌아가 아내와 가정을 돌보지도 않는다. 그의 불안한 심리는 '자조의 웃음', '적의에 가득 찬', '쓸쓸하게 웃는다'와 같은 표현을 통해 구체화된다.

> 자조의 웃음이 지나가는가 싶더니 눈빛이 험악해진다.(9권 15쪽)

> 상현은 껄껄껄 소리 내어 웃는다. 뜻밖에 그는 홀가분해하는 표정이다.(11권 14쪽)

이상현은 임명희뿐 아니라 독립운동에 매진하는 인물에게도 불안정한 내면을 보인다. 그는 처음부터 방황하는 인물로 그려지며 마지막까지도 성격의 변화를 보이지 않는다. 단지 기화가 낳은 딸 양현에 대한 책임감을 보일 뿐이다. 이상현 역시 부분적으로 성격의 변화가 나타나는 인물이라 할 수 있다.

일본의 밀정이지만 동생 한복에 대한 신뢰와 믿음을 보여주는 김두수 역시 내적 유인으로 성격이 형성된 인물이다. 특히 아버지 김평산과의 유사성은 유전적 특성으로 구체화된다. 그런가 하면 김두수는 심금녀에 대한 삐뚤어진 집착을 보인다. 이는 어머니 함안댁에 대한 그리움 때문이다. 김두수의 이러한 성격은 과거 함안댁과의 에피소드를 통해 개연성을 획득한다. 그는 『토지』에 등장하는 또 한 명의 악인이지만 내적 유인의 성격과 외적 유인의 성격이 부분적으로 충돌하는 양상을 보인다. 김두수는 '화가 났다',

'소름 끼치게 웃는다', '일그러진 웃음', '무섭게 눈알을 굴린다', '노려본다', '살기가 넘친다'와 같은 어휘로 표현된다. 밀정으로서 뛰어난 능력을 보이는 인물답게 심리와 관련된 어휘보다는 행동 묘사와 관련된 어휘가 많이 사용되고 있다.

이홍 역시 내적 유인으로 성격이 형성된 인물이다. 임이네의 탐욕을 지켜보며 자신의 태생에 대한 환멸을 느끼지만 월선에게 위로받는다. 그러나 월선이 죽고 방황하기 시작해 진주로 돌아온 뒤에도 임이네에 대한 원망과 자기 존재의 근원에 대한 불안함을 보인다. 내적 갈등을 보이는 인물이기 때문인지 자유간접화법에 사용된 어휘들 역시 다양한 감정을 표현하는 어휘가 주를 이룬다.

> "너거 아버지는 요새 좀 우떻노?" 홍이는 순간 눈을 꼭 감아버린다. "누운뱅이가 됐지 머. 아무 희망도 없다." 음성은 나직했다. 젖은 듯 부드러웠다. 그러나 감았던 눈을 떴을 때 불꽃이 튀는 듯 무서운 눈빛이 된다.(9권 78쪽)

진주로 돌아온 이홍의 갈등은 결혼으로 잦아든다. 그러나 염장이와의 불륜이 발각되어 곤욕을 치른다. 이후 이홍은 아비의 깊고 깊은 눈이 뼛속까지 스미는 것을 느낀다. 세 여자와 인연을 맺으며 스스로를 비하하던 아버지 모습을 자신에게서 발견한 이홍은 아내인 허보연의 보살핌으로 건강을 회복하고 진주로 돌아가게 된다. 이홍의 성격은 여러 차례 변하지만 생모인 임이네에 대한 인식만큼은 큰 변화를 보이지 않는다. 그러나 자유간접화법으로 이홍의 성격 변화가 드러나고 있다는 점에서 입체적 인물에 해당한다고 할 수 있다.

조병수는 양반이지만 장애를 가지고 태어난 인물이다. 그 역시 내적 유인으로 성격이 형성된 인물이라 할 수 있는데, 타고난 장애라는 조건 자체가 성격 형성의 근원이 되기 때문이다.

> 마른기침 소리가 났다. 휘는 방문을 열었다. 조병수가 우두커니 앉아 있다가 휘를 쳐다본다. 비애와 공포에 질린 눈빛이었다.(16권 241쪽)

조준구의 악행에서 벗어난 조병수의 심리는 '비애와 공포', '눈빛만은 변함없이 맑았다', '생기가 돌았고 음성에 탄력이 있었다', '기쁨의 빛이 넘친다'와 같은 어휘로 표현된다. 소목장으로 살아가는 조병수는 어린 날 어머니 홍씨의 학대로 인해 소극적이며 겁많은 인물이 된다. 그러나 사색적이고 도덕적인 성품으로 아버지의 악행을 모두 감내한다. 이러한 조병수의 성격은 장애로 인한 억압으로 형성된 성격이지만 소목장 일을 하면서 심미적 감성의 소유자로 바뀐다. 고통으로 암울했던 시기를 이겨낸 조병수 역시 자유간접화법을 통해 그 성격의 변모 양상이 구체적으로 드러나며 입체화된다.

2) 외적 유인(誘因)과 인물의 성격

『토지』 서사는 윤씨 부인으로부터 시작된다. 노루 고기를 먹고 죽은 남편을 위해 천은사로 기도를 갔던 윤씨 부인은 김개주에게 겁탈당해 김환을 낳는다. 이후 자신의 비밀을 숨기며 최참판가를 일구며 살아간다. 이런 윤씨 부인에게 '가라앉은', '만족한 듯', '파래졌고', '처참했다', '심한 동요를 나타내며'와 같은 어휘가 사용된다. 외적 유인으로 성격이 형성된 윤씨 부인은 대범한 성격이지만 비극적인 인생을 산 인물이다. 윤씨 부인의 성격이 외적 유인으로 형성된 것이라 판단하는 것은 윤씨 부인이 타고난 성격을 짐작하게 하는 정보가 없기 때문이다. 서사 안의 윤씨 부인에 대한 정보는 김개주 겁탈 사건 이후 임신한 순간부터 구체적으로 제공되고 있기 때문에 인물의 타고난 성격이라 할 수 있는 내적 유인을 찾을 수 없다.

> 나는 당신네들 편의 사람이 아니요. 나는 저 죽은 바우나 간난할멈, 월선네와 같은 처지의 사람이었소. 윤씨 부인은 그렇게 말하고 싶은 것이다. 자기의 권위와 담력과 두뇌는 오로지 최씨 문중에 시종하기 위한 가장에 지나지 않았다는 것을 말하고 싶은 것이었다.(3권 115쪽)

위 예문은 길 위에서 만난 임이네와 윤보를 보며 자신의 과거를 회상하던 윤씨 부인의 심리와 태도를 자유간접화법으로 표현한 문장이다. 곧 몰락하게 될 최씨 집안의 미래를 예감한 윤씨 부인은 자신의 삶이 결코 양반가 아녀자로서의 삶이 아니었음을 말한다. 스스로가 바우나, 월선네와 다름 아니었다는 것은 그들의 삶과 자신의 삶이 별반 다르지 않았다는 고백이다. 윤씨 부인의 이 고백은 양반 계급이 누릴 수 있는 혜택을 받지 못한 채 불행한 삶을 살았음을 강조하는 것으로 보아야 한다. 이는 언제나 흔들림 없고 강인해 보이던 윤씨 부인의 모습과 사뭇 다른 모습이다. 이를 통해 윤씨 부인의 심리가 입체적으로 드러나는 것이라 할 수 있다. 내면 심리를 잘 드러내지 않는 인물의 심리를 1인칭 서술로 드러냄으로써 외면과 다른 면모가 있었음을 보여주는 것이기도 하다.

최치수 살인 사건은 『토지』 서사가 앞으로 나아가게 하는 근원적 사건이다. 이 사건과 관련된 대표적 인물은 귀녀다. 귀녀는 양반에 대한 반감을 가진 것은 물론이고 자신의 신분에 대한 원망으로 가득 찬 인물이며 신분 상승을 꿈꾸는 인물이다. 결국 신분 상승이라는 꿈을 이루기 위해 최치수를 살해하기에 이른다. 이러한 특성 때문인지 귀녀는 그로테스크한 인물로 그려진다. 귀녀의 심리 표현에는 '냉담하다', '나직하게', '새파랗게 질려', '이글이글 타오르는', '딱딱하고 괴이한' 같은 어휘들로 표독스럽고 잔인한 귀녀의 성격이 구체화한다. 귀녀의 성격이 외적 유인으로 형성된 것이라 판단하게 되는 것은 귀녀의 신분 때문이다. 태어날 때부터 노비였던 귀녀는 성장하면서 신분에 대한 원망이 쌓였을 것이고 이 때문에 신분 상승을 꿈꾸었을 것이다. 신분 차별이라는 외적 유인으로 형성된 귀녀의 성격은 악하게 그려진다. 그러나 최치수 살해 혐의로 옥에 갇힌 뒤 강포수의 사랑을 깨닫고 자신의 죄를 뉘우친다. 이는 강포수의 사랑이라는 외적 유인에 의한 변화로 보아야 한다.

최치수는 최씨 집안의 마지막 남은 남성이지만 『토지』 1부에서 김평산에 의해 살해되는 인물이다. 그는 '씹어뱉듯', '날카롭게', '흥미스런 빛', '독기가 번득 섰다', '완강한 침묵', '따스한 빛이 돌았다', '처연한 모습', '간악하기 이를 데 없는'과 같은 어휘로 표현된다.

어머니와 화해하지 못한 최치수는 아내인 별당아씨가 구천과 도주한 것에 앙심을 품고 두 사람을 찾아 나선다. 최치수는 자신의 유일한 혈육인 서희에게도 냉담하다. 성 불구이며 애정결핍에 시달리는 최치수의 성격은 외모 묘사에 사용된 어휘와 비슷한 단어들로 그려진다. 내면을 알 수 없는 인물이기에 외면과 관련된 어휘가 주로 사용되는 것으로 보인다.

김훈장은 봉건적 신분제도가 무너지는 것을 안타깝게 생각할 뿐 아니라 대를 이어 선영을 봉사해야 한다는 명분에 전 생애를 바치는 인물이다. 하나 남은 혈육인 점아기의 희생으로 유지되는 집안이지만 그에 대한 죄의식은 없다. 이러한 김훈장을 표현하는 데 '세모꼴', '허둥대다', '자랑스러운 빛', '어리벙벙', '풀이 푹 죽은', '흔들리는 눈에 혼란', '다행이라', '어두워진다' 같은 어휘가 사용된다. 이러한 어휘를 통해 김훈장이 쉽게 풀이 죽거나 허둥대는 인물이라는 것을 확인할 수 있다. 이는 김훈장이 몰락하는 봉건 질서를 상징하는 인물이기 때문인 것으로 보인다. 『토지』의 서사는 1897년부터 시작된다. 이 시기는 근대라는 새로운 개념이 서구 문물과 함께 몰려든 시기로 계급 질서의 균열이 시작된 때이기도 하다. 김훈장은 봉건 질서가 파괴되는 모습을 안타깝게 바라보지만 시대의 흐름을 읽지 못하는 늙고 노쇠한 인물이다. 김훈장의 외모가 나이에 비해 늙게 그려지는 것 역시 이와 관련되어 있다.

최치수 살인범으로 칠성이 사형당한 뒤 마을에서 쫓겨났던 임이네는 아이들과 함께 마을로 돌아온다. 걸식으로 생명을 이어 온 임이네는 이후 이홍을 낳는다. 임이네의 생명력 넘치는 성격은 내적 유인으로 형성된 것이다. 하지만 임이네의 성격은 내적 유인과 외적 유인이 함께 작용해 형성되고 있으며 서사가 진행될수록 외적 유인에 의한 성격 변화가 극단적으로 부각된다. 또 내적 유인으로 형성된 성격보다 외적 유인으로 형성된 성격이 사건에 더 많은 영향을 미치는데, 임이네의 성격은 이용과 함께 살면서 변하기 시작해 죽음을 맞이하는 순간까지 지속된다. '파랗게 질린다', '불기둥이 서는 것 같다', '울음이 가득 찬'과 같은 어휘로 성격의 변화를 알 수 있다. 임이네의 성격 변화는 돈과 관련해 구체화된다. 월선에 대한 질투보다 물질에 대한 집착이 강하게 그려지면서 임이네의 건강한 생명력은 그 빛을 잃게 된다.

지리산을 중심으로 독립운동을 펼치던 의병들은 김환의 죽음으로 와해 직전에 이른다. 하지만 송관수는 그런 상황에 좌절하지 않고 만주 일대와 지리산을 중심으로 조직을 강화하려 노력한다. 그는 길상의 수감으로 위축된 조직을 되살리기 위해 노력하지만 아들 송영광의 방황으로 신분에 대한 회의에 빠지기도 한다. 그의 심리는 '눈에 띄게 어두워졌다', '콧마루가 하얗게 변한다', '얼굴이 어둡다', '쓴웃음' 같은 어휘로 그려진다. 위와 같은 어휘를 통해 평등한 세상과 독립된 나라를 위해 최선을 다하지만 아들 송영광의 방황을 지켜봐야 하는 아버지로서의 심리도 드러난다. 송관수 역시 여러 사건을 경험하며 심리의 변화를 보이는 외적 유인에 의해 성격이 형성된 인물이라 할 수 있다. 백정의 딸과 결혼하면서 그의 계급에 대한 반감은 더욱 강화되지만 평등한 세상과 독립을 위해 헌신한다. 송관수의 성격에 영향을 미치는 외적 유인은 백정 딸과의 결혼과 의병 활동 및 독립운동에 매진한 사건들이라 할 수 있다.

임명희는 3부에서부터 5부까지 비중 있게 다루어지는 인물이다. 또 임명희가 등장하면서 신여성에 대한 서술이 나타나기 시작한다.

> 어째서 그런 말까지 했는가. 명빈의 의도를 모르는 것도 아니면서 비정한 것 같고 야속한 것이다. 듣기 싫고 아픈 이야기를 왜 한담. 싶은 것이다.(9권 468쪽)

오빠인 임명빈으로부터 평범한 삶을 살라는 말을 들은 직후 임명희는 이상현과의 일을 떠올리며 괴로워한다. 그녀는 유학을 통해 신교육을 받았으나 특별하지 않은 여성이니 남들처럼 결혼하라는 임명빈의 말에 상처를 입는다.

임명희는 신여성은 상민이나 천민 친일파의 딸들이라는 정상조의 말을 떠올리며 자신과 관계없는 이야기라 생각한다. 그러나 오빠 임명빈의 이야기는 뼈아프게 들렸고 결국 자신이 그러한 신여성 중 한 명에 불과하다는 생각에 사로잡힌다. 이러한 자각은 뛰어난 외모와 세련된 지성미를 갖춘 임명희의 심리를 위축시킨다. 또한 계급적 한계를 가진 임명희는 이상현에게 사랑을 고백하지만 거절당해 괴로워한다. 세련된 지성미를 갖춘 임명희는 자신이 신여성이라는 자각과 이상현으로부터 사랑의 거절이라는 사건을 겪으면서 성격이 변한다. 이후 조찬하와의 결혼 생활 역시 임명희를 불행하고 우울한 인물로 변하게 한다. 그런 그녀가 이혼을 결심하고 주체적인 삶을 선택하면서 성격이 또 한 번 달라진다. 이후 이상현의 딸 이양현을 데려다 키우고 싶어 하지만 뜻대로 되지 않아 아쉬워한다. 『토지』 5부에서 임명희는 이양현의 정신적 지주 역할을 한다. 송영광의 거절로 사랑을 이루지 못한 채 신분에 대한 갈등을 겪는 이양현은 임명희에게 의지한다. 이 과정에서 임명희는 과거의 우울한 성격에서 벗어나고 적극적인 면모를 보인다. '농치듯 말하고 웃었다', '억양 없는 목소리', '가라앉은 모습',

'눈살을 찌푸렸다', '쾌활하게 웃다', '고통스럽게 일그러졌다', '희미하게 웃었다'와 같은 어휘들을 통해 임명희의 직접적인 심리 상태를 보여준다. 이를 통해 임명희는 불안하고 수동적인 모습보다는 적극적이고 안정적인 성격으로 변했음을 확인할 수 있다. 임명희 역시 외적 유인으로 인해 성격이 변한 인물에 해당한다.

김한복은 형 김두수를 만나 독립자금을 전하는 중요한 역할을 하는 인물이다. 살인자의 아들이라는 비난을 받으며 자라온 김한복은 김두수를 만나 독립자금을 전달한다. 이 일로 살인자의 자식이란 오명을 벗을 수 있는 가능성이 생기게 된다.

> 한복의 얼굴빛이 달라진다. 흔들리는 등잔불을 받은 한복의 얼굴은 돌처럼 굳어진다. (중략) "다음 하실 말씸 하소." 한복의 음성은 쥐어짜는 것 같았다.(9권 152-153쪽)

송관수에게 형 김두수 이야기를 전해 듣는 김한복은 괴롭다. 형 김거복이 어쩔 수 없이 아버지 김평산과 같은 삶을 살고 있다는 생각 때문이다. 김한복은 핏줄에 대한 원망으로 갈등하지만 결국 김두수를 만난다. 송관수 일행은 김두수의 눈을 피해 독립자금을 전달하려는 목적으로 김한복을 만주로 보내지만 그 결과 김한복은 살인자의 아들이라는 누명을 벗을 수 있는 가능성이 생기게 된다. 아들 김영호의 학생운동 가담 역시 그의 삶을 바꾸는 역할을 하지만 독립자금을 전달하는 임무야 말로 김한복의 심리 변화에 중요한 영향을 미치는 사건이다. 이와 같은 사건은 김한복의 성격 변화의 외적 유인으로 작용한다 할 수 있다. 김한복의 심리 역시 자유간접화법을 통해 구체적이고 입체적으로 드러나고 있어 생동감을 느끼게 할 뿐 아니라 독자가 인물의 심리 변화를 이해할 수 있도록 돕는다.

계급 문제로 갈등하는 송영광은 이양현의 사랑을 거부한다. 그는 백정의 아들이라는 신분의 벽을 스스로 타파하지 못하고 갈등하는 인물이기 때문인지 '괴로운', '신경질적인', '짜증스럽다는 듯', '자학하듯'과 같은 어휘로 심리가 표현되고 있다.

> 홍이를 보는 순간 영광은 숨이 막힐 듯 괴로운 표정을 지었다. (중략) 벼랑 끝으로 몰린 짐승 같이, 그런 눈빛으로 홍이를 쳐다본다.(16권 54쪽)

> 뭐 그리 화가 났던 것도 아니었다. 병신이니까 병신이라 하는 거다, 그쯤 생각했던 것이다.(16권 79쪽)

그러나 송영광이 일본 유학시절 적극적이고 진취적인 면모를 보이던 인물이었음을 감안하면 송영광 역시 후반부로 갈수록 그 성격이 변하고 있음을 확인할 수 있다. 송영광은 내적 유인으로 형성된 성격이 외적 유인으로 변화하는 인물로 입체적 인물이라 할 수 있다.

이처럼 선택적 자유간접화법은 인물을 생동감 있게 부각시킨다. 인물의 성격은 사건에 대응하는 인물의 반응 양상으로 드러나는 것이므로 인물의 성격을 구체적으로 살펴보기 위해서는 그 변화 양상을 확인해 볼 필요가 있다. 인물의 성격 형성 유인을 내적 유인과 외적 유인으로 분류해 살펴본 것은 인물이 사건에 대응하는 이유가 성격에 있기 때문이며 또, 인물이 경험하는 사건으로 인해 인물의 성격에 변화가 발생하기 때문이다.

2
선택적 초점화
— 렌즈의 선택과 균형 있는 인물의 등장

서사에서 인칭은 독자가 듣게 되는 목소리에 해당한다. 애벗은 서술에서의 목소리는 문법적 인칭으로서의 특질을 가지고 있지만 이보다 중요한 것은 인물의 성격에 대한 독자들의 감각이며 이들 목소리는 서술되는 스토리의 분위기를 조성하는 데 큰 역할을 한다고 말한다.

그는 또 서술자가 초점자인 경우가 대부분이라고 밝히면서 독자가 서술자의 목소리를 듣는 순간 독자는 서술자의 눈을 통해 행동을 보는 경우가 흔하다고 주장한다. 그러나 매번 그런 것은 아니며 목소리는 서술자일지라도 보는 것은 다른 누군가의 눈을 통해 이루어지는 경우가 있다고 지적한다.

초점화란 서사와 인물을 바라보는 렌즈의 선택과 관련된 문제이다. 렌즈의 선택이란 누구의 눈으로 보는 것인가 하는 문제이며, 관찰 렌즈를 바꾼다는 것은 사건을 대하는 태도와 인물의 성격 모두에게 변화가 발생하게 됨을 말한다. 이와 같은 초점화는 독자의 독서 행위를 좀 더 풍요롭게 하며 인물뿐만 아니라 서사에 대해서도 풍부한 인상을 얻을 수 있게 한다. 애벗은 이러한 현상은 독서를 하는 동안 독자의 생각과 감정이 풍부해지기 때문에 나타나는 것이라고 설명한다.[7]

선택적 초점화라는 서술 전략은 여타 대하장편소설에서도 발견되는 기법이다. 홍명희의 『임꺽정』, 조정래의 『태백산맥』, 황석영의 『장길산』, 김주영의 『객주』, 최명희의 『혼불』 등과 같은 작품에서도 선택적 초점화가 나타난다. 『임꺽정』 역시 선택적 초점화로 다양한 인물을 그린다. 이러한 서술 전략은 중심 인물에만 감정 이입을 하던 방식에서 벗어나 다중이 주인공이 되는 것을 경험하면서 인물들을 둘러싼 세계를 더 효과적으로 인식할 수 있게 한다.[8] 그러나 여타 대하장편소설에 사용된 선택적 초점화와 『토지』에 사용된 선택적 초점화는 다른 결과를 낳는다. 여타의 다른 대하장편소설에 나타난 선택적 초점화가 인물을 효과적으로 인식시키기는 하지만 『토지』와 같이 인물의 경계가 흐려지게 하지는 않는다. 예를 들어 『임꺽정』의 경우 일부 인물이 다중 주인공인 것처럼 인식될 수는 있지만 결과적으로는 주인공인 임꺽정 중심의 서사일 수밖에 없다. 이와 같은 양상은 『태백산맥』이나 『객주』에서도 찾아볼 수 있다. 반면 『토지』에서는 선택적 초점화가 인물에게

---

7 애벗, 앞의 책, 145-147쪽.

8 김희진(2015), 「홍명희 『임꺽정』에 나타난 구술적 양상 연구」, 『한민족문화연구』 48집, 한민족문화학회, 51쪽.

고르게 적용되어 중심 인물과 부수적 인물이라는 수직 관계가 흐려진다. 이러한 서사가 가능한 것은 인물이 고르게 초점화되기 때문이다.

『토지』는 3인칭 서술자에 의해 서술된다. 그러나 부분적으로 서술자가 바뀌는 경우가 나타난다. 이는 애벗의 말처럼 렌즈가 바뀌는 경우에 해당한다. 렌즈를 바꾸는 것과 같은 선택적 초점화는 『토지』의 전반에 걸쳐 나타나고 있으며 이는 서사 전개 양상에도 영향을 미친다.

『토지』는 1부와 2부 그리고 3~5부까지 서사가 각기 다른 양상을 보인다. 1~2부에서는 최참판가의 흥망을 그린다. 그러다 보니 최참판가를 중심으로 한 인물과 평사리를 중심으로 한 소작농, 그리고 그 외의 인물들의 삶이 주로 그려진다. 때문에 평사리라는 공간을 토대로 형상화되는 인물의 삶은 자연과 그 모습이 닮아 있다.[9] 반면 3~5부는 근대 격변기 민중의 삶을 형상화한다. 3부의 시대 배경인 1920년대는 3·1운동이 실패하고 진주에서는 형평사가 창립되며 광주학생운동이 일어난 해이다. 해외에서는 중국 공산당이 성립되고 관동 대지진이 일어나며 세계 경제 대공황이 시작된다. 박경리는 격변기 민중의 모습을 『토지』 3부 이후부터 구체적으로 형상화한다.[10] 이와 같은 서사 전개의 차이는 선택적 초

---

9 이덕화(1996), 「서술의도에서 본 『토지』의 인물유형」, 『현대문학의 연구』 6권, 한국문학연구학회, 126-131쪽.

10 박경리는 '역사적 사건들이라 해서 개인의 삶, 예를 들면 두메산골에 사는 사람

점화가 나타나는 양상에서도 찾아볼 수 있다. 『토지』에는 선택적 초점화가 조밀하게 나타나거나 느슨하게 나타나고 있다. 이와 같은 양상은 서사 전개뿐만 아니라 인물의 균형 있는 등장에도 영향을 미친다.

1) 조밀한 초점화 — 평사리 중심 서사와 인물의 등장 양상

먼저 『토지』 1부와 2부를 통해 조밀한 초점화가 나타나고 있음을 확인할 수 있다. 『토지』 1부는 최씨 집안과 평사리의 위기 상황을 그리고 있다. 1부에는 살인으로 인한 최치수의 죽음, 호열자로 인한 윤씨 부인의 죽음, 조준구의 최씨 집안 재산 착복 그리고 의병 사건으로 인한 평사리 사람들의 위기와 도주 사건이 연속적으로 그려진다. 이러한 중요 사건은 서술자와 관찰 대상이 반복적으로 교체되면서 서술된다.[11]

에게 영향이 없었던 건 아니다. 역사적 사건은 각종 물가 상승 또는 징용 징병과 같은 형태로 개인의 삶에 영향을 미친다'고 주장한다. 그러면서 『토지』에 담긴 사상이나 역사적 사건에 대해 언급하는 행태에 대해 본인은 사람을 그린 것이라 강조한다. 즉 역사적 사건 자체로 의미가 있는 것이 아니라 그것이 인물의 삶에 영향을 미치기 때문에 의미 있는 것이다. 김치수, 앞의 책, 224-225쪽.

11 우드는 셰익스피어의 「맥베스」를 예로 든다. 같은 시간 같은 공간에서 둘 이상의 인물을 초점화해야 할 때 시점 조절을 이용할 수 있음을 지적한다. 『토지』 역시 시점 조절을 통해 초점 인물이 바뀌게 된다. 우드, 앞의 책, 152-153쪽.

『토지』 1부 초점화 양상

1권	귀녀:최치수 → 최서희:최치수 → 봉순네:귀녀 → 이용:월선 → 길상:우관스님 → 임이네:이용
2권	강청댁:이용 → 최치수:윤씨 부인 → 윤씨 부인:김개주 → 김평산:귀녀 → 김진사댁 부인:김평산 → 수동:구천과 별당아씨 → 우관스님:최치수 → 최치수:윤씨 부인 → 수동:구천과 별당아씨 → 봉순네:봉순 → 수동:최치수 → 이용:임이네 → 칠성:임이네 → 윤씨 부인:최치수 → 임이네:동네 사람들
3권	강포수:김서방댁 → 두만네:용이와 임이네 → 김훈장:윤보와 서서방 → 임이네:임이와 임이 동생들 → 윤씨 부인:윤보
4권	길상:수동과 삼월 → 윤보:윤참봉 하인 → 조병수:길상 → 김훈장:하인과 조준구 → 길상:삼수 → 순이:길상과 봉순 → 윤보:영팔 → 김한복:봉기

위 표는 『토지』 1부의 초점화 양상을 대략적으로 정리한 것이다. 표 안의 표식은 [초점화 주체 : 초점화 대상]을 나타낸 것으로 3인칭 서술자를 대신하는 인물과 그 인물이 바라보는 인물을 의미한다.

표를 통해 『토지』 1권[12]의 초점화 양상을 확인해 볼 수 있다. 『토지』 1권의 경우 최참판가 인물이 주로 초점화된다. 『토지』 2권은 주로 평사리 농민이나 과거 회상 속 인물들이 초점화된다. 이러한 양상을 통해 『토지』 서사 도입부에 해당하는 1부는 최참판가와 평사리 사람들을 중점적으로 서술하고 있다는 것이다. 특히

12 본 장에서 권별로 논의를 전개하는 것은 초점화 양상을 일목요연하게 시각화하기 위함이다.

이용과 월선 그리고 강청댁과 평사리 아낙들을 초점화함으로써 최참판가뿐 아니라 평사리 농민들이 동시에 서술된다.

> 귀녀는 방문을 열고 들어온다. 최참판댁 당주인 최치수는 책에서 눈을 떼지 않는다. 오래 묵은 한지 같은 저녁 빛깔이 방 안에 밀려들고 있다. 등잔불이 흔들리면서 밝아온다. 어둑어둑한 방에서 정말 글을 읽고 있었는지, 최치수 콧날에 금실 같은 한줄기 빛이 미끄러진다. 수그러진 그의 콧날이 날카롭다. 이 세상 온갖 신경질과 우수가 감도는 옆모습. 당장에라도 벌떡 일어서서 눈을 부릅뜨고 고함을 칠 것 같은 위태로운 분위기가 방안 가득 맴돈다.(1부 1권 29쪽)

위 예문은 귀녀의 시선과 목소리로 최치수의 성격을 묘사하는 부분이다. 선택적 초점화는 인물의 성격뿐 아니라 서사 전개와 관련해서도 중요한 역할을 한다. 또 초점 주체의 성격이 초점 대상 서술에 영향을 미치게 되므로 인물의 성격이 입체적으로 드러나게 된다. 최치수로부터 '이 세상 온갖 신경질과 우수가 감도는 옆모습. 당장에라도 벌떡 일어서서 눈을 부릅뜨고 고함을 칠 것 같은 위태로운 분위기'를 느끼는 것은 초점 주체인 귀녀이다. 외적 유인의 영향으로 성격이 형성된 귀녀는 양반이자 상전인 최치수를 신경질적이고 위태로운 존재로 느끼는 것이다.

이처럼 3인칭 시점이 1인칭 시점으로 변화하게 되면서 초점화 주체에 의해 초점 대상이 평가되거나 서술되기도 한다. 이와 같은 양상은 3인칭 서술자에 의해 서술되는 인물과 1인칭 초점화 주체에 의해 서술되는 인물에 편차를 만들면서 인물의 이면을 부각시킨다. 그리고 초점화 주체 인물이 초점 대상 인물의 일거수일투족을 알 수 없기 때문에 추측형 어미로 서술되는 경우도 있다. 또, 추측형 어미를 통해 초점 주체의 초점 대상에 대한 태도를 확인할 수 있다. 초점 주체가 초점 대상에게 갖는 태도는 서사 진행에 영향을 미친다.

> 노기에 찬 길상의 눈이 쏘아보고 있었다. "거기서 뭘하시오?" 병수의 얼굴이 사색이다. "도련님" 평소 준수했던 모습이 무시무시한 살기를 뿜어낸다. 다음은 웃었다. 살기보다 무서운 모멸이 웃음이다. (중략) 길상은 병수를 번쩍 안아 올리더니 대숲을 빠져 나간다.(4권 141쪽)

위 예문은 조병수가 별당 마당에서 놀고 있는 서희를 훔쳐보다 길상에게 들키는 장면이다. 조병수는 길상을 좋아하지만 위의 상황에선 두려움을 느낀다. 장애가 있는 조병수의 여린 성격은 3인칭 서술자에 의해 서술되는 경우뿐 아니라 1인칭 초점화를 통해서도 구체적으로 드러난다. 위 예문의 경우 3인칭 시점으로 서술되던 길상의 모습이 조병수 시점으로 서술됨으로써 조병수가 느끼는 길상의 성격이 부각되는 것이다. 3인칭 서술자에 의해 이성적이며 사색적인 인물로 그려지는 길상은 1인칭 서술자인 조병수를 통해 무시무시한 살기를 품은 채 모멸을 느끼게 하는 웃음을 띠는 인물로 서술된다. 이처럼 인물의 다른 면모나 성격이 선택적 초점화를 통해 드러나는 것이다. 3인칭 서술자가 서술하지 않는 인물의 성격을 선택적 초점화로 드러낼 수 있어 인물의 성격이 입체화된다.

선택적 초점화로 인물을 서술할 경우 중요 인물과 부수적 인물의 구분이 모호해진다. 왜냐하면 초점화된 인물의 시점으로 초점 대상을 서술하는 순간만큼은 초점 주체로 선택된 인물이 중심인물인 듯 그려지기 때문이다. 이는 모두가 주인공이어야 한다는 박경리의 창작관이 구체적으로 발현되는 것이기도 하다.

> 뒤 곁에서 길상이와 봉순이 다투는 목소리가 들려온다. 순이가 귀를 기울인다. (중략) 따귀 때리는 소리가 철썩 하고 들려온다. (중략) 순이는 무거운 몸을 뒤뚱거리며 쫓아가서 말린다. "죽은 어매 새, 생각을 해도 차, 차마 니가 못 그랄 긴데." 길상은 소매 끝으로 눈물을 닦더니 휭하니 가버린다. 한쪽 빰이 벌개진 봉순이는 울지 않고 차라리 말똥말똥한 눈을 하고 있다. (중략) 그들 사이를 모르는 것은 아니지만 순이는 객담을 못하는 성미다. 봉순이는 비로소 눈물방울을 떨어뜨린다. 그러나 하는 말은 결코 수그러든 것은 아니다.(4권 304-305쪽)

위 예문은 홍씨 부인의 몸종으로 평사리까지 내려오게 된 순이의 눈을 통해 봉순과 길상의 관계를 서술하는 부분이다. 3인칭 서술자 시점으로 둘의 관계를 그리지 않고 순이라는 1인칭 시점으로 길상과 봉순의 관계를 서술함으로써 그들을 알고 있는 대부분의 사람들이 길상과 봉순의 관계를 오누이 이상으로 판단하고 있다는 사실이 강조된다.

『토지』 2부 초점화 양상

5권	길상:이용 → 길상:서희 → 길상:김훈장 → 이상현:김훈장 → 길상:이상현 → 이상현:길상 → 김두수:월선 → 송장환:사환아이 → 옥이엄마:길상 → 길상이:옥이 → 공노인:서희 → 이상현:송장환 → 송장환:이상현 → 서희:이상현 → 김두수:금녀
6권	길상:송장환 → 이홍:주갑 → 임이네:이홍 → 이용:주갑 → 이동진:이상현 → 허묵:권필응 → 이동진:길상 → 이동진:오득슬 내외 → 길상:김훈장 → 길상:서희 → 서희:옥이엄마 → 김두수:서희 → 이상현 아내:이상현 → 석이:기화 → 관수:쪼깐이 → 석이:석이 어머니, 누이동생
7권	환:육손이 → 환:영산댁 → 윤도집:환 → 윤도집:혜관 → 추산:운삼 → 상현:기화 → 서희:봉순 → 송애:김두수 → 기화:서희 → 기화:주갑 → 공노인:두메 → 공노인:조준구
8권	공노인:거지들 → 공노인:김개주, 환 → 환:공노인 → 길상:권필응 → 김두수:김한복 → 길상:환 → 서희:환국, 윤국

위 도표는 『토지』 2부의 중심서사를 이끄는 인물과 새롭게 등장하는 인물을 중심으로 선택적 초점화가 진행되는 양상을 정리

한 것이다. 『토지』 2부는 평사리를 떠난 인물들의 삶을 형상화하고 있다. 이들이 정착한 용정은 조선보다 근대화가 더 많이 진행된 곳이다. 1부 서사가 최씨 일가를 중심으로 서술되었다면 2부 서사는 용정 일대와 서울 그리고 평사리와 지리산을 배경으로 새롭게 등장하는 인물과 관련된 서사가 진행된다. 2부에는 어른으로 성장한 2~3세대와 독립운동에 매진하는 인물들이 대거 등장하는데 이들 역시 선택적 초점화를 통해 구체화된다.

> 마음을 놓으면서 아파하는 눈이 길상을 쳐다본다. (중략) 김훈장의 사람됨이 잔인해서도 아니다. 고의로 한 말도 아니다. 사람됨이 잔인했거나 고의로 한 짓이라면 미워해버리면 그만이다. 등을 돌려버리면 그만이다. 김훈장은 오히려 착한 편이다. 정직한 사람이기도 하다. 사리사욕도 별반 없는 사람이다. 고지식하다. 그의 입에서 나온 말들은 그로서는 당연하다.(6권 82쪽)

길상은 서희의 청혼에 혼란스러워한다. 최참판가의 심부름꾼이었던 자신과 상전 아가씨의 결혼은 불가능하다고 여기기 때문이다. 근대화가 진행된 용정이지만 길상에게는 계급의식이 여전히 남아 있어 더더욱 혼란스럽다. 특히 김훈장의 반대는 길상 자신의 근본에 대해 고민하게 한다. 신발짝이 맞듯 사람의 짝도 분수에 맞아야 한다는 김훈장의 말을 들은 뒤 길상은 자신이 백정의 아들인지 광대의 아들인지 알 수 없어 괴로워한다.

성인이 된 길상은 3인칭 서술자에 의해 말수 적고 무던한 인물로 그려진다. 그러나 신분을 초월한 결혼과 관련된 내적 갈등은 1인칭 시점으로 서술된다. 초점 주체인 길상은 초점 대상인 김훈장의 말을 객관적으로 받아들이려 노력한다. 길상은 두 사람의 결혼을 반대하는 김훈장의 아파하는 눈길을 느낀다. 그리고 김훈장의 말이 그르지 않다고 생각한다. 길상의 이러한 모습은 서희와의 결혼을 반대하는 김훈장을 이해하려는 노력으로 보인다. 이를 통해 길상이 현실을 객관적으로 인식하기 위해 노력하는 인물임이 구체적으로 드러난다. 뿐만 아니라 길상의 시점을 통해 서사가 서술됨으로써 김훈장의 보수적인 성격은 물론 서희와 길상의 관계를 안타깝게 생각하는 인간적인 면모도 함께 드러나는 것이다.

> 윤국이 화장수 병뚜껑을 열었다 닫았다 하며 한참을 놀다가 싫증이 났는지 환국이가 접어주는 종이배도 마다하고 엄마 엄마하며 서희 무릎에 기어오른다. 고개를 갸웃하며 정답게 부른다. 젖을 달라는 것이다. (중략) 윤국은 기분이 좋아서 고사리같이 귀여운 손가락을 어미 입에 넣으며 또 쳐다보며 젖이 나오지 않는 젖꼭지를 빤다. 그 광경을 쳐다보고 있던 환국이 무릎을 민적거리며 다가온다.(8권 302쪽)

인용문에서는 서희와 윤국과 환국의 모습이 그려지고 있다. 이때 아이들 모습을 바라보는 주체는 서희다. 서희 시점으로 두 아들의 모습을 서술함으로써 서희가 인식하는 두 아들의 성격 차이가 극명하게 드러난다. 윤국은 놀이감을 팽개치고 엄마 무릎에서 젖을 빤다. 이를 지켜보던 환국은 무릎을 만지작거리며 다가온다. 활동적이고 적극적인 윤국과 달리 환국은 차분하며 소극적이다. 위 인용문은 엄마 서희의 시선으로 윤국과 환국의 성격을 기술하고 있다. 그렇기 때문에 엄마가 된 서희 심리도 함께 느껴진다.

2) 느슨한 초점화

인물과 배경의 확장과 인물의 등장 양상

『토지』 3부는 조선으로 돌아온 서희 일가와 평사리 사람들 그리고 의병 활동에 몸담고 있는 인물들과 용정, 만주, 서울 등을 중심으로 서사가 이어진다. 다음 표는 3부에 나타나는 초점화 양상을 정리한 것이다. 3부에서는 등장인물이 한층 강화되었으며 배경 역시 고르게 서술되고 있다. 특히, 임명희로 대표되는 신여성군의 등장이 도드라진 특징이라 할 수 있다. 거기다 3세대들의 사랑과 결혼이 중요 서사의 일부를 차지한다. 의병 활동에 매진하는 남성 인물들도 등장하지만 1부와 2부에서처럼 몇몇 중심 서사와 관련 있는 인물을 초점화하고 있지 않는다는 것이 『토지』 3~5부의 특징이라 할 수 있다.

선택적 초점화는 서사 전개 양상에도 영향을 미친다. 왜냐하

『토지』 3부 초점화 양상

9권	억쇠:상현 → 상현:산호주 → 관수:이홍과 이용 → 홍이:장이 → 한복:관수 → 안자:서희 → 관수:육손 → 한복:최서기 → 임명희:임명빈
10권	이상현:임명희와 임명빈 → 이상현:임명빈 → 순철모:서희 → 서희:박의사 → 박의사:이홍 → 임명희:길여옥
11권	임명희:조용하 → 임명희:이상현 → 이상현:임명희 → 임명빈:임명희와 이상현 → 마당쇠댁:야무네 → 석이:야무네 → 석이:봉기 → 한복:봉기 → 서희:기화
12권	송장환:이상현과 은혜 → 신태성:이상현 → 환국:서희 → 임명빈:임명희 → 유인실:정귀애 → 보연:이홍

면 초점화 대상으로 선택된 인물을 중심으로 사건이 전개될 수밖에 없기 때문이다. 초점화 양상이 다양하게 진행되는 만큼 서사가 확장된다. 즉 선택된 인물을 중심으로 서사가 서술되기 때문에 중심서사와 주변 서사라는 경계가 흐려지게 되어 중심 서사를 찾기 어렵다.

『토지』의 경우 선택적으로 초점화된 인물을 중심으로 개별 서사가 진행되는 것은 물론이며 공간 이동도 일어난다. 이는 『토지』 서사 전반에 걸쳐 나타나는 특징이라 할 수 있다. 그리고 3부 이후 인물을 선택적으로 초점화하는 밀도가 급격하게 떨어진다. 이는 등장인물이 지속적으로 늘어나는 것과 상반된 양상으로 그 원인을 살펴볼 필요가 있다.

관수는 그 말이 이해될 듯했다. 육신은 병들었으나 마음은 쉬고 있는지 모른다는 생각에서, 산다는 것에 대한 그 목마름. 늘 목에서 단내가 났었을 용이. 그렇다. 용이는 만사에서 물러서서 구경을 하는 심정일 것이다. 몸서리치게 추하던 임이네도 돌부처가 거기에 있는 듯 분노하지 않았고 미워하지 않았고 물론 사랑하지도 않았다.(9권 93쪽)

이용의 삶을 누구보다도 잘 아는 송관수는 병든 이용의 모습을 바라보며 그의 삶의 의미를 추측한다. 송관수는 월선을 선택하지도 못하고 그렇다고 자신의 아이를 임신한 임이네를 내치지도 못한 이용을 산다는 것에 목마른 인물이라 평가한다. 목에 단내가 났을 것이고 구경하는 심정이었을 이용이 평사리로 돌아간 뒤 마음은 쉬고 있는지 모른다고 추측한다. 송관수의 이러한 평가는 그동안 보여준 이용의 행동을 설명해 준다. 그리고 선택적 초점화를 통해 이용을 평가하는 송관수의 사려 깊은 성격도 부각된다. 송관수는 인생을 한발 물러나 바라본 이용의 삶을 이해한다. 그의 눈에 비친 이용은 분노도 미움도 없는 삶을 산 인물이다. 송관수는 이면에 감춰진 이용의 삶을 이해하는 너그러운 인물이기 때문에 송관수의 시선으로 이용을 해설함으로써 이용이라는 인물의 삶에 대한 태도가 도드라지게 되는 것이다.

박의사는 유심히 홍이를 바라본다. 요즘 세태에 새로운 직업 운전수가 상당히 인기 있고, 따라서 다분히 건달기도 있는 것이 운전순데 귀티가 나고 세련되고 어딘지 모르게 저력을 숨기고 있는 듯한 인상, 특히 청년의 눈빛에는 교육을 받은 흔적이 있다는 생각을 박의사는 한다. 그리고 매우 침착하며 감정을 나타내지 않는 것도 이상했다.(10권 395쪽)

박의사는 임이네의 보호자로 병원을 찾은 이홍에 대해 침착하며 감정을 나타내지 않는 인물이라 평가한다. 새로운 직업으로 운전수가 인기이지만 대부분 건달인데 어찌 이홍 같은 인물이 그런 직업에 종사하는지 의문을 갖는다. 뿐만 아니라 이홍에게서 교육받은 흔적을 직감한다. 특히 이홍의 침착하며 감정을 나타내지 않는 성격을 이상하게 여긴다. 박의사 시점에서 서술된 위 인용문에서 당시 운전수가 인기 직종이라는 것을 알 수 있다. 또한 이러한 서술을 통해 박의사라는 인물이 정보를 수집하며 평가할 수 있는 인물임을 짐작할 수 있게 한다. 또, 이홍에 대한 박의사의 평가는 박의사가 편견을 가진 인물이라는 것을 드러낸다.

3인칭 서술자에 의해 간접적으로 그려지던 이홍의 성격은 박의사라는 1인칭 시점으로 서술되게 되면서 더 구체화된다. 전지적 서술자에 의해 이홍의 내면이 그려졌다면 박의사에 의해서는 이홍의 외모가 평가된다. 박의사의 눈에 이홍은 귀티가 나고 세련되며 교육받은 흔적이 보인다. 이러한 평가는 그의 성격과 관련된 것이므로 선택적 초점화로 인해 박의사의 성격은 물론 이홍의 성격이 부각되는 것이다.

> 기미가 잔뜩 슨 정귀애 얼굴에는 이 철없는 아가씨야 하는 조롱의 빛이 있었다. (중략) 생활에 지친 얼굴, 그도 생활의 노예였던 것이다. (중략) 심술궂기조차 한 어조다. 인실은 희미하게 웃는다.(12권 404-405쪽)

위 인용문은 기예학교 가사 선생인 유인실이 정귀애와 수업의 어려움에 대해 이야기 나누는 부분이다. 유인실은 야간에 수예를 배우러 오는 학생들에게 이론 수업을 하는 것이 옳은 것인지 회의에 빠진다. 왜냐하면 야간 학교에 오는 학생들은 가난할 것이 자명했기에 그들이 독립할 수 있도록 도와주고 싶기 때문이다. 이론보다는 기술을 가르쳐 직업을 갖게 된다면 가난에서 벗어날 수 있을 것이라 생각하는 유인실과 달리 정귀애는 이런 태도를 보이는 유인실을 철없는 아가씨로 치부한다. 야간 학교에 오는 대부분의 학생들이 만학도이거나 기초가 없는 여자들이며 대부분 집에서 살림을 돕다가 야간 학교에 오는 이들이기에 유인실의 판단이 비현실적이라고 지적한다. 그러나 유인실은 정귀애의 말을 조롱으로 혹은 심술궂은 조언으로 받아들인다. 유인실은 정귀애의 지적을 정귀애 자신이 힘든 생활을 영위하고 있기 때문이라 판단한다. 초점화된 유인실의 시점으로 바라본 정귀애는 삶에 지쳐 있고 현실에 순응하며 문제의 본질을 바라보지 못하는 인물이다. 부수적 인물에 불과한 정귀애의 모습을 유인실의 시점으로 서술함으로써 당시 교육 환경을 구체적으로 언급하고 있는 것이다.

『토지』 4부 초점화 양상

13권	강쇠:송관수 → 강쇠:해도사 → 이홍:아이들 → 장연학:환국 → 지연:일진
14권	이평 노인:두만 → 윤국:딱쇠 → 임명희:일본 계집아이 → 조찬하:조용하 → 인실:여관집 주인여자
15권	유인성:선우일 → 윤국:시우엄마 → 이홍:김두수 → 상의:임이 → 윤국:시우엄마 → 이홍:김두수 → 상의:임이

4부의 초점화 양상은 1~3부보다 줄어들고 있다. 앞서 살펴본 자유간접화법에서도 발견할 수 있었던 것처럼 『토지』 4부의 서술 양상은 장광설 그리고 토론식 대화, 인물의 긴 사색, 장황한 서술이 주를 이룬다. 4부의 토론식 대화는 수페이지에 걸쳐 이어지고 해설적 서술이 빈번하게 나타난다. 뿐만 아니라 인물의 사색 역시 장황해 초점화의 빈도가 줄어들게 됨을 확인할 수 있다. 이와 같은 서술적 특성은 4부 서사를 지연시킨다. 또 3인칭 서술자에 의한 인물 서술이 늘어나면서 인물에 대한 몰입도 역시 떨어진다.

> 오가타에게 말하는데 찬하는 형이 전과 같지 않다는 것을 그 목소리에서 느낀다. 전과 같지 않다는 느낌은 일말의 연민 같은 것을 불러일으켰다. 그러고 보면 목소리뿐만 아니라 모습도 달라

진 것 같았다. 어느 일부가 빠져나가버린 듯, 없는 사람이 어디나 혼자뿐이던가? 했을 때도 그 말속에는 치열한 것, 꼬아서 잡아 비트는 것이 없었다.(14권 265쪽)

조용하는 언제나 말 속에 치열한 것, 꼬아서 잡아 비트는 것이 있는 인물이었다. 그러나 이혼 후 투병을 시작하면서 이와 같은 모습에 변화가 발생한다. 조용하의 이러한 변화는 동생 찬하의 시선으로 서술된다. 이들 형제는 친일 귀족 집안의 후손들이지만 두 형제는 서로 다른 성격의 소유자다. 동생 찬하는 친일 귀족이라는 가문에 대한 거부 의식을 가진 인물인 반면 조용하는 가문의 후광을 이용해 부와 권력을 쥔 인물이다. 조용하의 이러한 성격은 3인칭 서술자에 의해 구체적으로 서술된다. 그러나 위 인용문에서처럼 조찬하의 시점으로 조용하에 대해 서술함으로써 조용하는 물론 조찬하의 성격까지도 구체적으로 드러난다. 조용하는 병색이 짙어지면서 유약한 모습을 보인다. 형의 이러한 변화를 직감한 동생 찬하는 변해버린 조용하의 모습을 안쓰럽게 바라본다. 이러한 조찬하의 모습을 통해 형에 대한 연민의 정을 느끼는 인물임이 확인된다.

3세대 서사와 교조적 문체

『토지』 5부는 4부에 비해 토론식 대화 횟수는 줄어들지만 인물과 사건에 대한 해설적 서술은 늘어난다. 뿐만 아니라 방대한 인물과 막대한 개별 서사를 하나하나 해설하고 서술함으로써 서사가 지연된다. 그러나 3, 4부에 비해 5부의 서사 진행이 빠르게 느껴지는 것은 3세대 인물 관련 서사가 본격적으로 그려지기 때문이다. 또, 소설에 언급된 역사적 사건에 대한 해설이 늘어나다 보니 교조적인 문체가 느껴지기도 한다. 더욱이 선택적 초점화의 빈도가 줄어들면서 서사뿐 아니라 인물 서술 역시 평면적으로 그려진다.

『토지』 5부 초점화 양상

16권	이홍:송영광 → 황태수:환국, 길상 → 송영광:이양현
17권	환국:이순철 → 환국:강혜숙 → 서희:홍성숙과 배설자 → 배설자:허정윤 → 장연학:판술부부 → 조찬하:조용하 → 한경:김훈장
18권	오라범댁:여옥 → 몽치:모화 → 기성:서울네와 두만 → 몽치:몽치 아버지
19권	영선네:영광 → 환국:서희 → 상의:천일(버스 밖 풍경)
20권	이성현:석이 → 석이:강두매 → 송영광:여관집 딸 → 조병수:서희 → 휘:조병수

귀남을 보낸 뒤 장연학이 찾아간 곳은 영팔 노인의 집이었다. 영

팔 내외는 마당가에 앉아서 가을볕을 쬐고 있다가 연학이 들어오는 것을 보자, "장서방 아니가. 웬일이고? 참 오래간만이네." 영팔 노인이 반색을 했고, "안 죽으이 또 보네." 하며 판술네도 반가워했다. 두 늙은이는 모두 이가 빠졌고 머리는 백수였다. 주름 사이사이에 간 세월의 흔적이 구겨져 있었다.(17권 71쪽)

정석의 딸 남희를 허정윤의 병원에 맡기고 돌아오던 장연학은 판술 부부를 찾는다. 위 인용문에는 늙은 판술 부부 모습이 구체적으로 그려지고 있다. 진주에 터를 잡고 살아가는 김영팔 부부는 기력이 달려 평사리 방문이 어렵다며 스스로의 늙음을 한탄한다. 이들 부부는 아직 살아 있는 평사리 농민들을 만나고 싶어 하지만 그럴 수 없을 만큼 늙어 버렸다. 이들의 모습을 서술하는 주체는 장연학이다. 긴 세월의 흔적이 주름 사이에 구겨져 있다고 느껴질 만큼 노쇠한 그들은 장연학의 방문을 반가워한다. 서희가 진주로 돌아온 뒤 서희의 집안일을 도맡고 있는 장연학은 『토지』 3부 이후 서사 진행에 중요한 부분을 차지하는 인물이다. 그는 서희를 대신해 환국과 윤국 관련 일을 수습하기도 하고 지리산을 중심으로 한 의병 활동을 돕기도 한다. 그런 장연학의 시선을 통해 『토지』 인물들의 노화를 언급하는 것은 『토지』 3부의 중요 서사가 3세대를 중심으로 진행될 것임을 시사하는 것이라 할 수 있다.

엄마 허보연의 패물 밀수사건으로 만주에서 조선으로 오게 된 이상의는 외가가 있는 통영에서 여고를 다니고 있다. 서술자는 이상의를 초점화해 일제 말기 학교 생활을 구체적으로 서술한다. 전쟁이 지속되면서 민중들의 삶은 척박해진다. 물자가 모자라는 것은 물론이고 징병과 징용 그리고 정신대에 나갈 것을 강요하는 살벌한 정국이 지속된다. 학생들은 전쟁터로 끌려가게 될 것을 두려워한다. 기숙 생활과 친일교육, 전쟁의 소용돌이 등을 이상의라는 십대 청소년의 시점으로 서술하고 있어 당대 상황이 생동감 있게 그려진다.

> 버스는 차고지에서 거리로 미끄러져 나왔다. 차창 밖은 화창한 봄 날씨였다. 시가지를 지나서 북문 고개로 올라간다. 털털거리는 목탄차. 승객들은 침묵 속에 빠져 있었고 핸들을 잡은 천일의 양어깨가 유난히 넓어 보였다.(19권 372쪽)

위 예문은 이상의의 등굣길 모습을 이상의의 시점으로 묘사하고 있다. 이상의가 바라본 버스 안 풍경은 침묵 속에 빠져 있다. 털털거리는 목탄차와 화창한 봄 날씨는 대조를 이룬다. 상의의 시선으로 봄날의 한 장면을 그림으로써 전시를 살아가는 당대 민중들의 팍팍한 상황이 부각된다.

3
인물의 다각 관계
— 성격과 인물의 관계

『토지』 서사 종류를 대략적으로 나누면 지역공동체로 관계 맺은 평사리 인물들 관련 서사, 동학운동의 후신으로서 의병 활동에 매진하는 인물들의 서사, 용정과 하얼빈 등을 중심으로 한 독립 운동가들의 서사 등으로 나눌 수 있다. 이와 같은 서사 정리는 공간을 중심으로 나눈 것이다. 공간 안에서의 구체적인 서사는 인물의 관계와 그로 인한 갈등을 중심으로 서술된다. 그리고 이러한 인물 관계는 인물의 성격을 드러내고 서사를 이끄는 원동력이 된다. 『토지』의 수많은 인물들은 그들에게 부여된 성격과 계급적 특성이 결합되어 있다. 시 · 공간적 배경으로 특정할 수 있는 계급적 특성과 개별자들의 타고난 특성, 즉 작가에 의해 부여된 성격이 결합되어 인물의 개성이 만들어지고 이것이 서사의 진행 방향에 영향을 미치게 된다. 결국 인물의 성격은 인물 간 관계 맺음을 통해서도 드러나고 있다.

『토지』에 등장하는 인물들은 가족이거나 친구 혹은 주종 관계를 띠기도 하고 남녀 간 애정관계를 형성하기도 한다. 이들 각각의 관계는 혈연 혹은 사회적 규칙이라는 외부적 요인에 의해 형성된다. 특히 『토지』 인물이 맺고 있는 애정관계는 다각 관계라는 특성을 보인다. 여타의 대하소설에서도 인물들의 다양한 관계 형성이 그려진다. 그러나 『토지』에서처럼 다각적 애정관계가 모든 인물에 걸쳐 나타나지는 않는다.[13]

『토지』의 남녀 애정관계는 인물의 성격 유인에 의해 결정된다. 그리고 이러한 남녀 애정관계는 주요 인물과 부수적 인물 모두에게서 고르게 나타난다. 이들 관계는 능동적인 관계와 수동적인 관계로 나눌 수 있다. 이들의 관계 형성은 외적 사건이 아닌 인물의 성격으로 인해 형성된다.[14] 인물의 성격에 따라 사랑을 대하는 태도 역시 그 양상을 달리한다.

---

13 『객주』, 『혼불』, 『임꺽정』, 『장길산』, 『태백산맥』과 같은 대하소설 역시 인물의 애정관계가 그려진다. 그러나 『토지』에서처럼 등장인물 대부분에게 남녀 애정관계가 설정되는 것은 아니다. 또, 앞서 언급한 대하소설들의 남녀 애정관계가 다각 관계로 설정되는 것도 아니다.

14 본 장에서는 남녀 애정관계를 도식화하여 살펴볼 것이다. 도식화의 순서는 서사 진행 순서를 바탕으로 작성하였다. 그림에 사용된 표식의 의미는 다음과 같다.
→ : 구애의 방향
⇄ : 사랑하지만 공식적 혹은 비공식적으로 부부관계를 맺지 못한 관계
= : 공식적 혹은 비공식적 부부관계
⋯▸ : 과거 애정관계 혹은 이루어지지 못한 애정관계

1) 수동적 다각 관계

우유부단한 성격과 수동적 애정관계

① 이용 ⇆ 월선
‖ ‖
강청댁, 임이네

이용은 월선과의 사랑을 마음에 품은 채 강청댁과 임이네를 부인으로 맞는 인물이다. 이용과 월선은 서로 사랑하지만 부부가 되지 못한다. 이들의 삼각관계는 공식, 비공식 부부관계가 동시에 드러나는 특징을 보인다. 이들의 관계는 이용의 성격으로 인해 만들어진 삼각관계이다. 이용은 강청댁과 결혼하지만 사랑을 잊지 못하는 인물이다. 또 자신의 아이를 낳은 임이네에 대한 책임을 지면서 한편으로는 월선과 함께 살아가는 우유부단한 모습을 보인다. 이용의 이러한 성격 때문에 비극에 가까운 불륜의 삼각관계에 빠진다. 이용의 우유부단한 성격은 이홍의 반항을 불러온다. 이홍은 생모인 임이네의 물욕에 혐오감을 느끼고 자신을 길러준 월선에게 어머니의 정을 느끼는 모순된 정서에 대한 반항은 염장이를 겁탈한 뒤 허보연과 결혼하는 결과를 낳는다.

강청댁의 질투는 월선을 용정으로 떠나게 만들고 이용의 마음 역시 떠나게 만든다. 임이네의 탐욕은 이용을 무기력하게 한다. 이들 인물 간의 서사 역시 인물의 성격에 기인한 것이다. 호열자라는 외부적 요인으로 인해 강청댁이 사망한 것을 제외한다면 인물의 성격이 관계 형성의 중요 원인이 된다.

이용의 애정관계는 월선과 임이네라는 이중 불륜에 의한 사각관계에 해당한다. 이들의 애정관계는 이용의 수동적 태도와 우유부단하고 보수적이라 할 만큼 도의적인 성격으로 인해 수동적 애정관계를 맺게 되는 것이다.

② 조준구

‖ ↓ ↓ ↓

홍씨 삼월 신여성 파주댁

조준구는 홍씨 이외에 삼월, 신여성, 파주댁과 애정관계를 맺는 인물이다. 그는 태생적으로 깔끔한 성격이라 여자를 가까이하지 않는 성격이지만 필요할 경우 감언이설을 동원해 여자를 취한다. 몰락한 양반의 후손인 조준구는 윤씨 부인이 호열자로 사망하자 최씨 집안을 차지한다. 그 과정에 삼월이를 범하지만 아내 홍씨 눈이 두려워 삼월을 삼수와 결혼시킨다. 조준구는 욕심이 많고 간교한 인물이기도 하다. 일신의 이익을 위해서 최선을 다하는 것은 물론 재물에 대한 욕심으로 점철된 인물이라 할 수 있다. 이기적이며 개인의 욕망에 충실한 조준구는 누군가를 사랑할 수 없다. 세상에서 가장 소중한 것은 자기 자신이며 아들마저 버리는 냉혈한이다. 교만하며 안하무인인 그는 여성을 배우자 혹은 반려자라 생각하는 것이 아니라 자신의 이익을 위해 취하는 대상으로 인식한다. 삼월은 적적함을 달래는 노리개로, 신여성은 배운 여자에 대한 호기심으로, 파주댁은 일신의 안위를 보살펴줄 몸종으로 필요했던 것이다.

조준구의 애정관계는 이기적이며 간교한 성격을 기반으로 형성되었다. 그리고 그의 애정관계는 남성적 욕망과 조선시대 처첩제도가 저변에 깔려 있다고 할 수 있다. 남성적 욕망이란 본능이니 수동적인 것이고, 처첩제도 역시 관습을 답습하는 태도이니 수동적이라 할 수 있다. 결과적으로 조준구와 관련된 애정관계는 욕망의 발산과 처첩제도라는 관습을 답습한 것으로 수동적 애정관계를 형성하고 있다고 할 수 있다.

③ 이상현 ⇆ 기화(봉선)
|| ↑ ↑
박씨 최서희 임명희

이동진의 아들 이상현은 아버지를 찾기 위해 간도로 떠난 뒤 서희와 갈등을 겪는다. 그러나 서울로 돌아온 뒤 서울의 지식인들과 교류하며 소설 창작에 전념한다. 그러던 중 기화를 만나 그들 관계를 소재로 한 소설을 쓰지만 방황을 끝내지는 못한다. 특히 기화가 자신의 아이를 낳았다는 사실을 알고 다시 만주로 도피해 연해주 등을 떠돌며 알코올 중독에 빠진다. 이후 하얼빈에 정착한

후 지하신문을 발행하지만 낙오자라는 의식에서 벗어나지 못한 채 괴로워한다.

이상현의 이러한 행보는 그의 소극적이며 유약한 성격에 기인한다. 이부사댁의 후손이자 독립투사의 아들이라는 신분에 대한 부담감 역시 이상현의 성격 형성에 영향을 미친다. 박씨 부인과 정략결혼을 하지만 집을 떠나 방황하며 가족을 돌보지 않는다. 양반의 후손이라는 사실을 스스로 부끄러워하지만 자신보다 낮은 신분인 길상에게 서희의 사랑을 빼앗겼다는 열등감을 느끼기도 한다. 뿐만 아니라 서희의 의형제 제안을 흔쾌히 받아들이지 못하는 옹졸함 역시 이상현의 소극적인 성격에 기인한 것으로 보아야 한다. 기화가 낳은 딸의 존재를 알고 도피하는 모습을 통해 자기비하적인 절망도 느끼는 인물임을 알 수 있다.

이상현의 애정관계는 정혼이라는 봉건적 결혼 제도와 양반 출신이라는 계급적 한계로 인한 현실도피적 관계라 할 수 있다. 이상현은 또 처첩제도를 답습하는 인물로 보아야 한다. 그는 정실부인인 박씨와 혼인한 상태에서 기화를 첩으로 두었다. 결국 이상현을 중심으로 형성된 애정관계는 처첩제도를 답습하는 것으로 수동적 다각 관계에 해당한다.

④ 조찬하

↓ ||

임명희 노리코

조용하의 동생이자 임명희를 사랑한 조찬하는 형 조용하의 질투를 받는 인물이다. 그는 형 조용하가 임명희와 결혼하기 위해 이혼을 감행하자 동경에서 돌아오지 않는다. 조찬하는 자신의 사랑을 적극적으로 표현하지 못해 사랑하는 여인을 형에게 빼앗기지만 형을 원망하지 않고 일본으로 도피함으로써 형의 결혼을 인정한다. 조찬하는 조용하와 달리 친일귀족이라는 신분에 대해 갈등한다. 조선인이면서 독립운동에 매진할 수 없는 자신의 처지를 슬퍼하지만 조선과 일본에 대한 객관적인 시각을 견지하려 노력하는 인물이다. 그러나 일본과 만주 등을 돌아다니며 현실에 적극적으로 대항하지 못하는 지식인의 허무한 모습을 보이기도 한다. 조용하에 비해 인간적인 성격의 조찬하는 소극적인 인물이다. 그의 소극적인 성격이 임명희와의 사랑을 이루지 못하게 했으며 유인실과 오가타의 안타까운 사랑을 지켜보게 한다. 이러한 조찬하의 성격으로 삼각관계가 만들어지며 이 역시 수동적 다각 관계로 보아야 한다.

⑤ 이홍
‖ ⇅
허보연 염장이

이용과 임이네 사이에서 태어난 이홍은 출생에 관한 열등감으로 방황하는 인물이다. 이홍은 돈에 대한 집착을 보이는 임이네를 혐오하며 자애로운 월선을 그리워한다. 아버지 이용이 사랑한 월선을 엄마라고 부르며 따르지만 친엄마인 임이네는 멀리한다. 이홍은 자신 역시 탐욕스러운 임이네의 핏줄일 수밖에 없다는 사실에 갈등하며 삐뚤어진다.

월선이 죽고 고향으로 돌아온 이홍은 염장이를 사랑하게 된다. 그러나 스스로를 혐오하며 자학하던 그는 염장이를 겁탈한 뒤 그녀를 외면하고 만다. 그런 자신을 자책하며 방황하다 친구 도일과 함께 부산에 머물며 자전거포에서 일한다. 그러나 성인으로 성장하는 내내 월선에 대한 그리움과 친어머니인 임이네에 대한 원망을 버리지 못한다. 그러던 중 아버지 이용이 머물고 있는 평사리에 들렀다 의병으로 몰려 수감되었다 풀려난다. 옥고를 치른 뒤 김훈장의 손녀 허보연과 결혼한다. 그는 아버지 이용이 죽자 이용의 삶을 이해하게 된다. 월선에 대한 지고지순한 사랑뿐 아니라 임이네를 받아들였던 아버지의 마음에 연민을 느끼기도 한다. 그러나 병든 몸으로 찾아온 임이네에 대한 증오는 어쩌지 못하는 인물이다.

책임감 있고 인간적인 반면 우유부단한 이홍의 성격이 위와 같은 삼각관계를 만든다. 염장이를 사랑하지만 적극적으로 구애하지 못하는 것 역시 이홍의 우유부단한 성격 때문이다. 그러나 허보연과의 관계를 성실하게 이끄는 것은 이홍의 책임감 있고 인간적인 면모 때문에 가능한 것이다. 타고난 성격으로 인해 사랑하는 여인에게 적극적이지 못한 이홍의 애정관계는 수동적 다각 관계로 보아야 한다.

⑥ 허정윤
⇅ ॥
김숙희 양소림

허정윤은 박의사의 병원에서 조수로 일하며 의전에 진학해 의사가 된다. 의사가 된 허정윤은 양소림과 결혼하고 박의사의 병원을 인수해 운영한다. 가난하지만 수려한 용모를 가진 허정윤은 신중한 인물이다. 박의사의 간호사인 김숙희로부터 물질적인 도움을 받지만 그녀와 미래를 약속하지는 않는다. 김숙희에 대한 인간적인 고마움은 느끼지만 책임질 언행을 하지 않음을 내세워 김숙희와의 관계를 정리한다. 김숙희는 허정윤에게 물질적인 도움을 제공하며 미래를 꿈꾼다. 하지만 허정윤이 양소림과 결혼하자 배신감에 시달리다 결국 마음을 정리한다. 이들의 관계는 신중한 허정윤의 소극적인 성격에 기인한 수동적 다각 관계로 보인다. 왜냐하면 소극적이고 신중한 성격인 허정윤은 양소림과의 결혼이나 김숙희와의 이별에 적극적으로 대응하지 않을 뿐 아니라 양소림과의 결혼에도 상황이 흘러가는 대로 따를 뿐이기 때문이다.

⑦　　박효영(박의사)
　　　↓　⇡⇣
　　서희　익란

위 도식은 서사의 중반 이후에 등장하는 서희 관련 애정관계이다. 서희는 박의사와의 애정관계를 통해 어머니 별당아씨를 이해하게 된다.

냉철하고 집요한 서희는 길상과 결혼 후 두 아들을 낳고 진주로 돌아와 아이들 양육에만 힘쓴다. 그녀는 과거 조준구에게 복수하려던 모습과 달리 인자한 어머니로 살아간다. 그런 서희를 사랑하게 되는 박효영(박의사)은 아내 익란과 이혼한 채 병원을 경영하며 혼자 살아가는 인물이다. 최참판가의 주치의가 된 박의사는 서희에게 사랑을 느끼고 그 마음을 고백하지만 서희는 받아들이지 않는다. 이후 고독하고 외롭게 살아가던 박의사는 재혼 후 자살한다.

박의사의 자살은 서희에게 어머니 별당아씨를 떠올리게 하는 사건이다. 그러면서 자신 역시 박의사를 향한 나름의 사랑이 있었음을 인정하게 된다. 그리고 어머니인 별당아씨는 사랑을 이룬 행복한 사람이었음을 깨닫는다. 이들의 애정관계는 박의사의 사망 이후 서희의 각성으로 선명해진다. 이들의 관계는 어긋난 시점에 형성된 애정관계라 할 수 있으며 서희라는 인물이 어머니를 이해하는 결정적 계기가 되기도 한다. 그러나 두 인물 모두 소극적으로 대응하는 것은 물론 사랑에 대한 인식 역시 박의사의 사망 후 이루어지고 있으므로 수동적 다각 관계로 보아야 한다.

⑧ 최환국
⇅ ॥
양소림 황덕희

길상과 서희의 첫 아들 환국은 생각이 깊고 유순하며 인내심이 강한 인물이다. 아버지 길상이 노비 출신이라는 이유로 놀림을 받지만 굴하지 않는다. 이순철이 길상의 신분을 문제 삼자 큰 싸움을 벌이게 되고 이때 어머니 서희를 보며 자신의 태도를 반성한다. 환국은 자신을 먼저 내세우지 않는 이타적 인물이다. 그러나 그는 양소림 손등의 반점에 혐오감을 느끼고 그런 자신에 대해 스스로 혐오를 느끼며 본인의 이중적인 모습을 반성한다. 이후 환국의 내적 갈등으로 양소림과의 혼사는 깨지고 황덕희와 결혼한다. 그러나 이양현에 대한 아내 황덕희의 질투와 갈등으로 힘겨워한다. 그녀는 양현의 신분을 문제 삼아 양현은 물론 환국을 힘들게 한다. 환국은 시끄러운 일을 만들지 않아야 한다는 생각으로 둘

사이를 조율하려 들지만 쉽지 않다.

이들의 애정관계는 환국의 이타적 성품에서 비롯한 삼각관계로 보아야 한다. 환국의 이러한 이타적 성품은 양소림에게 적극적으로 다가가지 못한 이유가 되는 것이므로 이들의 애정관계 역시 수동적 다각 관계라 할 수 있다.

타고난 신분과 인물의 애정관계

⑨ 삼수
‖ ↓
삼월 강두리

삼수는 강두리와 결혼을 꿈꾸지만 뜻대로 되지 않자 강두리를 겁탈한다. 이후 조준구의 주선으로 삼월과 부부가 되지만 삼월을 구타하는 등 악행을 저지른다. 조준구가 최참판댁을 차지한 후 조준구의 수족이 된 삼수는 자신에게 주어진 힘을 이용해 평사리를 공포로 몰아넣는다. 그는 과거 할아버지 쇠돌로 인해 최치수의 부친이 사망했다 하여 천덕꾸러기로 자란다. 노비들 사이에서도 따돌림을 당하는 등 어려움을 겪은 삼수는 조준구의 수하가 되면서 숨겨진 욕망을 드러낸다. 삼수는 어린 날 받았던 핍박에 대한 분노를 표출하는 것은 물론 신분 상승을 꿈꾸는 교활하며 악한 성격의 소유자다. 자신에게 주어진 권력을 이용하여 소작농들을 이간질하여 마을 사람들 간 불신을 조장하기도 한다. 상전인 조준구를 위해 삼월과 결혼할 정도로 조준구의 비호를 맹신하지만 결국 조준구의 배신으로 죽임을 당한다.

삼수는 자신의 일방적 사랑의 실패를 겁탈로 복수하는가 하면 아내로 맞은 삼월에게 폭행을 일삼는 등 비정상적인 애정관을 보인다. 이러한 삼수의 애정관계는 폭력적 삼각관계로 보아야 한다. 또 삼수나 삼월은 조준구라는 상전의 명령으로부터 자유로울 수 없는 노비 신분이다. 결국 이들의 애정관계는 신분이라는 한계로 인한 수동적 다각 관계에 해당한다.

⑩ 삼월
↑ ↓ ‖
조준구 김환 삼수

삼월은 어느 날 최참판댁으로 찾아든 구천을 짝사랑하게 된다. 그러나 구천이 별당아씨와 사라진 후 실의에 빠지게 되고 이후 조준구에게 겁탈당한다. 평사리로 내려온 홍씨가 삼월과 조준구의 관계를 알게 되자 조준구는 삼월과 삼수를 결혼시킨다. 삼수는 임신한 삼월을 헌 계집이라며 폭력을 일삼는다. 그러던 중 삼월의 아기가 이질로 죽고 삼월은 정신이상 증상을 보인다.

삼월은 『토지』 인물 중 가장 비극적 인물이라 말할 수 있다.[15]

---

15 박경리는 비극적 인생이란 내면적으로 볼 때는 드라마가 없지만 어떤 사건이나 외부적 상황과 연결될 때 드라마가 탄생되는 것이라고 말한다. 김치수, 앞의 책,

그녀는 여자 노비가 겪을 수 있는 온갖 고초를 겪는다. 상전의 겁탈과 남편의 폭력 그리고 병으로 자식까지 잃는다. 삼월이 겪는 사건들은 외부 요인이 인물 성격 형성에 원인으로 작용함으로써 발생한 사례로, 노비라는 계급이 삼월을 수동적으로 만들었을 것이다. 삼월은 상전의 명령에 따라야 했고 이로 인해 3명의 남성 인물과 수동적인 애정관계를 맺는다. 결국 삼월은 사회적 요인에 의해 형성된 성격으로 수동적 다각 관계에 놓인 인물이라 할 수 있다.

⑪ 기화(봉순)

↓ ‖ ‖ ↑

길상 이상현 서의돈 정석

서희의 몸종으로 성장한 봉순은 서희 일행이 용정으로 이주한 뒤 기생이 된다. 서의돈과 살림을 차리기도 했던 기화는 이후 방황하는 이상현을 받아들여 딸 양현을 낳는다. 그러나 인생에 대한 상실감을 억누르지 못하고 아편에 중독되어 평사리로 돌아온다. 이후 서희의 도움으로 힘든 시간을 이겨내는 듯했으나 결국 섬진

> 230쪽. 박경리의 말처럼 삼월의 내면은 구천을 사랑하게 되는 사건, 조준구에게 겁탈당하는 사건, 삼수와 결혼한 사건, 아이가 죽는 사건을 만나기 전에는 어떤 드라마도 없었다. 그저 상전에게 충실한 노비로서의 삶을 살아가고 있을 뿐이었다. 그러나 위와 같은 다수의 사건을 만나게 되면서 비극적 인물이 되고 만다.

강에 빠져 생을 마감한다. 침모 딸로, 서희 몸종으로 살아가던 때의 봉순은 소리에 대한 본능을 억누르며 생활한다. 그러나 타고난 재능을 억제하지 못하고 몸종이 아닌 자신이 원하는 삶을 꿈꾼다. 결국 봉순은 소리를 배워 명창이 되고, 기생으로서의 삶을 살아간다. 봉순은 어릴 때부터 자신의 재능과 꿈을 굽히지 않는 소신 있는 인물이다. 그러나 아름다운 옷과 금은보화로 치장한 자신을 상상하며 기생의 삶을 흠모하는 모습에서 화려한 삶에 대한 동경이 강한 인물임을 확인할 수 있다. 소신껏 자신의 삶을 결정하지만 경제력을 갖추지 못한 채 떠도는 삶을 산 기화는 결국 어느 한 곳에 정착하지 못하고 삶을 마감한다. 기화의 애정관계는 누구와도 사랑을 이루지 못하고 한 곳에 정착하지도 못한 외로운 다각 관계라 할 수 있다. 또, 그녀의 애정관계는 기생이라는 신분으로 인해 발생하는 것이므로 수동적일 수밖에 없다.

⑫ 김두만
|| || ↓
기성어멈 서울댁 월화

김이평의 아들 김두만은 목수 윤보를 따라 서울로 갔다 진주로 돌아와 정착한다. 부모가 맺어준 아내를 두고 서울댁을 맞아 비빔밥집과 술 도매상을 운영하여 부를 축적한다. 그는 세상 변화에 빠르게 대응하는 인물이며 신분에 대한 열등감도 강하다. 최참판댁 노비였다는 신분에 대한 열등감 때문에 최참판댁을 원수처럼 여긴다. 서울댁과 함께 생활하면서도 아버지의 재산을 탐하는 등 탐욕스러운 모습을 보이기도 한다. 뿐만 아니라 신분 상승에 대한 욕구로 인해 친일도 마다하지 않는 이기적인 인물이다. 노비 출신이라는 신분에 대한 열등감과 신분 상승 욕망이 시골 아낙인 기성어멈을 멀리하고 서울댁을 선택하게 되는 이유이다. 김두만은 자신과 어울리지 않는다는 생각에서 기성어멈의 입성과 외모에 대한 불만을 토로한다. 김이평이 자신의 재산을 기성어멈에게 물려주자 아들인 자신을 배신했다며 부모를 원망하기도 한다.

김두만은 전근대적 인물이 근대적 인물로 변화해 가는 과정을 형상화하고 있는 예로 볼 수 있다. 김두만은 전근대적 신분제인 노비에서 벗어나 목수라는 기술자가 되었으며 이후 장사를 통해 부를 축적하고 술도가를 운영하는 자본가가 된다. 소설 『토지』에서는 근대적 직업이 비교적 구체적으로 그려진다. 특히 전근대에서 근대로 넘어가는 과도기적 상황을 김두만의 직업 변화를 통해 구체화하고 있다. 그리고 이러한 직업의 변화 과정에서 인물의 이기적이고 탐욕적인 성격이 부각된다. 또한 김두만의 이기적이고 탐욕스러운 성격은 위와 같은 애정관계를 형성하게 한다. 본부인인 기성어멈을 버리고 서울댁을 선택한 것은 앞서 언급한 것처럼 자신의 신분에 어울리는 여자를 원하기 때문이며, 이후 서울댁을 버리고 기생 월화를 선택하는 것 역시 자신의 지위와 신분에 어울리는 젊은 여자를 원했기 때문이다. 김두만은 탐욕과 이기심 그리고 신분 상승에 대한 욕망으로 점철된 인물이며 이러한 인물의 성격은 그가 맺는 애정관계를 통해 구체적으로 드러난다. 김두만이 형성한 애정관계는 신분상승의 욕구를 충족하기 위한 다각관계이며 처첩 제도에 기대고 있으므로 수동적 다각 관계라 할 수 있다.

⑬ 임명희

↑ ↓ ||

이상현 조찬하 조용하

역관 집안의 딸인 임명희는 빼어난 미모와 지성미를 갖춘 인물이다. 이상현에게 사랑을 고백하지만 거절당하고 조용하와 결혼한다. 조용하는 동생 조찬하가 사랑하는 여자를 빼앗으려 이혼까지 감행하는 인물이다. 임명희는 동생에 대한 열등감으로 가득한 조용하로부터 학대를 받으며 불행한 결혼 생활을 이어간다. 임명희가 쉽게 이혼을 결심할 수 없는 것은 앙혼으로 얻은 신분 상승 때문이기도 하다.

임명희는 아름답고 지적이지만 수동적 인물이다. 결혼 전 그녀는 자발적으론 아무것도 못하면서 최고 교육을 받았다는 자부심에 가득한 인물이었다. 그러나 결혼 후 그런 자신을 비참하다고 생각한다. 타인의 눈을 의식하지 않는 강선혜를 부러워하며 타인의 눈을 의식하는 자신을 스스로 책망하기도 한다. 그녀는 이상현에게 사랑을 거절당한 뒤 아무에게나 시집가겠다는 생각을 했던 인물이며 조용하, 조찬하 형제의 사랑을 동시에 받았으나 어느 쪽을 사랑하는지 스스로 인지하지 못하는 등 우유부단한 모습을 보인다. 임명희의 열정 없는 태도와 수동적인 판단이 이와 같은 애정관계를 맺는 원인이 된다. 이들의 애정관계는 임명희의 수동성에 기인한 것으로 보아야 하므로 수동적 다각 관계라 할 수 있다.

⑭ 정석
‖ ↓
양을례 기화

아버지의 억울한 죽음을 기억하고 있는 정석은 아버지의 원수를 갚기 위해 서희 편에 선다. 그는 서희가 평사리 집을 찾을 수 있도록 심부름꾼 역할을 자처한다. 황태수 집에서 심부름꾼으로 일하며 야간학교를 끝낸 정석은 이후 학교 선생님이 되지만 기화를 사랑하는 마음을 숨기며 괴로워한다. 정석의 마음을 눈치챈 양을례는 아이들을 버려 둔 채 집을 나간다. 그러나 정석은 3·1 운동에 가담한 것이 탄로나 만주로 떠나게 되고 아이들은 노모와 함께 힘든 삶을 살아가게 된다. 정석은 고지식하지만 정열적인 인물이다. 아버지 원수를 갚기 위해 긴 시간 신분을 숨기며 자신에게 주어진 역할을 해내는 것은 물론 선생으로서의 역할에도 충실하다. 그러나 기화를 향한 마음을 접지 못해 방황한다.

정열적이지만 고지식한 정석의 성격은 기화와의 사랑을 이루지 못하는 것은 물론, 아내인 양을례가 아이들을 두고 집을 떠나는 계기가 된다. 이들의 애정관계는 실패한 삼각관계라 할 수 있다. 기화를 향한 정석의 사랑도 실패했고 양을례와의 관계도 실패로 돌아갔기 때문이다. 이들의 실패한 애정관계로 인해 아이들과 노모의 고통이 발생하게 된다. 정석은 기화를 사랑하지만 적극적으로 나서지 못했다. 그 이유는 신분에 대한 한계 때문인 것으로 보인다. 기생인 기화를 아내로 맞을 수 없다는 생각이 불행의 원인이 되는 셈이다. 이러한 이유로 이들의 관계 역시 수동적 다각관계로 분류할 수 있다.

2) 능동적 다각 관계

성공한 애정관계

①　　별당아씨
　　‖　　↑
최치수　구천(김환)

최치수의 부인 별당아씨는 구천과 도주한다. 『토지』 도입부의 중심 서사는 구천과 별당아씨의 도주 그리고 최치수의 살해 사건이다. 이와 함께 그려지는 것이 이용과 월선 그리고 강청댁 관련 서사다. 『토지』 1부의 중심 사건이라 할 수 있는 구천과 별당아씨의 도주 사건은 별당아씨를 중심으로 한 구천과 최치수의 대결 구도를 보인다. 구천은 어머니인 윤씨 부인에게 복수할 목적으로 최씨 집안에 잠입하지만 별당아씨와 사랑에 빠진다. 구천은 뛰어난 인품의 소유자지만 어머니 윤씨에 대한 복수심을 버리지 못한 인물이다. 복수와 사랑이라는 이중적 상황에서 사랑을 택하는 구천으로 인해 최씨 집안의 비극이 시작된다.

최치수는 별당아씨와 구천이 사라진 뒤 그들의 뒤를 쫓는다. 최치수가 별당아씨와 구천의 뒤를 쫓는 것은 별당아씨를 사랑해서라기보다 자신을 배신한 여자에게 분노를 표출하는 것이라 할 수 있다. 어머니의 사랑을 받지 못한 채 성장한 최치수는 여자에 대한 믿음이나 애정을 느끼지 않는다. 뿐만 아니라 스스로 몸을 망치면서까지 윤씨 부인에 대한 원망을 드러낸다. 최치수의 이러한 집요한 성격이 이들의 삼각관계를 형성하게 되는 이유라 할 수 있다. 구천에 대한 의구심, 그리고 어머니인 윤씨 부인이 숨긴 진실을 밝히고자 하는 집요함이 이들의 관계를 만든다. 최치수와 구천 그리고 별당아씨가 보이는 삼각관계는 불륜에 의한 삼각관계이며, 이 관계는 윤씨 부인에 대한 최치수와 구천의 원망에서 비롯된 것이기에 능동적 다각 관계라 할 수 있다.

② 서희 = 길상

↓

옥이네

서희는 길상과 결혼한다. 그러나 그들의 결혼은 평탄치 않다. 서희는 이상현을 사랑하지만 사랑하는 마음을 접고 의형제가 되기를 희망한다. 길상은 신분을 뛰어넘는 서희와의 결혼에 대한 부담감으로 과수댁인 옥이네를 가까이한다. 고루한 김훈장 역시 길상과 서희의 결혼을 반대하지만 무엇보다 길상의 심적 갈등이 두 사람 결혼의 걸림돌이 된다. 그러나 서희는 옥이네를 찾아가는 등 과감한 행보를 보인다. 결국 두 사람은 결혼에 성공하게 되고 두 아들을 낳는다. 이들의 애정관계는 서희의 적극적인 성격으로 가능해진다. 서희는 주체적이며 능동적인 인물이다. 이러한 서희의 모습은 조선 후기 양반가의 아녀자가 가지는 일반적인 모습과는 다르다. 서희는 자존심이 강할 뿐 아니라 가문을 일으키고자 하는 욕망 또한 강한 인물이며, 사랑을 위해서는 자존심을 내려놓는 적극적인 성격의 인물이다. 서희의 이러한 성격이 길상의 심리에 영향을 주게 되고 둘의 결혼이 성사된다.

이들의 삼각관계는 여타 인물들의 삼각관계와 다른 특성을 보인다. 여타의 애정관계가 제삼의 인물 개입으로 삼각관계가 형성되는 반면 이들의 삼각관계는 두 사람의 사랑을 강화하는 쪽으로 제삼의 인물이 개입한다. 결국 이들의 애정관계는 사랑을 이루기 위한 의도된 삼각관계로 보아야 하며 능동적 다각 관계라 할 수 있다.

실패한 애정관계

③ 귀녀 ← 강포수
⋮
최치수

강포수는 귀녀의 악행을 알면서도 귀녀가 낳은 아이를 데려다 키운다. 귀녀는 옥중에서 강포수의 사랑을 받아들이지만 이내 사형 집행으로 생을 마감하게 된다. 귀녀의 악행은 양반에 대한 열등감이 그 근원이라 할 수 있겠지만 단지 열등감만으로 행할 수 있는 행위들은 아니다. 귀녀의 냉혹한 성격과 신분 상승에 대한 욕망이 이들의 관계를 가능하게 한 것이다.

반면 강포수는 어리석다고 할 만큼 우직한 성격이다. 사냥 실력은 최고일지 모르나 산 아래 사회에 대해선 무지하다. 그런 그가 최참판댁에 머물다 귀녀를 사랑하게 된다. 강포수는 최치수 살해 사건 후 살인죄로 투옥된 귀녀의 뒷바라지를 자처하는 것은 물론 그녀가 낳은 아이를 데려다 기를 만큼 귀녀에 대한 사랑이 깊다. 강포수의 이러한 행위는 그의 우직하고 순수한 성격 때문에 가능하다. 결과적으로 귀녀의 신분 상승 욕망과 냉혹한 성격 그리고 강포수의 우직하지만 순수한 성격이 이들 관계의 근원이라 할 수 있다. 이들의 애정관계는 귀녀에 대한 강포수의 적극적이며 지고지순한 사랑에 기인하므로 능동적 다각 관계라 할 수 있다.

④ 심금녀 ← 김두수(거복)
⇡⇣ ↑
윤이병 ← 공송애

김두수는 살인자의 자식이란 천대를 이기지 못해 평사리를 떠나 성인으로 성장한다. 그런 그가 일본의 밀정이 되어 간도에 나타난다. 김두수는 어릴 때부터 손버릇이 나빴다. 남의 것을 훔치는 것은 물론 싸움에선 쉽게 손찌검을 일삼는다. 이러한 김두수는 외모뿐 아니라 간교하고 악랄한 성격까지 그의 부친을 닮았으나 어머니에 대한 사랑은 간절하다.

김두수는 양반의 후손이지만 대접받지 못하고 핍박받았던 지난 시간에 대한 분노를 품고 있다. 김두수의 타고난 간교하고 악랄한 기질은 애정관계에서도 드러난다. 심금녀를 향한 김두수의 마음은 가학적이기까지 하다. 그는 심금녀에 대해 특별한 애정을 느끼지만 진심을 건강하게 표현하지 못하는 면모를 보인다. 김두수의 이러한 비정상적인 애정 표현은 타고난 성품뿐 아니라 성장 환경 때문이기도 하다. 노름에 빠져 가장의 의무를 다하지 못한 아버지와 그런 아버지에게 학대당하는 어머니를 보면서 성장한 결과라 할 수 있다. 결과적으로 비정상적인 외부 환경과 타고난 기질로 형성된 성격이 이들의 애정관계 형성의 원인이 된다. 김두수를 중심으로 형성된 애정관계는 가학적 다각 관계이며 김두수의 집착으로 인한 것이므로 능동적 다각 관계에 해당한다.

⑤ 오가타
↓↑ ⇡⇣
유인실 지에코

유인실은 『토지』 여성 인물 중 가장 주체적인 인물이라 할 수 있다. 오가타를 사랑한 유인실은 그의 아이를 낳지만 아이까지 포기한 채 독립운동에 뛰어든다. 그녀는 소신껏 자신의 믿음을 실천하며 주체적인 삶을 살아가는 인물이다. 이들의 관계는 앞서 살펴본 인물들의 다각 관계와는 그 성격이 다르다. 사랑을 이루지 못해 갈등하는 것이 아니라 사랑하지만 그 사랑을 이루지 않기 위해 갈등한다. 유인실은 오가타의 구애를 받아들이지 않는다. 반면 오가타는 더 간절히 유인실을 사랑한다. 때문에 사촌 지에코와 약혼을 했음에도 불구하고 독신으로 살아간다. 유인실 역시 오가타 이외의 어떤 남성도 사랑하지 않는다. 이들의 애정관계는 주체적 애정관계로 보아야 할 것이다. 유인실이 주체적 성격으로 인해 이루어지지 못하지만 변하지 않는 사랑을 보여주는 관계로 능동적 다각 관계에 속한다.

⑥ 하기서(일진스님)

↑

민지연

하기서와 민지연의 서사는 4부부터 등장하는데 이전 서사와의 연결고리는 없다. 단지 지리산 암자에 소지감이 머물게 되고 민지연이 도솔암을 찾아오면서 이들의 서사가 언급된다. 하기서는 친구들의 연이은 죽음을 목격한 후 인생에 대한 해답을 찾기 위해 출가한다. 민지연은 약혼자 하기서가 돌아오기만을 기다리다 도솔암으로 찾아오게 된다. 이들의 이루어질 수 없는 애정관계 역시 각각의 성격에 기인한다. 유약한 성격의 하기서는 도솔암에 나타난 민지연을 보며 연민을 느낀다. 이미 출가한 자신을 잊지 못하는 민지연을 안타깝게 생각하지만 과감하게 내치지 못한다. 민지연 역시 출가한 하기서를 기다리겠다며 집요하게 매달린다. 그러나 하기서의 마음은 변하지 않고 결국 민지연이 도솔암을 떠나게 된다. 이들의 사랑은 민지연의 집착에 의해 능동적으로 형성된 애정관계라 할 수 있다.

⑦ 송영광 ⇆ 이양현

↓↑ ↑

강혜숙 배용자

송관수의 아들 송영광은 자신의 신분에 대한 울분으로 방황하는 인물이다. 송영광은 강혜숙을 사랑하지만 신분 차이로 인한 반대에 부딪힌다. 둘은 일본으로 도피하지만 송영광이 깡패 사건에 연루되어 부상을 입게 되면서 파국을 맞는다. 이후 송영광은 악극단의 트럼펫 주자로 떠돈다. 신분에 대한 울분을 이기지 못하고 떠돌던 송영광은 아버지 송관수를 만나지만 원망을 거두지 못한 채 헤어진다. 송관수가 죽자 유해를 조선으로 옮겨오던 중 이양현을 만나 사랑에 빠진다. 이양현 역시 출신에 대한 갈등을 품고 있는 인물로 송영광으로부터 동질감과 위로를 받는다. 그러나 송영광은 이런 이양현의 마음을 받아들이지 않는다.

송영광은 그 누구와도 사랑을 이루지 못한 인물이다. 그는 상급 학교까지 진학해 학업을 이어가지만 백정이란 신분 때문에 사랑에 실패한다. 송영광은 남성적 기질이 강한 반면 내면은 여리고 부드러운 인물이다. 송영광의 이러한 성격은 신분으로 인해 형성된 것이다. 신분이란 사회가 만든 것으로 스스로 선택할 수 없는 외부적 요인이다. 결국 송영광의 애정관계는 신분 차이로 발생한 다각 관계라 할 수 있다. 이들이 사랑에 실패한 이유는 신분이라는 외부적 요인에 의한 것이지만 송영광의 거부로 실패하는 애정관계이기에 능동적 다각 관계라 할 수 있다.

⑧ 최윤국 김영호
↓ ↖ ||
이양현 박숙이

최윤국은 능동적이고 주체적인 성격을 지녔다. 그는 시국과 현실에 대한 분노를 직접적으로 표출하며 울분을 토하기도 한다. 아버지 길상과 어머니 서희의 관계에 대해서는 형 환국보다 너그럽다. 최윤국은 양현이 친동생이 아니라는 사실을 알게 되면서 양현을 향한 사랑을 직접적으로 표현한다. 최윤국의 능동적인 기질은 사회주의를 받아들이고 이와 관련된 단체에 가입하게 한다.

최윤국의 능동적이고 주체적인 성격이 이들의 다각 관계 형성에 영향을 미친다. 물론 양현의 신분적 한계라는 현실적 판단 역시 최윤국의 행동에 영향을 준다. 두 인물 모두 능동적이고 주체적이며 실천력이 강한 성격이기 때문에 가능한 능동적 애정관계라 할 수 있다.

3장

서사를 만드는 방법

공간 중심 서사와 위계 없는 서사 진행

『토지』 연구자인 김은경은 『토지』의 서사와 관련하여 봉건성과 근대성이라는 가치가 혼재되어 있는 남성 중심의 수직적 서사와 애정관계라는 수평적 서사가 교차하면서 서사가 확대되는 체계를 이루고 있다고 지적한다. 그리고 이들 서사는 '훼손과 회복'이라는 서사 과정을 통해 드러난다고 말한다.[1] 그의 주장에서 이러한 직조로 인해 인물뿐 아니라 서사까지도 입체화된다는 것을 추가적으로 도출할 수 있다. 이러한 일련의 과정이 '훼손'과 '회복'의 반복으로 드러나게 된다는 김은경의 주장은 일면 동의할 수 있는 부분이 있으나 한편으로는 '훼손'과 '회복'의 구조가 완성되지 못하고 있는 것은 아닌가 하는 의문이 든다. 해방을 『토지』 서사의 마무리로 본다면 '훼손'과 '회복'의 구조라 할 수 있다. 하지만 3부 이후부터 풀어놓은 3세대들의 서사는 마무리되지 않는다는

1 김은경, 앞의 논문, 11쪽.

것이 문제다. 왜냐하면 3세대를 중심으로 서사 구조를 정리할 경우 회복 단계로 진입하지 못하기 때문이다.

또 다른 『토지』 연구가 최유희의 경우 『토지』의 서사 구조를 '탄생', '성장', '결혼', '싸움'과 '해방', '죽음'의 여섯 가지 서사 모티프로 나누어 살펴본 뒤 결혼과 애정 모티프가 『토지』의 중심 서사 역할을 하는 것으로 파악한다. 그리고 이는 운명론적 세계관의 한계 때문이라 지적한다.

이외에도 『토지』의 서사 구조를 주인공 없는 서사 구조나 피라미드 구조로 파악한다. 그런가 하면 『토지』를 역동적인 가족 서사 혹은 능동적 공동체를 지향하는 구조로 파악하기도 한다.[2]

이상으로 살펴본 연구자들의 논지를 정리하면 결국 『토지』의 서사 구조는 단일하거나 일정하지 않다는 것이다. 그리고 그들 대부분은 『토지』 서사를 가족 서사나 민족 서사처럼 서사 구조의 의미에 집중하고 있다는 것이다. 반면 최유희는 『토지』의 서사 구조 양상에 집중해 그 특성에 주목한다. 최유희는 『토지』의 플롯을 이야기 플롯과 배경 플롯, 가족사적 플롯과 역사적 플롯, 전기적 플

2 최유희(1999), 「박경리 『토지』 연구」, 중앙대학교 대학원 박사, 29-31쪽. 천이두(1994), 「한의 여러 궤적들」, 『현대문학』 10월호, 120쪽. 토지학회, 앞의 책, 11-35쪽. 이덕화(2016), 「『토지』 가족 서사의 확대, 능동적 공동체 만들기」, 『여성문학연구』 37호, 한국여성문학학회, 171-200쪽. 토지학회, 위의 책, 67-94쪽. 김승종(2016), 「『토지』의 역동적인 가족 서사 연구-'성장 · 변신' 원리와 '대조'의 원리를 중심으로」, 『토지와 서사구조-토지학회총서 2』, 토지학회, 마로니에북스, 39-62쪽.

롯과 역사적 플롯을 정의 내리기 플롯으로 연결한다고 말한다.[3]

최유희의 주장처럼 『토지』의 서사 구조는 다양한 층위를 형성하고 있다. 그러나 그 층위들은 독립적이거나 개별적이지 않으며 전체 서사에 일정한 역할을 하고 있는 것으로 보아야 한다. 대부분의 논자들은 『토지』의 중심 서사를 서희 중심으로 보고 있기 때문에 서사 구조의 통일성을 찾지 못한다. 하지만 『토지』는 중심 서사와 주변 서사로 이루어진 것이 아니라 개별 서사가 공간을 공유하며 연결되고 있다. 인물들이 공유하는 공간을 중심으로 서사가 진행되고 있기 때문에 인물을 중심으로 서사 구조의 원리를 규명하기 쉽지 않은 것이다. 개별 사건의 느슨한 연결 역시 하나의 통일된 플롯 규명을 어렵게 하는데, 이 역시 인물을 중심으로 하기 때문에 발생하는 문제라 할 수 있다.

이에 본 글에서는 『토지』의 서사 전개 양상을 공간 중심으로 보고 그 특성을 살펴보고자 한다. 서사가 시간에 따라서 사건들을 재현한 것이라면 공간에 따른 재현이기도 하다는 애벗의 주장은 박경리의 설명과 부합한다. 박경리는 소설을 창작하는 것은 인물을 통한 공간의 창출이며 이는 인물의 시계와 관련된 문제라고 주장한다. 애벗 역시 공간 없는 서사는 불가능하다고 말한다.[4] 이는 시간과 공간은 확고하게 존재하는 것이라는 박경리의 견해와 일

3 최유희, 앞의 논문, 34쪽.

4 애벗, 앞의 책, 306쪽.

치하는 부분이다. 애벗의 말처럼 『토지』는 공간 이동에 따른 사건 전개 양상을 보인다. 이는 이야기 자체가 공간을 창조하는 행위라는 박경리의 견해를 뒷받침해 준다. 『토지』의 서사가 공간을 중심으로 전개됨으로써 중심 서사와 부수적 서사의 위계가 사라진다. 일반적인 서사의 경우 중심 서사와 중심 서사를 부각시키는 부수적 서사로 이루어진다. 그러나 『토지』의 경우 이렇다 할 중심 서사가 존재하지 않는다. 결국 공간을 중심으로 한 개별 인물들의 서사가 위계 없이 서술되고 있는 것이다.

이러한 특성을 확인하기 위해 『토지』 전편에 걸쳐 나타나고 있는 말 돌리기 양상을 살펴볼 것이다. 말 돌리기를 통해 시·공간의 이동이 서사를 동시적이게 만들고 이를 통해 서사가 입체적으로 드러나게 됨을 확인해 볼 수 있을 것이다. 『토지』에서 발견된 말 돌리기는 작가의 서술 전략 중 하나로 판단된다. 이러한 행위를 통해 서사가 진행되는 것은 물론 시·공간의 동시적 서술이 가능해진다.[5] 또, 말 돌리기를 통해 서사 간 경계가 사라지고 서사가 입체화된다. 서사 간 경계가 사라진다는 것은 주요 사건과 부수적 사건의 구분 없이 모든 사건이 균형 있게 서술된다는 의미이다.

다음으로 과거 사건의 축약 서술과 역순행적 사건 배치가 서사 속도를 결정하는 요소로 작용함은 물론 중요 서사와 주변 서

5 이승윤, 앞의 논문, 426쪽.

사 간 균형에 관여하게 됨을 알 수 있다. 『토지』는 스토리 내부의 사건을 요약 제시하거나, 사건에 대한 정보를 제공하거나, 사건의 인과관계를 설명하는 3인칭 서술이 빈번하게 나타난다. 이와 같은 서술 방식은 서사 속도에 영향을 미친다.

마지막으로 『토지』에 언급되는 세부사항들이 서사에 미치는 영향을 확인해 볼 것이다. 세부사항은 서사의 시 · 공간과 관련된 요소라 할 수 있다. 세부사항들로 인해 서사의 시대적 특성은 물론 공간적 특성도 드러나기 때문이다. 뿐만 아니라 세부사항을 서술하는 동안 서사가 지연되기도 한다. 또한 서사의 부수적 요소에 해당하는 세부사항은 주변 서사에 해당하는 것으로 주변 서사와 중요 서사의 위계와 관련이 있다.

우드는 세부사항은 추상적인 것들을 구체적으로 느끼게 해주며 이를 통해 개별적인 것의 특성을 이해하게 된다고 말한다. 또한 세부사항을 통해 깨닫게 되는 특성을 '이것다움-개성원리(thisness)'라 지칭한다. 개성의 원리는 두루뭉술한 세상을 만질 수 있을 만큼 구체적이게 만드는 것인데, 이를 통해 사건의 개연성을 확인할 수도 있다.[6] 『토지』에는 무속 신앙, 민속 문화, 복장 서술, 인물과 사건에 대한 평가와 같은 세부사항들이 나타난다. 우드는 소설의 세계란 세부사항의 결합이라 정의한다. 결과적으로 사건과 사건 사이에 삽입된 세부사항들이 서사의 개연성과 현실성을

6 우드, 앞의 책, 71-83쪽.

부여할 뿐만 아니라 세부사항들이 켜켜이 쌓여 『토지』라는 서사를 형성하게 되는 것이다.

1
말 돌리기
— 서사 진행 양상

『토지』의 서사는 부(部)를 거듭할수록 중심 인물과 부수적 인물의 구분이 모호해지고 개별 서사 간의 개연성은 물론 서사 간 통일성을 찾기 힘들어진다. 2부 전반부까지 중심 서사를 이끌던 서희가 후반부로 갈수록 흐릿해지고 다수의 추가 인물들이 등장하면서 서사를 이끌어가는 인물도 수시로 변한다. 그리고 개별 인물과 관련된 사건은 편집적으로 나열되면서 중요 서사와 주변 서사 구분 없이 평등하게 서술되도록 한다. 예를 들어 1부 3편 16장은 이사부댁을 방문한 길상에 대해 서술한다. 그리고 뒤이은 17장은 서희와 윤씨 부인이 땅을 둘러보기 위해 출타하는 모습이 그려진다. 위 예에서도 확인할 수 있는 것처럼 앞선 서사와 뒤이은 서사는 편집적으로 서술될 뿐 인과성이 없다.

정현기는 『토지』의 이러한 서사 양상을 마디이론으로 설명한다. 한국인들은 전체 내용을 이해하기 위해 이야기 마디에 집중하며 이러한 특성의 예로 판소리를 든다. 수시간에 걸친 판소리를 모두 감상할 수 없어 특정 한 장면을 즐기는 특성을 보이며 이러한 장면 감상 방식을 마디로 규정한다. 그는 각 마디는 사회적, 역사적, 지리적, 심리적 환경 변화에 기인하는 것이라 설명한다.

『토지』의 서사 전개 양상은 판소리의 장면 혹은 대목과 유사한 측면이 없지 않다. 그리고 그러한 특성은 말 돌리기 형태로 드러난다. 정현기의 마디이론이 『토지』 독법의 하나라고 한다면 본 글에서 말 돌리기는 서술 전략으로 서사의 입체성은 물론 판소리의 구어체적 특성이 나타난다는 것이다.

『토지』의 이러한 특성은 공간을 중심으로 서사가 이루어지고 있기 때문에 가능한 것으로 보인다. 이는 인물이 위치한 공간에 따라 서사가 진행되고 있음을 의미한다. 이러한 공간 중심 서사 진행은 같은 시간 다른 공간의 사건 서술을 가능하게 한다. 이러

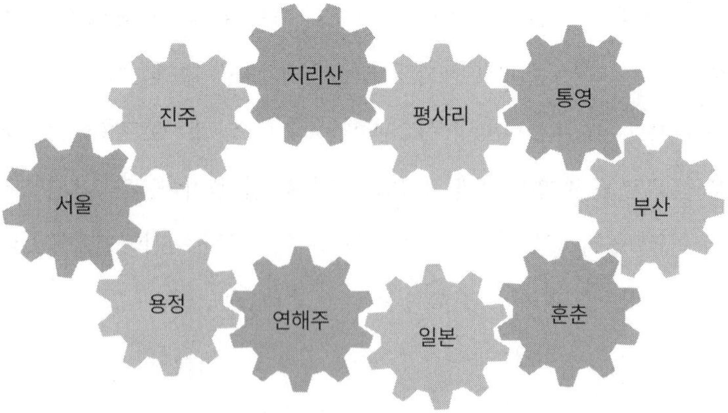

『토지』 서사에 등장하는 공간

한 서사 진행 양상은 말 돌리기를 통해 구체화된다. 말 돌리기는 화제를 다른 내용으로 바꾼다는 사전적 정의를 담고 있다. 본 글에서는 말 돌리기의 사전적 의미를 그대로 사용하고자 한다.

위 그림은 『토지』에 등장하는 공간을 정리한 것이다. 그림을 통해 공간 관련 서술은 중심 공간이나 부수적 공간의 구분 없이 수평적으로 그려지고 있다는 것을 알 수 있다. 『토지』의 공간은 위 그림처럼 톱니바퀴처럼 맞물려 돌아간다. 그리고 각각의 공간은 어떤 하나의 공간으로 수렴되지 않는다.

그러나 서희를 중심으로 서사를 파악할 경우 평사리가 중심 공간이 된다. 서희를 중심으로 한 서사는 '평사리 → 용정 → 진주 → 평사리'라는 공간 이동 양상을 보인다. 이러한 공간 이동 양상을 통해 서사가 공간 '회귀'로 귀결된다는 것을 확인할 수 있다. 서희 서사의 공간 '회귀'는 『토지』 2부에서 완성된다. 반면 서희 이외의 인물과 관련된 서사는 지리산, 서울, 용정, 진주, 일본, 통영, 연해주 등의 공간을 중심으로 서술된다. 2부 이후 빈번하게 등장하는 독립운동 서사 역시 다수의 인물이 이동하는 공간을 중심으로 그려진다. 그들은 주로 용정과 간도 일대 그리고 지리산으로 이동하는데 이들의 이동 역시 편집적으로 서술된다. 그리고 서울을 중심으로 한 지식인들의 서사, 진주와 평사리를 중심으로 한 농민들의 서사 역시 인물이 위치한 공간을 기준으로 서술되고 있음을 확인할 수 있다.

이러한 공간 구분은 같은 시간 다른 공간의 서사를 동시에 서술할 수 있게 한다. 이와 같은 서사 진행이 가능한 이유는 말 돌리기라는 서술 전략 때문이다. 말 돌리기를 통해 같은 시간 다른 공간의 서사를 서술하게 됨으로써 서사는 동시성을 확보하게 되며 이러한 동시성이 서사를 입체적이게 한다. 『토지』에서는 시 · 공간 동시 서술이 가능한 말 돌리기와 서사 진행을 위한 말 돌리기가 나타난다.

1) 판소리 사설체와 말 돌리기

시 · 공간 동시 서술 말 돌리기

최참판댁은 설 준비가 한창이다. 부엌을 중심으로 음식 장만에 열을 올리고 있는 평사리 사람들의 모습이 서술된다.

> **한편**[7] 봉순네는 여러 날 밤을 새가며 지은 설빔을 챙기느라고 바빴다. (중략) **섣달그믐 날**, 이른바 아이들에게는 까치설날이었다.(2권 353-354쪽)

위 예문 이후 서술자는 아이들의 설빔 착용 모습을 서술한다. 이때 사용된 '한편'과 '섣달그믐 날'은 서술 대상을 음식에서 옷과

7 저자 강조.

아이들 모습으로 바꾸는 말 돌리기에 해당한다.

갑자기 헤실헤실 웃던 귀녀의 얼굴이 찜찜하게 되살아난다.(1권 72쪽)

별당아씨와 구천이 달아난 직후 엄마를 찾아 울부짖던 서희가 잠들고 봉순네는 서희 곁에서 어수선한 잡념에 잠긴다. 그러다 '갑자기' 귀녀의 얼굴이 떠올라 찜찜해한다. 갑자기라는 부사는 봉순네의 어수선한 의식의 흐름을 강조하는 것은 물론 앞으로의 사건에 귀녀가 관여하게 될 수도 있음을 암시한다. 결국 갑자기라는 부사는 서술 대상을 바꾸는 말 돌리기이면서 서사를 진행하게 하는 말 돌리기에 해당한다.

윤보와 칠성이 봉기, **이들이 다투는 동안** 용이는 **저만큼 떨어진 곳**에서 청암에 사는 사돈뻘의 중년과 인사를 나누고 있었다.(1권 100쪽)

'이들이 다투는 동안'과 '저만큼 떨어진 곳'이라는 문장은 같은 시간 다른 공간에서 벌어지는 사건을 동시에 서술하는 말 돌리기에 해당한다.

한편 귀녀는 문초가 있을 때 두 사나이와 대면하게 되는데 (중략)

한편 정월 초순에 지리산을 떠나 강원도 쪽으로 갔었던 강포수는(하략)(3권 9-10쪽)

최치수 살해에 공모한 귀녀와 평산 그리고 칠성의 신문 장면에 사용된 '한편'은 같은 시간 다른 장소에 있는 여러 인물을 동시에 보여 준다. 앞서 언급한 '한편'이 서술 대상을 바꾸는 말 돌리기에 해당한다면 위 문장에 사용된 '한편'은 같은 시간 다른 공간의 사건을 서술하는 말 돌리기에 해당한다. 이처럼 같은 어휘라 하더라도 그 어휘를 사용하여 얻게 되는 효과는 달라진다.

"어디 갔어! 그놈이 어디 갔느냐 말이다!"
"죄를 범한 놈이 여기 남아 있겠는가?" 우관은 조용히 말했다. **어느덧** 나귀는 화개장터를 지나가고 있었다.(1권 379쪽)

문의원은 과거 김서방을 통해 윤씨 부인이 임신하게 된 사건을 전해 들은 직후 우관 스님과 나눈 대화를 회상한다. 인용문의 장면에서는 '어느덧'이라는 부사를 통해 과거에서 현재로 시간을 이동하는 것은 물론 최참판댁에서 화개장터로 공간이동이 일어난다. 결과적으로 '어느덧'이란 부사를 이용해 공간 이동은 물론 과거에서 현재로 시간 이동이 일어나게 된다.

이 무렵 김서방은 각처에 있는 최참판댁 농토를 돌아보고 올해

수확을 예상하면서 나귀를 몰고 있었다.(3권 197쪽)

이 무렵 김훈장 사랑에서 허둥지둥 걸어 나온 조준구는 죽은 것 같이 조용한, 들판에 사람이라곤 별로 찾아볼 수 없는 마을을 이리저리 살피면서 걸음을 빨리한다.(3권 219쪽)

위 두 예문은 호열자가 발병하는 순간과 과정을 서술하고 있다. 조준구가 홍씨와 함께 평사리로 돌아온 그때 역병의 징후가 드러나기 시작한다. 역병은 김서방으로부터 시작되며 조준구와 홍씨가 평사리로 돌아온 것과 같은 시간에 발병한다. 역병의 시작과 조준구의 등장이 동시에 서술되고 있는 것은 조준구와 역병 모두가 평사리에 닥치는 역경임을 암시하는 것으로 볼 수 있다.

호열자의 발병은 『토지』 서사의 변곡점 역할을 한다. 호열자로 인해 평사리에서 용정으로 공간 이동이 벌어진다 해도 무방할 것이다. 병마로 인해 윤씨 부인이 죽고 조준구는 어린 서희로부터 최참판가를 침탈한다. 때문에 호열자라는 중요한 사건을 동시적이고 입체적으로 표현한 것은 긴박감을 느끼게 함과 동시에 흥미를 유발한다. 호열자의 발병이라는 중요 서사를 밀도 있게 그리기 위해 시 · 공간을 동시에 서술하며 시 · 공간 동시 서술이 가능한 '이 무렵'이라는 부사를 사용하여 호열자의 발병 상황을 긴박하게 그리고 있다.

이즘 형세를 관망하던 조준구는 서울로 돌아간다.(4권 66쪽)

위 문장의 '이즘'이라는 명사는 서술자의 시국 해설을 현재 서사 서술로 바꾸는 역할을 한다.

그런데 같은 시각에 이상한 일은 또 벌어지고 있었다. 이순철의 집 담벽에 붙어선 두 사나이.(15권 25쪽)

'그런데 같은 시각에'이라는 구절은 김두만과 이순철 집에 침입한 사람들의 동태를 동시에 서술함으로써 사건 전개의 속도가 빨라짐과 동시에 긴장감을 준다.

이처럼 다양한 어휘를 사용한 말 돌리기는 시 · 공간을 동시에 서술하고, 서술 대상을 바꾸거나, 서사를 진행시킨다. 또, 과거에서 현재로 시제를 옮겨 서술하거나, 사건을 밀도 있게 그리며 사건을 빠르게 진행시키기도 한다. 결과적으로 다양한 어휘를 이용한 말 돌리기를 통해 서사가 입체적으로 전달됨을 알 수 있다.

판소리 사설체와 말 돌리기

『토지』에 나타나는 판소리 사설체적 특성은 여타 장편소설에서 발견되는 구어체적 특성과 달리 서술 문장에서만 발견되는 것이 특징이다. 『장길산』의 경우 전통 문예 장르의 변형을 통한 구술적 특성이 두드러진다. 또 다양한 노래와 사설, 문서들이 서술되는 과정에서 인물의 언어와 서술자 언어가 교차하여 이어지는 부분들이 다수 등장하는데, 이러한 사례 중 가장 두드러진 서술은 판소리(아니리)의 문체를 변용한 판소리 문체가 나타난다는 것이다.[8] 『장길산』에는 노래와 사설 그리고 광대의 굿거리 재담 등이 판소리 문체로 서술된다. 이는 『토지』에 나타나는 판소리 사설체와는 다른 양상이다. 『토지』에 드러나고 있는 판소리 사설체의 특성은 『토지』 서사를 직접적으로 그리는 데 사용된다. 즉 『장길산』처럼 민요 혹은 노래 가사와 시조를 그대로 옮겨놓은 것이 아니라는 것이다. 『혼불』 역시 『장길산』처럼 시조, 한시, 내방가사, 설화, 무가와 같은 장르들을 그대로 혹은 변용하여 사용한다. 그런가 하면 전통 서사 문학의 서술 양태를 그대로 따르고 있다. 반면 판소리의 '더늠'[9]과 유사한 방식을 사용해 서사를 확대하는 측면은 『토지』와 유사한 점이라 할 수 있다.[10] 그러나 『토지』는 앞서 살펴본 『장길산』이나 『혼불』과 달리 전통 서사 문학의 틀을 차용하거나 변용하지 않는 것이 특징이다. 『토지』는 『토지』 서사를 그리기 위해 판소리 사설체 특성이 나타난 어휘를 사용하고 있을 뿐 기존

---

8 윤영옥(2020), 「황석영의 『장길산』에 나타난 전통문예 장르 수용양상 연구」, 『국어국문학』 190호, 국어국문학회, 277-312쪽.

9 간략한 줄거리의 이야기나 노래를 가창자가 덧붙여 늘리는 것. 유영대(2010), 「판소리 전통과 최명희의 『혼불』」, 『판소리 연구』 29호, 판소리학회, 173쪽.

10 유영대, 위의 논문, 169-195쪽.

고전 문예 장르를 그대로 가져다 쓰거나 변용하지 않는다.[11]

판소리 사설체 특성이 드러나는 말 돌리기는 시·공간 동시 서술과 유사한 효과를 보인다.

> **아무튼** 저 정주학의 선비들과 왕실에 밀착된 명문거족들의 준령을 타고 뻗어 내린 줄기에는 두 개의 지류가 있다.(4권 61쪽)

서술자는 위 문장에 앞서 군국주의의 문제점을 지적하며 장황한 서술을 이어간다. 그러다가 '아무튼'이라는 부사를 이용해 서술 대상을 바꾼다.

> **그러면 다시 이야기는 돌아가서 서민들,**(4권 62쪽)

명문거족에 대한 비판이 끝난 뒤 '그러면 다시 이야기는 돌아가서 서민들'이라는 말로 평가 대상을 귀족에서 서민으로 돌린다. 이러한 사례는 마치 판소리 가창자(歌唱者)가 노래 중간에 사설(辭說)을 이어가는 듯한 인상을 준다. 이러한 말 돌리기는 서술 대상을 바꾸게 하면서 독자에게 말 걸기를 하는 효과를 준다.

『토지』 2부 서사는 용정과 만주 일대를 배경으로 그려진다.

---

11 『토지』는 1부와 2부 도입부 외에는 민요나 무가가 서술되지 않는다. 이는 전통 문예 장르나 전통 서사 양식을 그대로 사용하고 있는 『장길산』이나 『혼불』과 차이를 보이는 부분이라 할 수 있다.

일본에 의해 강제로 근대가 시작된 조선을 떠나 용정을 서사의 공간으로 선택한 것은 인물들이 근대를 인식하고 받아들이는 과정을 자연스럽게 보여줄 수 있기 때문일 것이다. 특히 잿더미로 변한 용정에서 서희는 매점매석으로 자본을 불려 나간다. 이는 경제 수단이 농업에서 상업으로 변경되었음을 의미한다. 경제 수단의 변화야말로 근대의 속성이 구체적으로 드러나는 부분이라 할 수 있다.

그러면 서희가 어떻게 하여 부자가 되었는가.(5권 80쪽)

서술자는 '그러면 서희가 어떻게 하여 부자가 되었는가'라는 문장으로 근대 자본주의라는 시대적 특성을 그리고 있다. 매점매석이라는 장사법은 물론 근대 자본주의의 문제점을 소개하고 장사로 내몰린 민중들의 힘겨운 삶을 구체적으로 언급한다. 용정의 화재 이후 매점매석을 통해 부자가 된 서희에 대해 서술하기 위해 위와 같은 문장으로 운을 띄운다.

그건 그렇고 전서방의 술버릇이라는 것도 소싯적 **그의 말을 빌리자면** 계집이 샛서방질을 한 **그때부터 얻은 것이라나?**(6권 190쪽)

이범창의 집에 식객으로 머물고 있는 이상현과 이 집의 머슴인 전서방 사이가 좋지 않음을 길게 서술한 뒤 전서방의 내력을 설명할 때 '그건 그렇고'라는 어휘를 이용해 서술 대상을 인물로 바꾸면서 이상현에게 일어난 서사를 전달한다. 그리고 '그의 말을 빌리자면 그때부터 얻은 것이라나?'와 같은 문장 서술 역시 판소리 사설체의 구어체적 특성이 나타나는 부분이라 할 수 있다.

전서방의 등장은 이상현이 머물고 있는 공간을 설명함과 동시에 혜관이 이상현을 찾아왔음을 알리는 역할을 한다.

자아, 그러면 임이네의 처리는 어떻게 할 것인가.(9권 355쪽)

위 문장은 서술자가 직접적으로 드러나는 말 돌리기이다. 병든 이용이 평사리로 돌아간 뒤 연학이 임이네를 만나기 전 삽입된 이 문장은 판소리 사설의 한 부분과 유사하다. 이와 같은 서술자의 직접 개입과 판소리 사설체를 이용한 말 돌리기는 이후 지속적으로 나타난다.

홍이 이곳으로 오게 된 경위를 말할 것 같으면,(10권 126쪽)

서술자는 부산에 머물고 있는 홍의 모습을 그린 뒤 '홍이 이곳으로 오게 된 경위를 말할 것 같으면'이라는 구절로 현재 사건의 전사를 직접 언급한다.

> 평지풍파를 일으킨 **지리산의 의병설이 어째 나돌았는가.**(10권 218쪽)

위 문장은 지리산 의병활동에 관한 긴 서술의 시작 부분이다. 서술자는 문답식 서술 전략을 이용해 말 돌리기를 하며 서술 대상을 바꾼다. 이 역시 판소리 사설체의 특성이 드러나는 말 돌리기에 해당한다.

> 굶어 죽고 얼어 죽을 자유는 있을지언정 섬겨야 할 강산도 상전도 모두 괴멸되어 없는 터에 종의 뿌린들 남아 있을라고. **각설하고** 편리하다는 것,(13권 10쪽)

위 예문은 4부 본 서사가 시작되기 전 기술된 서(序)장의 일부다. 4부의 시대 배경은 1930년에서 1939년까지이다. 서장은 1930년대의 모습을 구체적으로 보여준다. 서술자는 위생적이라는 이유로 조선인에게 강요되는 서양문명의 하찮음을 비판한다. 그리고 '각설하고'라는 판소리계 소설에 사용되는 어휘를 이용해 말 돌리기를 시도하여 비판 대상을 변경한다.

이처럼 판소리 사설체의 특성이 나타나는 말 돌리기는 서술 상황을 설명하여 정보를 전달하고, 독자에게 말 걸기를 하는 듯해 현장감을 강화하며, 서사 대상을 바꾸어 공간을 이동하게 한다. 이외에도 『토지』 전반에 걸쳐 판소리 사설체적 특성이 나타나는 말 돌리기는 『토지』 서사 후반까지 빈번하게 나타난다.

2) 서사 진행과 말 돌리기

앞 서사와 무관한 서사 삽입

앞 서사와 무관한 서사를 삽입하는 말 돌리기와 서사를 진행하게 하는 말 돌리기는 『토지』 서사와 관련된 또 다른 특성이라 할 수 있다. 서술자는 김평산의 꿈을 서술한 후에 다음과 같이 덧붙인다.

> **아무튼** 평산은 황금의 더미에 올라앉은 꿈을 꾸고 있는 것이다. 그는 대체 누구에게 속임을 당하고 있는 것일까.(2권 194쪽)

'아무튼'이란 부사를 사용해 앞 문장의 서술 내용과 무관한 내용으로 화제를 바꾼다.

『토지』 2부에서 서희는 용정에 자리 잡은 뒤 세상 돌아가는 물정을 알기 위해 법회에 나간다. 친일 인사가 관여된 법회지만 서희는 법회에 참석한다.

> **여하간** 법회에 나온 서희는 주변에 대하여 겉으론 무관심하였다.(5권 231쪽)

이 문장에 사용된 '여하간'은 앞의 내용과 뒤의 내용을 인과적으로 이어주지 않는다. 예문에 강조한 어휘는 앞의 내용은 정확하게 서술하지 않고 뒤의 내용을 중요하게 다룰 때 주로 사용되는 어휘다.

어쨌거나 적당한 온도와 습도를 유지하며(13권 425쪽)

일본에서 유입된 문화에 대해 서술하다 주택가로 해설의 대상을 옮긴다. '어쨌거나'라는 부사를 이용해 앞의 내용과 무관한 대상으로 서술 대상을 옮겨 서술한다.

아무튼 그것은 그렇고,(15권 323쪽)

용정으로 돌아간 이홍이 주갑의 안부를 걱정한 뒤, 위 어휘를 이용해 말 돌리기를 하여 김두수와 공노인에 대해 이야기를 나눈다. 위 문장의 말 돌리기는 '아무튼'과 '그것은 그렇고'를 동시에 사용해 앞 서사와 전혀 다른 뒷이야기가 이어지게 될 것임을 암시한다. 이처럼 앞 서사와 무관한 서사로의 말 돌리기는 서사 사이를 건너뛰게 해 서사의 진전을 이루게 한다.

서사 진행을 위한 말 돌리기

서사 진전을 위한 말 돌리기 역시 앞 서사와 무관한 서사로의 말 돌리기와 유사한 특성을 보인다.

> **아무튼** 사흘 후 송장환과 약종상에서 권필응과 장인걸이 하얼빈에 도착했다는 연락을 받았다.(8권 329쪽)

2부 5편 12장에서는 훈춘으로 떠난 길상과 환의 행방을 서술한 말 돌리기를 이용해 장소와 등장인물의 변화를 보여준다. 뒤이어 말줄임표를 이용해 앞선 서사를 마무리한 뒤 다음 서사 서술을 이어가면서 서사를 진전한다.

> 용정을 향해 달리던 마차가 **어떻게 되어 그랬던지** 뒤집힌 사건(6권 128쪽)

옥이네를 만나러 간 서희와 길상은 위와 같은 사건이 벌어지면서 결혼하게 된다. '어떻게 되어 그랬던지'라는 구절은 구체적 정황을 논리적으로 서술하지 않는다. 이는 이상현과 이동진 그리고 김훈장 같은 인물의 대화, 그리고 길상의 내면 심리 묘사 등으로 더뎌진 서사를 빠르게 진전시킨다.

> **어쨌거나** 진주에서, 평사리에서, 통영에 있는 조준구의 소식을

알게 된 데는 **그럴 만한 연비**가 있었다. (중략) 그보다 먼저 경위를 설명하자면 몽치 얘기부터 하는 게 순서다.(16권 248쪽)

조준구의 행방에 대한 평사리 사람들의 평가를 서술한 뒤 위 문장을 통해 하나의 정보가 여러 공간에서 동시에 공유되고 있음을 언급한다. 이때에도 '어쨌거나'라는 부사를 통해 서사의 구체적인 내용을 건너뜀으로써 서술 대상을 바꾼다. 그리고 '그럴 만한 연비'라는 말로 구체적 내용을 얼버무리며 서술 대상을 옮긴다. 뒤이어 '그보다 먼저 경위를 설명하자면 몽치 얘기부터 하는 게 순서다.' 문장을 이용해 서술 대상을 몽치로 옮긴다. 이때 서술 대상이 옮겨가고 있음을 서술자가 직접 밝힌다.

이와 같은 말 돌리기는 서사를 빠르게 진전시킬 뿐 아니라 다른 공간의 서사를 동시에 서술할 수 있게 해 서사를 입체화한다.

『토지』 전편에 걸쳐 나타나는 말 돌리기는 서사를 동시적이며 입체적으로 그린다. 뿐만 아니라 『토지』에는 시 · 공간 동시 서술과 관련된 말 돌리기, 서사 진전을 위한 말 돌리기와 같은 특성이 나타남을 확인할 수 있다. 시 · 공간 동시 서술과 관련된 말 돌리기는 같은 시간 다른 공간에서 벌어지는 서사를 동시에 서술하며 서사의 동시성을 획득하게 함은 물론 서사 간 경계를 사라지게 한다. 즉 중요 서사와 부수적 서사의 구분이 모호해진다는 것이다. 서사 진전과 관련된 말 돌리기는 인과적 관계가 없는 무관한 서사를 연속해 서술함으로써 서사를 수평적으로 만든다. 이승윤은 이와 같은 말 돌리기를 '능청떨기'라 말한다. 그가 말하는 '능청떨기'는 작가가 하나의 사건이나 이야기를 잔뜩 벌여놓은 뒤 또 다른 사건이나 이야기로 옮겨가는 것을 말하는 것이며 이것이 『토지』의 이야기 진행 방식의 특징 중 하나라고 설명한다. 그리고 이러한 특성은 『토지』뿐 아니라 여타의 장편소설 특히 연재소설에서 나타나는 특성이라 할 수 있다고 마무리한다.[12]

이승윤의 말처럼 이러한 말 돌리기를 여타 장편소설 혹은 연재소설의 특성이라 볼 수 있겠지만 『토지』에서와 같은 효과가 나타나는 것은 아니다. 『토지』는 중심 인물도, 그렇다고 중심 서사도 통일성 있게 정리할 수 없는 소설이다. 말 돌리기는 이러한 『토지』의 서술적 특징이 나타나게 되는 이유라 할 수 있다.

12 이승윤, 앞의 논문, 434쪽.

2
사건의 역순행성
— 사건 삽입 방식

『토지』 서사 흐름과 관련된 또 다른 특징은 현재 사건 사이에 과거 사건이나 인물의 회상이 자주 삽입된다는 것이다. 과거 사건을 요약 제시하거나 사건에 대한 정보를 회상을 통해 제공함으로써 서사를 지연시키기도 진전시키기도 한다. 또, 현재 서사 사이에 과거 서사가 삽입되는 경우는 서술자가 과거 서사를 직접 서술하거나 요약해 전사(前史)로 제시하는 경우에 해당한다. 반면 회상과 대화로 그려지는 과거 사건은 서술자에 의해 선택된 행위 초점자의 회상과 인물 간의 대화로 드러난다.

1) 전사(前事)의 중간 삽입

서사 속도의 지연

『토지』에 나타나는 사건의 역순행적 배치는 현재 서사가 진행되는 중간에 과거 서사가 삽입되는 경우와 각 장(章) 도입부에 과거 서사가 요약 제시되는 형태로 나타난다. 이러한 특성으로 서사는 개연성을 획득하게 되고 서사가 지연되거나 진행되는 양상을 보인다. 이 경우 과거 서사의 중간 삽입과 전사(前史) 제시는 3인칭 서술자에 의해 서술되는 경우에 한한다.

매일 밤 외출하는 구천을 수상하게 여긴 돌이와 삼수는 구천의 뒤를 밟는다. 구천이 밤마실 다닌다는 사실을 알고 있는 수동이 구천을 타이른다. 뒤이어 구천이 최참판댁에 머물게 된 내력이 서술된다. 이때 구천의 과거 사건이 돌이와 삼수가 구천의 뒤를 밟는 현재 사건 중간에 삽입된다. 삼 년 전 찾아든 젊은 사내에 대해 서술자는 준수한 용모, 알맞은 몸집, 슬기로운 기운과 같은 어휘를 이용해 인물을 직접 서술한다. 뒤이어 삼 년 전 몹시 추운 겨울날의 정황을 구체화한다.

① 삼수, 돌이 구천 뒤 밟음(현재서사1) → ② 수동이 구천을 타이름(과거1) → ③ 구천이 처음 최참판댁으로 들어오던 날(과거2) → ④ 삼수, 돌이 뒤쫓던 구천 놓침(현재서사2)

위 서사를 순차적으로 정리하면 다음과 같다.

③ 구천이 처음 최참판댁으로 들어오던 날(과거2) → ② 수동

이 구천을 타이름(과거1) → ① 삼수, 돌이 구천 뒤 밟음(현재서사) → ④ 삼수, 돌이 뒤쫓던 구천 놓침(현재서사2)

베일에 싸인 구천이란 인물의 내력을 사건 진행에 따라 순차적으로 서술하지 않고 현재 사건 중간에 삽입함으로써 돌이와 삼수가 구천의 뒤를 밟고 있는 현재 사건을 지연시킨다. 이후 시점을 삼수와 돌이가 구천의 뒤를 밟는 현재로 돌려놓는다. 그러나 구천을 놓친 두 사람은 구천의 근본에 대한 의문만 커질 뿐이다. 이때 중간에 삽입된 과거 사건이 삼수와 돌이가 품는 의문의 원인으로 기능하게 된다.

이후 별당아씨와 구천이 종적을 감춘 사건과 바우 할아범 장례식 상황이 요약 제시된다. 뒤이어 엄마를 찾는 서희 모습을 구체적으로 서술하지만 이는 과거 사건의 일부분일 뿐이다. 현재 서사는 울다 지친 서희를 재우고 있는 행위 주체인 봉순네를 초점화한다. 서술자는 구천과 별당아씨의 내통 사실을 윤씨 부인에게 알린 사람이 귀녀였음이 밝혀지는 과거 사건을 뒤이어 서술한다. 그리고 오늘 낮에 귀녀가 서희에게 당한 사건을 서술한다. 이때 봉순에 대한 귀녀의 태도는 오늘 낮 사건의 전사(前事)에 해당한다. 이 장면을 도식화하면 다음과 같다.

① 서희 엄마 찾으며 떼를 씀(오늘 낮1) → ② 봉순네 서희를 재우며 귀녀를 회상함(현재) → ③ 귀녀가 구천과 별당아씨 내통

사실을 윤씨 부인에게 귀뜸(과거) → ④ 서희가 귀녀에게 침을 뱉음(오늘 낮2) → ⑤ 봉순네 서희를 재움(현재)

위의 서사를 시간 흐름에 맞춰 순차적으로 정리하면 다음과 같다.

③ 귀녀가 구천과 별당아씨 내통 사실을 윤씨 부인에게 귀뜸(과거) → ① 서희 엄마 찾으며 떼를 씀(오늘 낮1) → ④ 서희가 귀녀에게 침을 뱉음(오늘 낮2) → ⑤ 봉순네 서희를 재움(현재)

이처럼 서술자에 의해 과거 사건이 현재 서사에 삽입되면서 귀녀와 서희, 봉순의 관계가 구체적으로 그려진다. 연이은 과거 사건의 삽입으로 서사 속도는 느려지지만 인물 관계가 선명하게 부각된다. 또한 각 장(章)의 본 사건이 시작되기 전, 전사를 먼저 설명하거나 요약 제시함으로써 각 장(章)의 본 사건에 밀도를 높인다.

후사(後事)의 개연성을 강화 하는 전사(前事)

1부 1편 6장에서는 최참판댁의 내력과 귀녀의 욕심에 관하여 서술하고 있다. 서술자는 구전(口傳)하는 최참판가의 전설과 간난할멈의 증언을 섞어 최씨 집안에 손이 귀하게 된 내력을 서술한다. 뿐만 아니라 최참판가의 재산이 부도덕하고 비인간적인 방식으로 축적된 것임을 밝힌다. 이를 통해 최참판가의 불운이 부도덕과 비인간적인 방식에 의한 것임을 보여준다. 이후 귀녀가 최씨 가문 씨종자 잉태를 축원하는 장면이 이어진다. 최치수는 조준구와 동행하여 그러한 귀녀의 모습을 지켜본다. 전설처럼 전해 내려오는 최씨 집안의 이야기와 귀녀의 기원은 샤머니즘적 성격을 띤다. 귀녀의 기원이 본 서사라 할 때 구전되어 온 최참판가의 전설은 전사에 해당하는데 이들 서사는 샤머니즘이라는 공통점을 지니고 있다. 이러한 서사 구성은 신비감과 함께 이후 서사에 대한 기대를 강화한다.

1부 2편 9장은 장 전체가 회상과 요약 제시로 구성된 경우라 할 수 있다. 윤씨 부인과 마주 앉은 최치수는 안부를 묻는 대화를 나눈다. 서희에게 엄마를 만들어 주고 싶다는 최치수의 객담(客談)에 윤씨 부인은 알아보자며 진심이 아닌 대답을 한다. 이후 소원한 두 사람의 관계에 대한 해설과 윤씨 부인이 절로 떠나던 과거 사건이 삽입된다. 최치수의 어린 날을 현재 서사 중간에 서술함으로써 어머니 윤씨 부인을 향한 최치수의 적대감이 발생한 근거를 제시한다.

윤씨 부인과 최치수의 대면 장면 이후 이어지는 과거 사건들의 삽입이나 간난 할멈의 죽음에 대한 긴 서술은 윤씨 부인으로 상징되는 세대의 서사가 끝나게 될 것임을 상징적으로 드러낸다. 『토지』 서사는 도입부부터 윤씨 부인과 최치수 그리고 서희까지 삼대를 동시에 등장시킨다. 반면 윤씨 부인의 윗세대는 구전(口

傳)으로만 존재한다. 이와 같은 세대 지형은 이후에도 유사한 형태로 이어지지만 1부에서처럼 세대의 분절을 정확하게 제시하지는 않는다. 결국 1부 2편 9장은 윤씨 부인 세대의 서사가 일단락됨을 중심 인물의 사망으로 그리는 것이라 할 수 있다. 이처럼 서술자를 통한 과거 서사 삽입은 인물의 현재를 설명해 주는 역할을 한다.

또, 과거 서사의 삽입은 시대 변화를 구체적으로 그릴 수 있게 한다. 김훈장은 양자를 얻기 위해 추수가 끝난 뒤 어디론가 사라졌다 돌아온다. 그는 식사를 하면서 문의원과의 시국담을 회상한다. 문의원이 들려준 것은 조선에 대한 일본의 부당한 침탈에 대한 것들이다. 김훈장은 가난한 양반의 후예지만 나라를 걱정하는 마음은 조정의 대신 못지않은 인물이다. 그러나 김훈장은 수절 중인 며느리를 마목 환자라 거짓 소문을 퍼트리는 비인간적인 모습을 보이기도 한다. 이를 통해 김훈장이 가족의 행복보다는 가문과 양반의 도리를 앞세우는 인물임이 강조된다. 그리고 시국담으로 점철된 과거 사건의 삽입을 통해 김훈장의 성격은 물론 시대의 변화가 구체적으로 드러나게 된다.

칠성이 처형된 뒤 떠돌다 평사리로 돌아온 임이네는 고된 하루를 끝낸 뒤 아이들과 함께 밤을 보낸다. 본 서사는 임이네의 상황을 요약 제시한 뒤, 용이가 임이네에게 베푼 친절을 강청댁이 알게 되어 마을에서 쫓겨날지도 모른다는 두려움에 떠는 임이네 모습을 그리고 있다. 이는 임이네의 성격이 변했음을 보여 준다. 임이네의 이러한 변화는 아이들과 떠돌며 굶주렸던 기억 때문이다. 임이네의 성격 변화는 임이네가 처한 환경 때문이며, 이러한 인물의 성격 변화는 앞으로 벌어질 사건의 근거가 된다. 결과적으로 본 서사 앞에 서술되는 전사가 인물의 성격 변화 원인을 제시해 주는 역할을 한다고 볼 수 있다.

1부 4편 7장은 서술자의 시국에 대한 긴 해설로 시작된다. 이와 같은 시국 해설은 서사가 진행될수록 빈번하게 등장한다. 시국에 대한 해설과 인물 간의 담론이 길어질수록 서사는 지연된다. 결국 사건의 휴지가 발생하게 되고, 해설 대상에 대한 정보 나열로 인해 서사의 단절이 발생한다. 이 경우 서사의 단절은 서사를 멈추게 만들어 지루함을 느끼게 한다. 이와 같은 현상은 『토지』 서사 전반에 걸쳐 서서히 나타나다가 말미로 갈수록 빈번하게 나타나는 양상을 보인다.

그런가 하면 과거 사건의 삽입은 주요 서사의 부연 설명과 함께 주변 인물 혹은 주변 사건을 부각시켜 주요 서사, 주변 서사라는 위계를 줄인다.

이외에도 조병수를 찾아온 조준구의 모습을 구체적으로 그리면서 과거 사건을 삽입해 조준구와 조병수의 성격을 대조하기도 하고, 덕희와 양현의 다툼을 서술하던 중 이양현과 송영광 관련 과거 사건을 삽입하여 1940년대까지 뿌리 뽑히지 않은 신분 차별에 대한 비판을 담기도 한다. 또 몽치가 유치장에 잡혀간 사건 사이에 징용에서 도망친 홍석기를 숨겨준 과거 사건을 삽입해 당시 조선 민중의 고통을 드러낸다.

2) 회상과 대화

행위 초점자를 중심으로 한 대화와 회상

과거 서사의 삽입은 인물의 회상이나 인물 간 대화를 통해 구체화되기도 한다. 그런가 하면 서술자에 의해 삽입된 과거 서사의 주체는 행위 초점화 된 인물인 경우가 빈번하다.

병상에서 일어난 이용을 마을을 돌아보다 최참판댁으로 간다. 그곳에서 잠든 서희와 봉순이를 본 뒤 최참판댁 별당 문 앞에서 누나 서분이 천연두를 앓다 죽던 날과 눈물을 흘리던 최치수를 회상하는 과거 사건이 삽입된다. 이 서사는 최치수와 이용의 관계 그리고 월선과 이용의 인연이 어릴 때부터 특별했음을 알게 해준다.

인물의 성격 변화와 관련된 과거 서사 삽입은 『토지』 전반에 걸쳐 나타난다. 길상의 성격과 관련된 사항은 현재 서사와 관련 없는 장면에 삽입되어 있다. 이동진 일가에 대한 해설과 함께 길상의 잡념이 과거 서사 형태로 삽입된다. 뒤이어 서술되는 서사는 그날 아침 길상이 뜰에서 본 개미집에 대한 기억 그리고 한복에게 전해 들은 영팔이 아재의 소가 병이 났다는 소식이다. 회상 속에 등장하는 개미와 소에 대한 길상의 사유는 생명이란 크고 작은 것으로 중요도를 파악하는 존재가 아님을 나타낸다. 이는 『토지』의 전반에 흐르고 있는 박경리의 생명관과 관련 있는 것이며 길상이라는 인물의 성격과 주제를 동시에 부각시킨다.

반면 평사리로 돌아온 윤보가 이용에게 월선의 소식을 전하는 사건은 월선과 이용의 관계를 이어가게 하는 전사에 해당한다. 이용은 윤보를 통해 알게 된 사실 때문에 월선과의 만남을 다시 이어가게 된다. 윤보는 달포 전 방천 가에서 만난 월선이 돈을 벌기 위해 삼촌을 따라 하동을 떠났다는 사실을 알게 된다. 이 사건은 이용과 월선 그리고 임이네의 삼각관계가 발생하게 되는 원인이 된다. 또 강청댁 사망 직후 삽입된 이용의 결혼식 날 회상은 강청댁과 이용 부부 사이를 구체적으로 설명해 주는 것은 물론 이용의 우유부단한 성격이 드러나는 대목이기도 하다.

정석은 어린 날 봉순과 관련된 사건과 아버지 정한조가 왜병에게 끌려가던 모습을 회상한다. 이는 현재 서사에 삽입된 과거 사건으로 정석이 자발적으로 조준구의 집 머슴이 되는 상황을 설명해 준다. 뿐만 아니라 이후 이어지는 봉순과의 사건 회상은 정석의 서사를 확장하게 한다.

대화를 통한 정보 전달

과거 서사 삽입은 인물의 대사로 표현되기도 한다. 평사리를 나선 공노인은 주막 영산댁으로부터 전해 들은 최참판댁 내력과 구천에 대한 이야기를 회상한다. 이때 과거 사건을 서술하는 것은 초점화된 영산댁이다. 그리고 삽입된 과거 서사는 인물 간 대화 형태로 전달된다. 과거 사건은 영산댁이 전해 들은 서사를 회상하는 방식으로 전개된다. 이와 같은 방식의 과거 서사 삽입은 대화를 통해 정보를 전달하는 것뿐만 아니라 그 정보를 전달하는 인물의 성격까지도 드러나게 한다.

억쇠를 만난 뒤 술을 마시던 이상현은 시위 군중 속에서 만세를 부르며 눈물을 흘렸던 자신을 회상한다. 그러나 독립이 될 거란 기대가 무너지면서 절망 상태에 빠진다. 이때 삽입된 과거 사건은 인물의 내적 갈등과 외적 갈등의 원인을 동시에 설명해 준다. 또, 이 사건은 3부 서사의 근거이자 배경 역할을 하는데, 3·1 운동의 실패라는 사건이 이상현의 방황을 더욱 부추기고 무력에 빠지게 만든다.

조찬하가 임신 중인 유인실을 만나러 가는 현재 서사 중에 유인실을 보살피는 조찬하의 모습이 회상 방식으로 서술된다. 임신 사실을 전해 들은 조찬하가 지속적으로 인실을 찾아가고 있었음이 과거 회상을 통해 그려진다. 이는 인물의 성격 강조와 후사(後事)의 인과적 개연성을 형성하고 있다. 또 과거 서사를 먼저 언급함으로써 놀람 효과를 주기도 한다. 이러한 과거 서사 삽입은 유인실이라는 인물의 주체적인 삶을 부각시키고 서사 간 인과관계를 형성하게 하며 서사의 속도를 늦추는 역할을 한다.

5부 5편 3장에 서술되는 조병수의 회상은 1부 5편 3장의 장면을 그대로 옮겨놓은 과거 사건 삽입에 해당한다. 길상이 완성한 관음탱화를 감상하던 조병수는 어린 서희를 훔쳐보던 과거를 떠올린다. 참혹한 시간을 견뎌야 했던 조병수를 이해하고 용서했던 길상에 대해 조병수는 가장 아름다운 영혼이 자신의 손을 잡아 주었다고 생각한다. 1부 사건이 5부에 다시 언급되는 것은 구성적 통일성뿐만 아니라 예술로 구원받은 상처받은 영혼이라는 『토지』의 소주제를 강조하는 것으로 보아야 할 것이다.

3
소설의 개성을 만드는 세부사항

우드는 소설의 구체적인 요소에 대해 언급하면서 우리의 관심을 집중시키는 세부사항(detail)을 '이것다움(thiness, haecceitas)'라 정의한다. 작가에 의해 관찰된 모든 것들이 세부사항에 포함되며 세부사항의 조합으로 얻어지는 것이 '이것다움'이라는 것이다. 그가 말하는 '이것다움'[13]이란 그 사물만이 가지는 특별한 성질로 개성(個性)을 의미한다. 결과적으로 개성이 모여 개별성을 획득하게 되고 이러한 세부사항들은 작가에 의해 선별되는 것이라 말한다.

『토지』의 세부사항들은 무속 신앙, 민중문화, 의복에 대한 묘사, 전설, 설화, 민담 같은 요소들이다. 이러한 세부사항들로 인해 『토지』가 담고 있는 소설의 배경과 주제들이 구체화되거나 부각됨을 확인할 수 있다.

앞서 언급하였듯이 『토지』는 하나의 일관된 서사로 정리할 수

13 번역자는 'thisness'와 'haecceitas'를 '이것다움'이라 번역했다. 영어 사전에서는 'thisness'를 '개성원리', 'haecceitas'는 '개별성', '개성원리', '이것'으로 해석한다.

없다. 인물뿐 아니라 그 인물들이 겪는 서사도 수평적이기 때문이다. 경계가 없고 인과관계가 모호한 사건들이 회상의 방식으로 나열되어 있어 하나의 중심 이야기로 정리하기 힘들다. 그러다 보니 다양한 인물을 통해 구한말과 일제강점기 민중의 삶을 구체적으로 보여주고 있다는 정도로 정리해 볼 수 있을 것이다.

『토지』의 세부사항은 주로 무속 신앙과 민속 문화 관련 세부사항 그리고 인물과 사건에 대한 평가와 복장 서술 그리고 인물이 겪게 되는 사건에 대한 평가 등으로 나타난다. 이러한 세부사항을 통해 근대 자본주의 시스템의 진상(陳狀)이 구체적으로 그려진다. 이러한 특성은 서사가 진행될수록 조금씩 달라진다. 예를 들어 『토지』 1부와 2부 전반부에 무속 신앙과 민속 문화 관련 세부사항이 집중된다면 2부 후반부에서 5부까지는 인물이나 사건에 대한 평가나 복장 서술이 주를 이룬다. 이와 같은 변화 양상은 구한말과 일제강점기라는 시대적 특성과 관련이 있는 것으로 보인다.

1) 무속 신앙과 민속 문화

시대 배경 관련 세부사항

『토지』에는 무속 신앙과 민속 문화와 관련된 세부사항들이 자주 서술된다. 이와 같은 무속 신앙과 민속 문화 관련 세부사항은 『토지』 2부 후반부터 급격하게 줄어드는데, 이러한 양상은 『토지』 1부의 시간 배경과 관련이 있다.

봉순이는 별당으로 가겠다는 서희를 달래며 무당놀이에 한창이다. 객구를 물리겠다며 서희를 눕혀 놓고 혼신을 불러댄다. 그런가 하면 평사리를 찾은 월선은 굿판을 벌이던 어미를 떠올린다. 봉순네는 간난 할멈으로부터 전해 들은 서희 조부의 죽음과 관련된 이야기를 기억한다. 불공을 드린 뒤 노루 고기를 먹고 급사한 서희 조부의 죽음은 전설로 구전된다. 최참판댁과 관련된 구전은 황당무계한 이야기로 이어진다. 그 이야기는 최씨 집안 할머니의 인색함과 관계된 것들이며 결국 최참판댁 손이 귀하게 된 이유가 된다. 최참판댁과 관련된 이야기에도 원귀나 굿을 하고 천도를 지내는 행위가 구체적으로 서술된다. 최참판가가 재물을 쌓으며 행한 악행과 그 악행으로 인한 저주가 함께 언급된다. 뒤이어 서낭당에서 치성 드리는 귀녀 모습을 최치수와 조준구가 훔쳐보는 모습이 묘사된다. 이용은 누나 서분이 천연두로 사망한 이유를 비손을 하지 않았기 때문이라 생각하는 부모님의 모습을 회상하고, 의관을 차려입은 부친이 머리를 조아리며 비손하는 모습이 이용의 회상을 통해 구체적으로 서술된다. 최치수의 사망과 관련하여 등장하는 것이 노루다. 지리산에 들어간 최치수는 노루 한 마리를 잡고 그 피를 수동 등과 나눠 마신다. 이후 수동이 지네를 죽이고 최치수는 그날 밤 지네에 시달리는 꿈을 꾼다.

이와 같은 무속적 요소는 최참판가의 내력과 연결되어 있다. 최치수 아버지의 죽음과 그 아들의 죽음에 노루라는 상징적 동물이 연관되어 있으며[14] 그것은 손이 귀할 것이라는 저주로 구현된다. 이처럼 중요 서사를 이어가는 데 있어서도 무속 신앙 관련 요소가 드러난다.

윤씨 부인은 오구굿의 주무(主巫)로서의 월선네 모습을 회상한다. 무가를 읊조리는 월선네는 무복을 입었으나 늠름하고 훤칠한 모습이다. 동학당의 접주 김개주에게 겁탈당한 윤씨 부인은 월선네와 간난 할멈, 바우 할아범 등의 도움으로 무사히 환을 낳는다. 무녀인 월선네는 윤씨 부인에게 들러붙은 원귀를 떼어낼 수 없으니 절로 보내야 하며 그 해를 넘기고 집으로 돌아와야 한다는 말로 윤씨 부인의 도피를 돕는다. 조씨 부인을 속일 수 있었던 것은 윤씨 부인에게 원귀가 들러붙었다는 월선네의 말 때문이다. 윤씨 부인의 이러한 회상은 서사의 개연성과 관계된 세부사항이라 할 수 있으며 이는 무속 신앙 관련 요소가 드러난 경우에 해당한다.

호열자의 발병은 최참판댁 김서방으로부터 시작된다. 토지와 마름들을 살펴보고 돌아온 김서방이 발병하자 김서방댁은 곧바로 객구를 물린다. 호열자를 대하는 마을 사람들의 모습은 김서방

---

14 1부 3편 17장 서희의 출타 편에서도 노루가 등장한다. 노루의 상징은 신성함을 의미하는 것으로, 신성함에 도전한 사람들은 죽거나 어려움을 겪는다. 서희는 노루를 가지고 싶어 하지만 노루는 달아나고 만다. 이 역시 복선의 구실을 하는 것으로, 무속 신앙적 속성을 지닌 것이다. 최씨 집안의 유일한 후손인 서희는 노루 잡기에 실패한다. 이후 서희는 성을 바꾸는 방법으로 환국과 윤국을 최씨 집안의 후손으로 만든다.

댁과 별반 다르지 않다. 민중들은 대부분 발병할 경우 무속에 먼저 기댄다. 이유는 이들이 의학의 힘으로부터 멀리 있었기 때문이다. 결국 김서방댁의 객구 물리기는 의학의 힘을 쉽게 빌릴 수 없는 민중들의 모습을 구체화하는 것이며 무속 신앙 관련 세부사항이라 할 수 있다.

수동의 장례 절차는 쓸쓸하다. 마을 사람들은 자식 없는 상이라 쓸쓸함을 당연히 여긴다. 사잣밥과 소금, 간장을 뿌리고 조각낸 호박을 뿌린 뒤 수동의 적삼을 불태우는 것으로 장례 절차를 마무리한다. 수동의 죽음 이외의 죽음과 관련해서는 장례 문화에 입각해 서술한다. 그러나 수동의 장례는 정식 장례 절차가 아니라 무속 신앙적 요소들로 이루어진 장례로 볼 수 있다.

통영을 찾는 조준구에게 사공은 일본인을 업신여기는 통영에 대해 서술한다. 그런데 그 내용이 허무맹랑하다. 동헌 터를 헐던 일본인이 즉사를 했다거나 이순신 장군 칼을 아무도 들 수 없었다는 등의 이야기는 전설의 성격을 띤다. 이러한 이야기는 미약한 존재인 민중의 기원이 담긴 이야기라 할 수 있다. 절대적 존재의 알 수 없는 힘에 대한 기원이라는 형태로 일제에 저항하고자 하는 민중의 염원이 드러나는 것이다.

성환 할매는 부엌 조왕신에게 아들 석이의 안부를 기원한다. 이를 통해 일본 주도로 식민화가 가속되고 있지만 시골 촌로의 무속 신앙은 연속되고 있음을 확인할 수 있다. 그리고 위와 같은 세부사항을 통해 근대화의 혜택을 누릴 수 없는 민중의 모습이 부각된다.

불교 · 민속 문화 관련 세부사항

2부 이후로는 무속 신앙과 관련된 세부사항에 덧붙여 불경과 법회에 대한 서술이 자주 등장하면서 이와 관련된 세부사항이 구체적으로 그려진다. 성인이 된 서희는 불심에 정성을 들인다. 1부의 민중들이 무속을 숭배한 것과 대조적인 모습이다. 1부가 평사리를 중심으로 살아가는 양반과 노비와 평민 관련 서사로 이루어진 것이라면 2부는 용정을 배경으로 서희 중심 서사가 진행되고 있기 때문에 민중과 관련된 문화 언급은 줄어든 반면 불교 경전을 읽거나 불교에 관한 해설이 길게 서술된다. 또 일본의 불교에 대해 강한 비판을 쏟아내기도 한다.

민속 문화를 구체적으로 서술하는 것 역시 『토지』에서 찾아볼 수 있는 세부사항 중 하나이다. 『토지』 도입부에서는 설을 맞아 읍내에서 벌어지는 오광대놀이가 구체적으로 서술된다. 월선 엄마를 알고 있는 황노인의 내력에 이어 탈놀음 마당을 구체적으로 묘사하고 간난 할멈의 장례식을 세밀하게 서술한다. 나이가 어려 굴건제복 대신 천태를 친 영만과 그의 가족 그리고 최참판댁 종들은 두건을 쓰고 북포 치마를 입고 있다. 상두꾼이 상여를 매고 있고 상두가가 구슬프게 흐른다. 만장이 나부끼고, 사토장이는 하관을 기다린다. 간난 할멈의 장례는 1부 2편 10장 전체에 걸쳐 길게 서술된다. 그리고 이후 이어지는 최치수나 윤씨 부인의 죽음은 짧게 언급한다. 이는 간난 할멈의 장례 절차가 구체적으로 서술되는 것과 대조되는 부분이다. 그런가 하면 함안댁의 죽음은 뒷이야기가 구체적으로 나타나 있다. 이와 같은 죽음 관련 서사는 『토지』 서사가 끝날 때까지 유사한 흐름을 보인다.

봉순네는 친정아버지가 노래하는 모습을 회상한다. 봉순의 재능이 친정에서 왔음을 언급하면서 가창하던 아버지 모습과 함께 노랫말을 상세히 기술한다. 이러한 서술은 이후 진행될 서사에 개연성을 부여하기도 하지만 서사에 생동감을 더하기도 한다.

1부 3편 1장은 선이의 결혼식 준비로 시작된다. 모여든 여자들은 함안댁과 함께 옷을 장만하며 결혼식 준비에 관한 대화를 나눈다. 그런데 혼사 장면은 구체화하지 않고 거복과 봉순의 소동을 이어간다. 이후 4장 후반부에 신행길 묘사를 통해 결혼식 이후의 모습이 서술된다. 간난 할멈의 장례 절차를 세밀하게 서술한 것과 달리 결혼식 자체에 대해 언급하지 않는다. 단지 결혼식을 위한 준비 과정만 서술한다.

1부 3편 15장에서는 삼 일을 하는 동네 아낙들의 모습이 그려진다. 저녁을 먹은 뒤에도 평사리 아낙네들의 일손은 이어지고 두만네의 구성진 노래가 더해진다. 두만네는 자신이 부른 노래 가사의 내력을 이야기해 준다. 두만네가 선창을 하고 아낙들이 후렴을 따라 부르며 삼 일을 이어간다. 이는 일종의 노동요를 구체적으로 서술한 것이다.

영팔이 통포슬에서 알게 된 주갑은 순수하고 유쾌한 인물이다. 주갑은 타고난 소리꾼답게 소리를 잘한다. 2부 이후 민속 문화와 관련된 세부사항은 주갑의 노래로 나타난다. 비록 용정까지 흘러가 뿌리 뽑힌 삶을 살지만 민중의 심중에는 조선 문화가 남아 있음을 보여 주는 것이다.

석이 엄마는 석이 겨드랑이에 날개가 돋아나는 꿈을 꾼다. 아기장수 전설의 차용처럼 보이는 이 서사는 쫓기는 신세가 되는 석이를 암시하는 복선 역할을 한다. 그리고 석이 엄마의 꿈은 전설의 차용이라는 점에서 세부사항이라 할 수 있다. 전설 혹은 민담은 민족 고유의 서사라는 측면에서 바라볼 필요가 있어, 이후 『토지』에 차용된 민담과 전설을 연구해 볼 필요도 있을 것이다.

그런가 하면 기화를 통해 기방 문화를 구체적으로 그리기도 한다. 기화는 운삼 덕에 추산의 집에 머물고 있다. 기생집에 대한 구체적 서술은 기방 문화를 보여주는 부분이라 할 수 있다. 그리고 일본에 의한 외래 문물이 밀려드는 시기지만 기방 문화는 그대로 남아 있음을 보여 주는 것이라 할 수 있다.

하동 객줏집에서 하룻밤 묵은 공노인은 싸전 앞에서 각설이들을 만난다. 공노인은 각설이 타령을 들으며 변함없는 장터 모습을 구경한다. 이 장면 역시 민중 사이에 남아 있는 민속 문화를 보여주는 것이라 할 수 있다. 이와 같은 양상은 도시를 중심으로 서구 문명이 번져 나간 것과 대조되는 부분이라 할 수 있다. 그런가 하면 통영의 날씨는 풍신제와 연관 지어 서술하고 있다. 이를 통해 바닷가 통영의 문화라 할 수 있는 풍신제의 풍요로움을 묘사한다.

혜관과 함께 연추를 향해 걷던 주갑은 사향가를 부른다. 주갑은 죽은 기화를 생각하며 노래를 부르고 혜관은 염불을 왼다. 조선으로 돌아가고 싶지 않은 혜관은 주갑의 모습을 보며 한 마리 새를 떠올린다. 이를 통해 주갑의 특성이 드러난다. 주갑의 노래는 인물의 성격뿐 아니라 분위기를 조성하는 세부사항으로 볼 수 있다.

서울로 공부하러 가게 된 환국을 만나기 위해 서희 집을 방문한 혜관은 환국과 윤국에게 옛날 구두쇠 영감 이야기를 들려준다. 혜관은 구두쇠 첨지와 중에 관한 이야기를 들려주지만 의미를 알 수 없어 서희는 불안해한다. 이는 옛이야기가 담고 있는 의미를 밝히지 않았으나 아이들을 위해 친일을 한 서희의 행동을 비판하는 세부사항으로 볼 수 있다.

2) 인물 평가와 복장 서술

정보 제공과 시대상을 보여주는 세부사항

『토지』의 서사가 진행될수록 세부사항은 다른 면모를 보인다. 예를 들어 2부 이후부터 나타나는 특징은 인물이나 상황에 대한 평가가 주를 이루는 반면 무속 신앙과 민속 문화와 관련된 세부사항들은 거의 나타나지 않는다. 이와 같은 현상은 2부가 시작되면서부터 복수의 등장인물들이 대거 등장하고 인물 간 복잡한 관계 망을 통해 1부와 다른 시대 상황을 보여주고 있기 때문이다. 또 서사보다 담론이 주를 이루게 되면서 인물들 간 대화와 사색의 일부도 세부사항으로 작용하게 된다.

중심 서사와 주변 서사 못지않게 자주 보이는 것이 등장인물을 통한 인물이나 사건에 대한 평가이다. 마을 아낙들은 모여 앉은 자리에서 구천에 대한 각자의 생각을 이야기한다. 별당아씨와 구천에 대한 이야기 끝에 함안댁이 옛이야기를 들려준다. 전생의 인연과 이생의 인연을 언급하며 별당아씨와 구천 역시 전생으로 이어진 인연일 것이라 이해한다. 이 역시 민중들이 현상을 인식하는 특성을 보여주는 세부사항이다. 지식을 기반으로 한 깊은 사유 체계를 가진 것은 아니지만 삶의 경험과 지혜로 대상을 판단하는 것, 그리고 그것들을 주변 사람들과 공유하려는 태도가 민중이 대상을 인식하는 특성이라 할 수 있다. 또 이와 같은 대상의 평가는 앞선 사건에 대한 정보 제공 역할을 하고 있다. 중심 서사를 보충하는 보충서사 기능을 하는 한편 『토지』의 세부사항으로 파악할 수 있다.

월선과 동승한 농부들 사이에서는 문의원의 의술에 관한 이야기가 오간다. 농군들과 뱃사공까지 거들며 문의원의 의술은 물론 인성에 대해 이야기한다. 호열자가 끝나고 극심한 가뭄에 흉년이 들자 추석을 앞둔 장터는 쓸쓸하다. 장사꾼들은 농사가 근본이니 농군들은 굶어죽지 않을지 모르나 장돌뱅이들의 힘겨운 삶을 토로하며, 흉년이 무섭다지만 호열자보다 무서운 것은 아닌 것 같다는 평가를 내놓는다. 그러나 굶주림에 시달린 농사꾼은 장사꾼의 평가에 반기를 든다. 민중들은 객관적인 판단보다 개별자의 경험에 기반해 상황 혹은 대상을 평가한다. 수동에 대한 사람들의 평가는 얌전한 사람이었다는 것, 그리고 불쌍한 사람이라는 것이다. 다리를 다치지 않았다면 별 문제 없었을 인물이라는 뜻이다. 그러나 이들의 평가는 조준구의 권력에 빌붙은 자신들의 죄책감에 기반한 것으로 수동의 죽음을 회피하려 든다. 수동을 평가하는 사람들의 태도에서 상황과 처지에 따라 변하는 인물들의 태도를 읽을 수 있다.

인물과 관련된 또 다른 세부사항은 인물의 복장 관련 서술을 들 수 있다. 복장은 외부 묘사에 해당되며 인물의 계급과 성격을 나타낼 뿐 아니라 인물이 처해 있는 상황 혹은 환경을 나타내기도 한다. 또 복장 묘사를 통해 서사의 배경이 변화하고 있음을 확인할 수 있다. 이는 인물이 겪는 사건의 변화를 보여 주는 것이기도 해 서사와 관련된 정황을 파악하는 데 도움이 된다. 『토지』에 언급되는 복장 관련 서술은 『토지』에서 찾을 수 있는 또 하나의 세부사항에 해당한다.

서사 도입부에서는 어린 서희의 복장에 대한 서술이 자주 등장한다. 서희가 신고 있는 꽃신과 댕기를 통해 앙증맞고 귀여운 그러나 고귀한 집의 자손임을 나타낸다. 최치수의 삼년 상을 치른 뒤 윤씨 부인과 출타에 나설 때는 자줏빛 치마와 생고사 깨끼적삼을 입었다. 그런가 하면 윤씨 부인은 항라로 된 흰 치마저고리를 입고 있어 장엄한 분위기를 풍긴다. 그러나 별당아씨와 구천이 달아난 뒤 윤씨 부인은 우울해 보인다. 윤씨 부인의 우울한 심리는 갈뫼빛 수닌 차렵이불의 색깔로 구체화되며 윤씨 부인의 심리를 강화한다.

조준구와 함께 평사리에 나타난 홍씨 부인은 눈꼬리가 사납고 몸이 작아 암팡져 보였으며 당혜 속 버선은 깨끗하지 못하다. 집 안에 짐을 푼 홍씨는 옥색 항라 치마저고리에 옥가락지를 끼고 검은 정자주 댕기를 두른 뒤 옥비녀와 나비잠을 꽂아 머리를 장식한 채 윤씨 부인에게 문안 인사를 드린다. 홍씨의 옷차림에서는 앙칼지며 품위가 없는 성격이 드러난다. 그리고 상황에 맞지 않는 사치스러움은 타인을 배려할 줄 모르는 이기적인 인물임을 나타내고 있다.

평사리 농부 이용은 망건에 두루마기를 걸쳤지만 망태를 매고 있다. 칠성이는 머리에 베수건을 동여매고 솜바지와 동저고리를 입고 짚세기를 걸쳤다. 그런가 하면 무명 치마에 옥양목 저고리를 입은 여자들의 모습도 서술된다. 이러한 복장 서술은 조선의 전형적인 농부 모습을 보여주는 것이다. 이처럼 복장 관련 서술은 인물의 계급과 함께 성격을 구체화하는 기능을 한다. 이러한 요소들이 개별 서사와 맞물려 『토지』 서사만의 개성을 보여주는 것이다. 또, 시대 배경과 함께 인물의 개성은 물론 계급의 특성까지도 복장 서술로 부각된다.

김두수는 한복을 벗고 일본식 복장으로 갈아입는다. 이때 김두수의 환복은 일본 밀정이 되었음을 의미한다. 회령 나들이를 준비하는 서희는 진갈색 망토에 가죽장갑을 꼈다. 기품 있는 한복을 입던 서희는 용정에서 그곳에 맞는 차림으로 외출한다. 이는 복장을 통해 공간의 변화를 보여 주는 것이라 할 수 있다. 석이 엄마는 고리짝에 넣어 둔 아이들의 설빔을 꺼내 본다. 고동색 주란사 치마와 흰 명주 저고리 그리고 인조견 자주 치마와 연두 저고리다. 이들 모두는 이 년 전 혼례 때 얻어 입은 옷이다. 그때 이외에는 옷가지를 장만할 여력이 없음을 의미한다. 성환 할매는 아들 석이 쫓기는 신세가 되고 며느리 양을례가 집을 나간 뒤 경제적 어려움 속에서 손주들을 돌보는 상황이다. 오래전 얻어 입은 옷가지라는 세부사항을 통해 성환 할매가 처해 있는 힘겨운 상황을 구체적으로 그리고 있는 것이다.

임명희는 3부 이후 서사를 이끈다. 등장 초기 임명희는 검정 치마저고리를 입었으나 기죽거나 어둡지 않았고 하얀 동정이 꼭 맞는 검정 치마저고리는 젊음의 향기를 느끼게 한다. 밝고 젊은 임명희의 수수한 옷차림은 그녀의 건강한 성격을 보여 주는 세부사항이다. 반면 일본 유학을 끝낸 신여성 강선혜는 허리가 잘록한 은회색 코트에 갈색 모자를 썼다. 강선혜의 신여성다운 면모는 복장을 통해 구체적으로 드러난다. 강선혜가 만나는 극단 산호주의 여배우 애란은 품 넓은 보랏빛 코트에 갈색 베레모를 쓰고 있다. 반면 권오송은 아무렇게나 맨 넥타이와 손보지 않은 양복을 입었으나 세련된 분위기를 자아낸다. 전도 부인인 여옥은 짧은 검정 치마에 흰 저고리를 입고 투박한 검정 구두를 신었으며 망태 비슷한 손가방을 들고 있다.

임명희와 강선혜의 등장을 기점으로 서구적 복식 서술이 늘어난다. 이는 1920년대 모습을 구체적으로 보여 주는 세부사항이다. 이러한 서술은 서울과 진주 그리고 평사리의 생활상을 비교할 수 있게 하며, 식민지 시기 모습을 생생하게 전달하는 역할을 한다.

세월이 흐른 뒤 중년 여인이 된 강선혜는 담청색 숙고사 치마에 흰 모시 적삼을 입어 평범한 중년 여성의 모습을 하고 있다. 중년의 강선혜는 젊은 시절 자신을 회상하며 일본 유학을 통해 배운 것은 헛것이었다고 고백한다. 그러면서 그 상태가 계속되었다면 일본 제국의 찬가를 부르는 등 친일에 앞장섰을 것이라고 스스로 각성한다. 한복을 다시 꺼내 입는 것으로 강선혜의 각성을 나타내고 있다.

평사리 최참판댁 살림을 맡아 보고 있는 장연학은 삼베 고의 적삼에 흰 모시 조끼를 입고 회색 대님을 친 채 보릿짚 모자를 쓰고 나형사를 만나기 위해 모습을 드러낸다. 이러한 옷차림은 장연학의 신분이 하인이 아님을 나타내는 세부사항이다. 장연학은 자신을 하인 대하듯 하는 나형사에게 자신은 하인이 아님을 직접 밝히지만 이미 의복에서 그러한 정보가 부각되고 있다.

한편 일본의 항복 소식을 이양현으로부터 전해 듣던 순간 서희는 투명하고 하얀 모시 치마저고리를 입고 해당화 옆에서 하늘을 보고 있다. 나룻배에서 내린 연학은 모자와 두루마기를 벗어던진 채 동저고리 바람으로 만세를 외친다. 이러한 복장을 통해 인물들이 특별할 것 없는 어느 날 갑자기 찾아온 해방을 일상적인 모습으로 받아들이고 있음을 알 수 있게 하는 세부사항이다.

근대 자본주의 시스템 관련 세부사항

『토지』의 인물들은 근대 자본주의 시스템의 부작용에 대해서도 개별적 평가를 내놓는다. 근대 자본주의 시스템의 진상(陳狀)은 이러한 세부사항을 통해 구체적으로 그려지고 있다.

화재 뒤 용정은 찬바람이 부는 곳이 되었다. 먹고살 방법을 찾아야 하는 사람들은 일본의 거대 자본이 시장의 판도를 흔들게 될 것임을 미루어 짐작하며 조선인들의 삶이 녹록지 않을 것임을 예견한다. 서희는 매점매석으로 큰돈을 번다. 그러나 용정의 일꾼들은 용정 생활의 불편함을 토로한다. 특히 정목수는 이용에게 간도에서 어렵게 돈을 벌며 견딘 세월 끝에 아내와 자식을 잃은 이야기를 들려준다. 이처럼 중심 서사와 별개의 서사들이 여럿 언급되면서 간도의 상황이 부각된다. 역두에서 서희를 기다리던 길상은 박서방을 만난다. 그는 신발을 만들던 인물이지만 지게를 질 수밖에 없음을 토로한다. 복지 곡물상을 나온 길상은 연해주에서 돈을 벌고 돌아온 사내를 만난다. 사내는 가난뱅이들이 탄다는 마우재 고깃배를 탔노라 말한다. 그리고 같은 시기 조선에 남아 있는 정석 가족의 가난을 보여 주기도 한다. 가족의 연이은 죽음과 병자로 인해 빚을 지게 된 정석의 가족은 조준구에 의해 의병으로 몰려 죽게 된 아버지 정한조의 시신을 옮겨 오느라 또다시 빚을 지게 되면서 가난의 나락으로 빠지고 만다.

용정으로 이주한 평사리 사람들은 화재 뒤 그들이 힘겨운 삶을 살아가게 될 것임을 알게 되고 이를 비판적으로 평가한다. 이들이 겪게 될 어려움은 자본의 유통과 관련된 것이다. 근대적 삶의 방식이 개별 인물에게 미치는 영향을 세부사항으로 구체화시키고 있는 것이다. 이를 통해 일본에 의해 유입된 근대가 아니라 타국에서 근대를 인식하고 받아들이는 조선 민중의 모습이 그려진다. 조선 땅이 아닌 곳에서 겪어야 하는 근대는 일본의 주도도, 국가의 통제 틀도 없는 곳에서 조선 민중 스스로 겪고 사유하게 됨을 부각시키는 세부사항이라 할 수 있다.

평사리 사람들은 귀향 후 식민화가 가속된 조선을 만나게 된다. 이는 일본에 의해 이식된 근대의 모습이다. 일본에 의해 강제로 유입돼 변질된 근대는 3세대가 겪게 될 근대다. 그리고 변질된 근대가 안고 있는 구체적인 문제점들은 세부사항으로 드러난다.

공노인의 객주집을 찾은 권서방은 자신의 가난에 대해 하소연한다. 사람이라도 잡아먹고 싶은 심정의 권서방은 애국도 배가 불러야 한다며 윽박지른다. 평생을 가난하게 살아 온 그는 나라의 있고 없음보다 배곯는 자식이 먼저다. 이는 장사로 살아가는 사람들도 가난에 찌들어 있음을 보여 주는 세부사항이라 할 수 있다.

『토지』 3부는 억쇠를 통해 근대화라는 이름으로 피폐해진 경성의 모습을 그리며 시작된다. 이후 두만의 모습을 통해 근대화로 인한 혼돈의 상태를 보여 준다. 이때 소달구지와 자전거 그리고 나뭇짐이 한 번에 지나가는 풍경이 묘사된다. 이는 전근대와 근대가 공존하고 있음을 보여 주는 세부사항이다.

근대가 도래한 듯 보이지만 여전히 계급 문제는 해결되지 않았다. 술꾼들은 백정 각시 놀이를 회상하며 계급이 무너진 현 상황에 대해 개탄한다. 뒤이어 교회에도 나갈 수 없는 백정의 모습을 그린다. 이는 민중에게 뿌리박힌 계급 문제를 보여 주는 것으로 자본을 중심으로 근대화가 이루어진 것과 달리 계급의 타파는 불가능했음을 보여 주는 것이다.

근대 자본주의 시스템의 부작용은 빈부의 격차로 나타난다. 여전히 민중은 가난하다. 농사지을 땅이 없어 거지가 되고, 농사지을 땅이 없어 고향으로 돌아가지 않는 사람들이 부지기수다. 청루에 딸을 팔아야 할 만큼 민중은 힘겨운 삶을 살아가고 있다. 그러나 부유한 계층은 경제적으로 여유로운 삶을 살아간다. 양소림의 엄마 홍씨와 그의 여동생 홍성숙은 박의사의 병원을 찾는다. 병원 대합실에서 만난 여인은 아이가 아파 병원을 찾았다며 눈에 눈물을 글썽인다. 그러나 홍성숙은 눈살을 찌푸리며 홍씨를 재촉하여 진찰실로 들어간다. 이름도 언급되지 않는 한 여인의 비참한 모습을 통해 부익부 빈익빈 상태가 구체적으로 그려진다. 이와 같은 세부사항들은 근대 자본주의로 인한 문제점을 보여 주며 시대 상황을 고발하고 있는 것이라 할 수 있다. 실용성을 강조하며 등장한 고무신은 짚신보다 몇 곱절 비싸다. 비싼 고무신은 비에 젖지 않으며 닳지 않으나 비싸기 때문에 노동일을 하는 서민들이 구매할 수 없는 물건이다. 강쇠는 여자아이용 고무신을 보며 딸아이에게 신발을 사 주지 못해 서글퍼한다. 설 대목 앞의 장은 한산하다. 차례 장을 봐야 할 사람들이 드문드문 있을 뿐이다. 사람들의 삶은 점점 힘겨워진다. 여수와 광주 사이에 놓일 기차는 소자본으로 장사하는 장사치들을 힘겹게 할 것이다. 근대 문물의 도입은 자본의 유통을 빠르게 할 뿐 아니라 영세 상인들을 피폐하게 만든다. 구례로 넘어가던 사당패는 영산댁의 주막으로 찾아든다. 국밥을 앞에 둔 사당패는 입에 풀칠하기 힘들다며 하소연한다. 곡마단이라는 것이 들어오면서 힘겨워졌기 때문이다. 섬진강으로 배를 타러 가던 연학은 나무를 팔러 가는 부자(父子)를 만난다. 연학은 그들이 나무를 팔지 못할지 모른다는 생각에 자신이 나뭇짐을 산다. 그런가 하면 배에 오른 젊은 댁네는 아이에게 젖을 물린다. 유록색 저고리는 구겨져 있고 동정도 새까맣다. 아이는 굶주려 말라 비틀어져 있다. 여인의 남편은 보국대에 끌려가고 여인은 친정으로 돌아오는 길이다. 전쟁이 가속화될수록 민중의 삶은 피폐해진다. 나무를 팔아야 하고 굶주린 아기를 먹여야 하는 민중의 모습을 통해 전쟁의 참혹함이 드러난다. 이처럼 힘겨운 삶을 사는 사람들은 결국 지리산으로 숨어들게 된다. 이와 같은 세부사항은 심운구의 팔십 회 생일잔치 중 연보랏빛 드레스를 입은 가수가 일본 유행가를 부르는 장면에서도 드러난다. 일본 유행가를 부른 것은 연회에 참석한 일본 고위층의 기분을 좋게 하기 위함이나 독립운동에 매진 중인 나머지 인물들은 비통함에 젖는다. 일본 노래를 부를 수밖에 없는 상황을 서술함으로써 피식민국의 아픔을 느끼게 한다.

『토지』의 세부사항은 서사가 진행될수록 조금씩 달라진다. 예를 들어 『토지』 1부와 2부 전반부에 무속 신앙과 민속 문화 관련 세부사항이 집중된다면 2부 후반부에서 5부까지는 인물이나 사건에 대한 평가나 복장 서술이 주를 이룬다. 이는 구한말과 일제강점기라는 시대적 특성과 관련이 있는 것으로 보인다.

이러한 차이는 서사가 그려내는 배경의 변화 때문이다. 각 부의 공간 배경뿐 아니라 시간 배경에 어울리는 세부사항들이 나타남으로써 공간적 특성뿐 아니라 시대적 특성까지 부각되어 『토지』 서사만의 개성을 만들어 내는 것이다.

우드는 문학 속에는 얼핏 보기에 무관한 일이 수반되기 일쑤라고 말하면서, 일상 생활과 삶이 세부사항으로 가득 차 있듯이 문학도 세부사항으로 가득 차 있기 마련이라고 주장한다. 그리고 이러한 세부사항들로 인해 문학이 삶의 모습을 올바르게 그릴 수 있음을 강조한다.[15]

결국 『토지』는 구한말과 일제강점기 조선의 모습을 『토지』만의 서사에 담았다고 할 수 있다. 『토지』에 담긴 서사의 개성은 앞서 살펴본 세부사항들로 인해 가능해진다.

---

15 우드, 위의 책, 68-70쪽.

4장

서사의 패턴과 리듬

서사의 아름다움 찾기

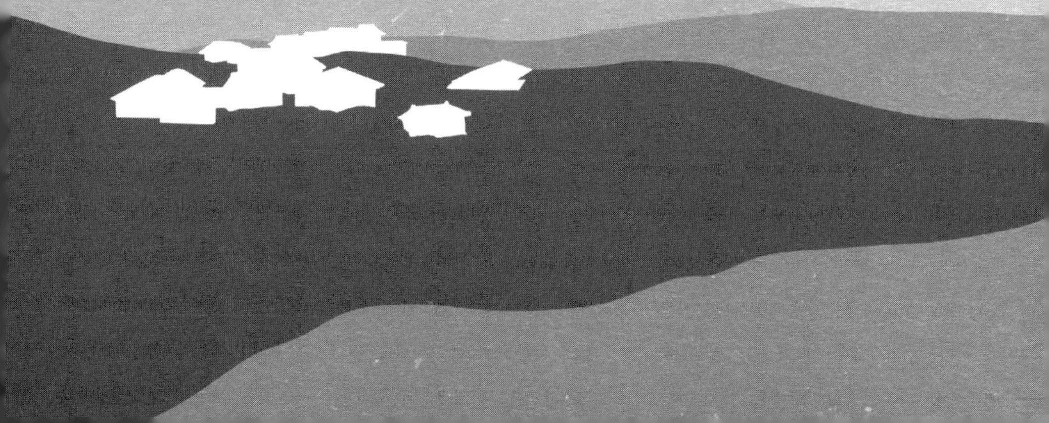

소설이 얻게 되는 미(美)와 관련된 논의는 여전히 지속되고 있다. 서사 이론의 출발지라 할 수 있는 러시아 형식주의자들 역시 서사의 예술성을 규명하기 위해 낯설게 하기란 개념을 정립하였고 이들의 이론은 프랑스 구조주의로 이어진다.[1] 서사 이론의 연구 대상을 영화까지 넓힌 후기구조주의자 시모어 채트먼(Seymour Chatman)은 서사를 '미적 대상(aesthetic)'으로 규정한다.[2] 그렇다면 서사가 아름다움을 획득하게 되는 것은 무엇 때문인가. 서사 이론을 연구해 온 이론가들은 낯설게 하기, 서사의 기법, 서사의 짜임새, 서사 구조의 기능, 서사의 전략, 서사의 분석, 서술 기법 등을 통해 서사의 미(美)를 찾기 위해 노력해 왔다. 그 결과 서사의 보편적 구조를 밝힐 수 있게 되고 이를 통해 개별 서사가 획득하게 되

1 권택영(1995), 『소설을 어떻게 볼 것인가』, 문예출판사, 8-9쪽.

2 박진(2003), 「채트먼의 서사이론-서사시학의 새로운 영역」, 『현대소설연구』 19권, 한국현대소설학회, 360-361쪽.

는 아름다움의 특성을 밝힐 수 있다.

그렇다면 대하소설 『토지』에서 찾을 수 있는 아름다움은 무엇인가? 이를 규명하고자 포스터의 패턴과 리듬 개념을 사용하고자 한다. 수많은 이론 중에서 오래된 포스터의 개념을 사용하는 것은 『토지』의 서사 미학을 규명하는 데 포스터의 패턴과 리듬 개념이 적합하다고 판단하였기 때문이다.[3]

포스터는 플롯과 인물 그리고 다른 요소가 기여하는 '어떤 것'을 고찰하기 위해 회화와 음악에서 차용한 패턴과 리듬이라는 용어를 사용한다. 그가 회화와 음악에서 용어를 차용한 이유는 문학에선 '어떤 것'에 어울리는 용어를 찾을 수 없기 때문이라고 주장한다. 포스터는 특히 패턴에 집중해 논의를 전개한다. 패턴이란 소설의 미학적 형상의 하나이며, 인물, 장면, 말과 같은 요소들로부터 그 힘을 얻기도 하지만 대개는 플롯에서 패턴의 요소를 찾을 수 있음을 강조한다. 결국 포스터의 주장은 패턴이 작품 전체를 조망할 수 있도록 한다는 것이다.

그는 패턴이 만들어 내는 미(美)는 전체로서의 작품, 또는 조화이지만 가끔 그렇지 않는 경우도 있으며 그것을 리듬(韻律)이라 부를 것이라고 말한다. 포스터는 리듬을 설명하면서 교향곡을 예

---

3 새로운 이론이 발견되면 과거 이론이 폐기 처분되는 실용 학문과 달리 인문학의 이론은 유효기간이 없다. 오래된 이론이라 할지라도 시의적절하고 적확하다고 판단되면 언제든 사용 가능하다. 포스터의 이론이 낡고 오래된 것은 사실이다. 하지만 『토지』의 예술성을 규명하기에 알맞은 이론이라 판단되어 포스터의 개념을 사용하고자 한다.

로 든다. 교향곡은 전체의 리듬이 있는데 그 악장들 간의 관계에 의한다고 설명한다. 그러나 그는 리듬을 전체로서 이것이라고 설명할 수는 없지만 소설 속에 존재한다고 언급한다. 리듬이란 반복과 변화를 합친 것이며 오케스트라가 연주한 악장 사이의 상호 관계로 이룩된다는 것이다. 그는 이와 같은 상호 관계를 음악적이라 부른다. 그러면서 소설이 리듬의 형태로 미(美)를 성취할 수 있는 방법은 전개에 있다고 설명한다. 소설의 전개 양상을 통해 교향곡에서 느낄 수 있는 리듬을 느낄 수 있으며 이것이 소설이 리듬을 통해 얻게 되는 미(美)라는 것이 포스터의 주장이다.[4]

포스터가 말하는 패턴과 리듬이 『토지』 서사에 나타나고 있음을 살펴보고자 한다. 그러기 위해 『토지』 1~3부의 사건 전개 과정을, 이후 4부의 1편과 5부의 5편을 중심으로 인물의 초점화와 순환적 공간 배치로 얻어지는 패턴 양상을 확인해 볼 것이다. 또, 『토지』에서 느껴지는 리듬을 다성부 음악적 특성과 교향악적 리듬의 관점에서 설명하고자 한다. 이를 위해 공간 중심 서사와 그 의미를 짚어 볼 것이다. 이후 토론식 대화, 과거 서사 서술, 사색의 서술 양상이 서사 속도에 영향을 주고 있으며 이를 통해 교향악적 리듬이 드러나게 됨을 규명해 보고자 한다.

4 포스터, 앞의 책, 163-184쪽.

1
치맛자락 패턴
— 균형과 패턴

소설 『토지』에는 언제나 '방대한 분량'과 '수많은 등장인물'이라는 수식어가 따라붙는다. 대부분의 대하소설 역시 10권 분량의 방대한 양을 자랑하지만 『토지』에는 미치지 못한다. 물론 물리적 분량으로 작품의 경중을 따질 수는 없다. 다만 『토지』의 물리적 분량은 그 집필 기간을 함의하고 있기 때문에 의미가 있다. 또 방대한 등장인물과 그 인물들의 다양한 성격 형상화 역시 『토지』가 담고 있는 남다른 의미라 할 수 있다.

그리고 『토지』의 또 다른 특징으로 꼽히는 것이 서사의 통일성과 관련된 것이다. 일반적인 대하소설의 서사가 하나의 지향점을 향해 통일성 있게 나아가는 반면 『토지』의 서사는 지향점을 찾기 힘들고 그러다 보니 통일성을 찾기란 더더욱 어렵다. 그러한 이유로 『토지』는 일정한 통일성이나 구심점이 없다는 평가를 받아

왔다.[5]

최유찬은 『토지』의 통일성을 규명하기 위해 포스터의 패턴과 리듬이라는 개념을 사용한다. 그는 포스터의 패턴을 행동 기반으로 한 플롯으로 인식하면서 운동성에 주목한다. 그는 패턴과 리듬이 서로 다른 영역에 근거를 두는 개념이며 그 가운데 어느 하나도 소홀히 할 수 없지만 전개의 편의와 시간을 절약하기 위해 리듬을 패턴이란 말에 포함시켜 논의한다. 최유찬은 패턴이란 분위기와 정조와 연관된 것이라 요약한다. 그는 패턴은 플롯에서 나오는 것이며 행동과 연관된 중요한 관점임을 지적한다. 또한 패턴이라는 용어의 사전적 정의가 공간적 또는 시간적 현상을 토대로 하는 것임을 강조한다. 이후 최유찬은 『토지』를 우주의 형상화로 파악한다. 이를 통해 독자는 숭고의 감정을 가지고 저절로 경탄하게 되며 그것이 작품의 신비라고 주장한다.

필자 역시 『토지』의 각 부별 플롯 패턴을 통해 그 전체상을 살펴보고자 한다. 최유찬의 논의의 편의와 시간 절약을 위해 패턴과 리듬 두 개념을 하나로 묶고 있지만 본 글에서는 패턴과 리듬을 분리하여 논의를 전개할 것이다.

본 글에서는 『토지』의 패턴을 치맛자락 패턴이라 정의하고 그 특징을 살펴보고자 한다. 치맛자락 패턴은 앞선 장에서 살펴본 균형 있는 사건 전개와 공간, 그리고 인물의 평등한 등장 등을 통

---

5 김인숙(2000), 「박경리 『토지』의 대화성 연구」, 연세대학교 대학원 석사, 9쪽.

해 형성되는 것이라 할 수 있다. 포스터는 패턴이 대개 플롯을 통해 전체상을 나타내며, 인물이나 장면 혹은 말을 통해서도 나타난다고 설명한다. 그의 말처럼 『토지』에도 플롯, 인물 장면과 인물의 대사를 통해 전체상이 나타난다. 뿐만 아니라 서사가 진행되는 공간을 통해서도 전체상을 나타낸다는 것이 『토지』가 함의하는 패턴의 특징이라 할 수 있다.

1) 사건 전개의 균형적 패턴

양반과 평민의 삶 교차 서술

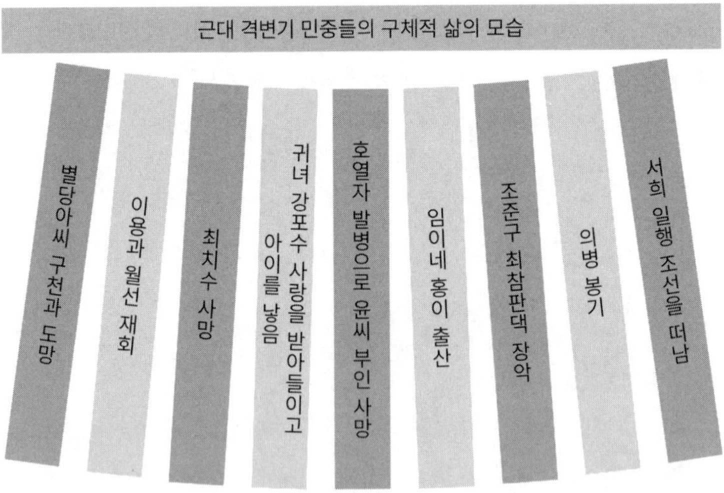

1부 사건 전개 양상

위 그림은 『토지』 1부 서사의 중심 사건을 정리한 것이다. 짙은 색은 최참판가를 중심으로 한 서사이고 밝은 색은 평사리 농민 중심 서사를 나타낸다. 위 그림에서 보이듯 중심 서사와 주변 서사는 병렬적으로 서술되고 있다. 별당아씨와 구천이 도망간 사건은 이용과 월선의 재회 서사 앞에 놓여 있지만 반대의 경우도 플롯에 영향을 미치지 않는다. 강포수의 사랑을 받아들이고 아이를 낳은 뒤 사형당하는 귀녀 서사는 최치수 사망 이후의 사건이므로 위와 같은 위치에 놓인다. 귀녀와 강포수 서사는 사건이 시간에 종속되기 때문에 그 위치를 바꿀 수 없다. 반면 윤씨 부인과 다수의 평사리 사람들이 호열자로 사망한 사건과 임이네가 이홍을 낳는 사건 역시 그 위치를 바꾼다 하여 플롯에 영향을 미치지 않는다. 조준구가 최참판댁을 장악한 뒤 의병 봉기가 일어나고 서희 일행이 용정으로 떠나는 서사는 시간에 종속되는 것이므로 서사의 위치를 바꿀 수 없다. 이처럼 최참판가 서사와 민중 서사를 교차 서술함으로써 근대 격변기 양반과 평민의 모습을 평등하게 그리고 있는 것이다.

『토지』 1부는 『토지』의 도입부에 해당하며 5부까지 이어지는 서사의 뿌리 역할을 하는 사건들로 구성되어 있다. 『토지』는 근대 격변기 조선의 모습을 통해 근대적 삶이 구현되는 방식을 구체적으로 보여 주는 소설이다. 구한말의 조선은 동학운동을 통해 민중과 지배 계급 간 극명한 대립을 겪은 직후다. 이때는 민중들 사이에 계급 타파와 평등 의식이 싹튼 시기이기도 한다. 『토지』의 시대 배경이 구한말과 일제강점기로 이어지는 것은 동학운동과 무관하지 않은 것으로 보인다. 결국 『토지』는 계급 타파와 평등 사상을 각성하게 된 민중이 근대를 받아들이는 모습을 그리고 있다고 할 수 있다.

그러므로 『토지』 서사의 뿌리는 윤씨 부인과 김개주의 만남에 있다. 『토지』 1부의 서사는 윤씨 부인과 김개주의 만남으로 발생하는 다양한 사건들이 나열될 수밖에 없다. 윤씨 부인과 김개주의 만남은 구천과 별당아씨의 사랑을 낳는다. 양반가의 아내인 윤씨 부인은 중인 출신인 김개주의 겁탈로 아들 김환을 낳는다. 김환은 아버지의 계급을 따라 중인 신분이지만 양반가의 아녀자인 별당아씨와 사랑의 도주를 한다. 그러나 우연히 발생한 호열자라는 사건으로 최참판가는 위기에 봉착한다.

일련의 사건은 논리적 순서에 의해 그려지는 것이 아니라 편집적 선택으로 나열된다. 사건이 나열되고 있지만 드러나는 것은 근대 격변기를 맞은 민중의 모습이다.

윤씨 부인과 김개주의 만남은 신분제도에 어긋나는 만남이다. 김환과 별당아씨 역시 마찬가지다. 이후 『토지』 전반에 걸쳐 지속적으로 나타나는 것이 계급 문제이다. 기화와 이상현의 만남은 조선시대의 일부다처제의 모습을 닮아 있다. 평민이었으나 기생이 됨으로써 천민이 된 기화와 이상현의 만남은 이후 이양현의 신분에 대한 갈등을 만든다. 평사리 농민이었던 송관수는 의병활동 중

백정의 딸과 결혼하면서 스스로 천민이 된다. 그 결과 아들 송영광 역시 신분에 대한 고뇌에 사로잡힌다. 한편 길상과 결혼한 서희는 귀향하는 과정에서 호적을 바꿔 자신이 김씨 성을 얻고 길상에게 최씨 성을 준다. 결국 서희와 길상의 아이들은 최씨 성을 얻게 되고 이는 가문의 회복으로 이어진다. 이때 중요한 것은 길상의 신분을 알 수 없다는 것이다. 신분을 알 수 없는 길상과 사대부 집안의 핏줄인 서희의 결혼은 신분 간 경계를 흐리게 한다. 결국 길상과 서희의 결혼은 계급이 사라지고 새로운 세상이 오게 될 것임을 뜻하는 상징적 사건이라 할 수 있다. 또 신분으로 인해 갈등을 겪는 이양현과 송영광을 통해 신분의 경계가 희석되어 가는 과도기적 과정을 구체적으로 그리고 있는 것이라 할 수 있다.

병렬적 서사 나열

『토지』 2부 이후부터 나타나는 서사적 특징은 전술된 앞 서사와 후술되는 뒷 서사가 아무런 인과관계가 없다는 것이다. 개별 서사를 정렬해 보면 함수관계가 없는 각각의 사건이 병렬 형태로 나열되어 있음을 확인할 수 있다.

용정 화재 이후 서희는 매점매석을 통해 더 많은 돈을 벌어들이게 되고 운흥사 건립에 거액을 시주하는 등 친일 행각을 보인다. 반면 길상과의 결혼을 적극적으로 추진해 환국과 윤국 두 아들을 낳는다. 송장환, 권필응 등은 상의 학교를 통해 근대 교육에 힘쓰는 한편 독립운동에 매진한다. 지리산으로 돌아온 김환은 동

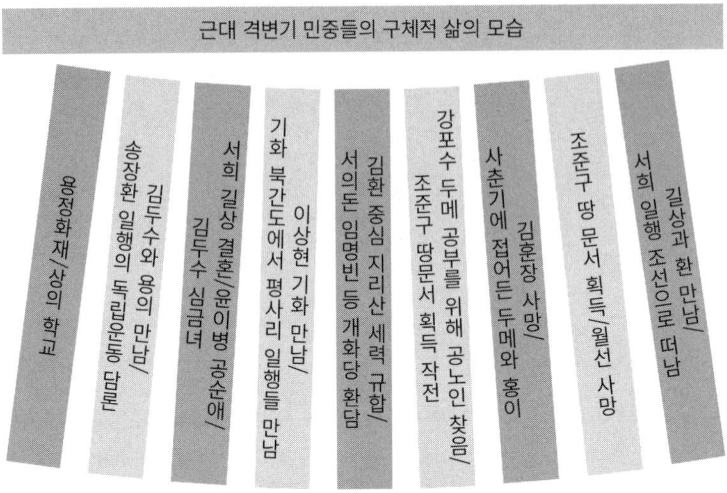

2부 사건 전개 양상

학 잔당을 규합해 국내에서 독립운동을 추진한다. 서희에게 의형제를 제안받은 상현은 서울로 돌아와 방황하며 기화와 관계를 맺는다. 기생이 된 기화는 이상현을 서방님으로 모신다. 공노인은 서희의 부탁으로 조준구의 땅문서를 획득하게 되는데 이때 정한조의 아들 정석이 공모한다. 이용은 탐욕적인 임이네로 인해 고뇌하다 산판으로 떠났으나 월선의 임종을 지킨다. 윤보를 따라 서울로 갔던 두만은 둘째 부인 서울댁과 진주에서 비빔밥집을 차려 성공을 거둔다. 이용과 알게 된 주갑은 이홍과 월선, 기화 등을 만나기도 한다.

2부 서사는 공간을 공유하는 인물의 개별 사건이 주를 이룬다. 인물들이 서술되는 순서 역시 인과관계가 아니라 편집적 선택에 의해 병렬된다.

『토지』는 인과관계를 토대로 서사를 나열하지 않기 때문에 서사 간 경계가 형성되지 않는다. 각각의 서사는 병렬적으로 나열되어 있다. 한일합방 이후 중국으로 떠난 평사리 사람들은 자본 중심의 근대 사회에 놓이게 된다. 이들은 대부분 과거 농사를 짓던 농민이었으나 산판으로 떠돌거나 지게꾼으로 전락하고 만다. 2부 이후 드러나는 근대 자본주의의 모순 역시 인과적 맥락과 관계없이 파편적으로 서술된다. 그러나 여전히 계급 문제는 해결되지 않는다. 길상과 서희의 결혼을 대하는 김훈장이나 이상현의 태도를 통해서도 계급 문제를 확인할 수 있다. 길상은 양반들의 곱지 않은 시선은 물론 평민 출신들의 곱지 않은 시선까지 견뎌야 한다.

『토지』 2부의 서사는 중심 서사와 주변 서사라는 경계 없이 수평적으로 서술되는 반면 인물의 계급 문제는 여전히 상하 구분하에 놓여 있는 것이다.

공간 중심 서사 나열

앞서 2부까지는 짙은 막대를 서희 관련 서사로 밝은 막대를 평사리 사람들 서사로 구분하였다면 3부에서는 공간 이동을 중심으로 사건 전개 양상을 나열하였다. 3부에서는 인물들 각각의 사건이 독립적으로 서술되고 있다. 평사리 사람들의 일상은 평탄하지 않다. 토지를 소유하지 못해 여전히 가난하고 힘겨운 삶을 이어간다. 그런가 하면 신흥 계급이라 할 수 있는 신여성과 지식인

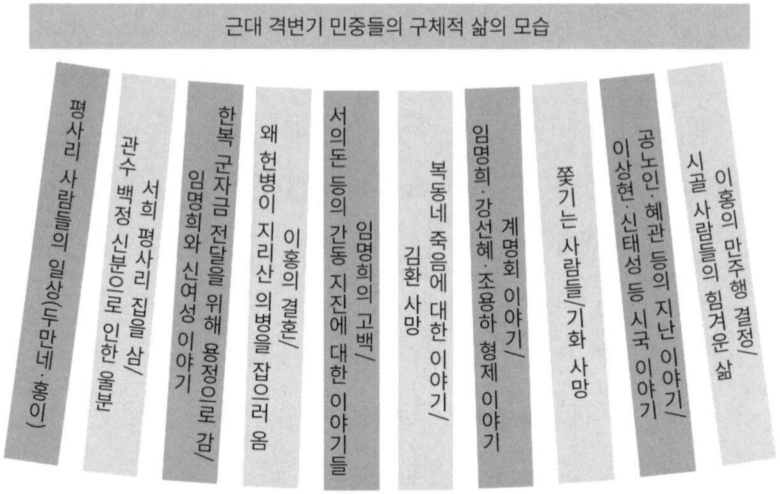

3부 사건 전개 양상

들의 모습은 가난한 농부들의 삶과 무관하게 그려진다. 이러한 서사 진행이 가능한 것은 공간 이동을 중심으로 사건이 서술되기 때문이다. 3부에서는 서사 간 인과관계가 완전히 사라진 것을 확인할 수 있다. 그러나 서사가 중심 인물에 기여하도록 서술하고 있지 않음은 앞서 확인한 것과 같다. 결국 『토지』 3부의 각 편과 장의 사건은 편집적 선택에 의해 서술되고 있으며 이러한 특성은 4부와 5부에서도 나타나고 있다.

치마 말기에 해당하는 부분을 『토지』의 근대 격변기 민중들의 구체적인 삶의 모습이라고 한다면 그 아래 주름들은 각각의 서사를 의미한다. 치마 말기에 붙어 있는 치마의 주름처럼 서사가 병렬적으로 늘어져 있는 것이다. 치마 폭 하나를 하나의 서사라 할 때이 각각의 폭은 개별적으로 이어질 뿐 유기적 관계는 성립하지 않는다. 그러나 이 패턴은 동시에 움직이는 특성을 갖는다. 치마 말기를 잡고 흔들면 전체 치마 주름이 흔들리듯 근대 격변기 민중들의 삶은 어떠한 원인으로 동시에 흔들릴 수 있는 것이다. 즉, 『토지』를 이루고 있는 개별 서사는 동일한 조건에 함께 반응할 수 있음을 말해 준다. 이처럼 치맛자락 패턴은 『토지』 전체 형상이 개별적이지만 유기적임을 알 수 있게 한다. 그리고 『토지』의 사건은 균형 있게 전개되고 있어 위와 같은 치맛자락 패턴을 형성하게 된다.

2) 공간 배치와 인물 등장 패턴

등장인물의 초점화와 공간의 순환적 배치

치맛자락 패턴이 서사의 진행 양상과 관련된 것이라면 이번에는 등장인물과 장소의 순환 배치에 따른 패턴의 양상을 살펴보고자 한다. 『토지』의 등장인물과 관련해서 초점화되는 인물이 지속적으로 바뀌고 이를 통해 서사가 입체화된다는 것을 살펴보았다. 앞에서 일부 밝힌 것처럼 이러한 인물의 초점화는 서사의 입체화는 물론 『토지』의 치맛자락 패턴을 형성하는 원인이기도 하다. 등장인물의 초점화와 공간의 순환적 배치에 대해서는 『토지』 1부의 1편과 4부의 4편 그리고 5부의 5편을 중심으로 살펴보고자 한다. 다른 부를 제외하고 1부와 4, 5부만을 분석 대상으로 삼은 것은 앞서 사건의 양상을 살필 때 1부에서 3부까지의 패턴 양상을 확인해 보았기 때문이다.

최참판댁 곳간 김서방	**머슴방** 삼수, 돌이	**윤씨 부인방** 윤씨 부인, 봉순네	**별당** 봉순네
장터 용, 칠성, 윤보	**두만네** 강청댁, 두만네	**윤보집** 용, 윤보	**장마당** 용, 월선, 길상, 봉선
두만네 집 간난 할멈, 두만네	**강가 주막** 김훈장, 윤보	**최참판댁** 조준구, 이동진	**뒷산** 간난 할멈
나룻배 월선, 사내	**막달네집 마당** 막달네, 또출네	**김훈장댁** 김훈장, 조준구	**방** 간난 할멈, 봉순네
용이집 마당 용	**목화밭** 두만네, 임이네, 막달네	**최참판댁 사랑** 이동진, 최치수	

1부 1편 공간과 인물의 등장 양상

위 그림은 『토지』 1부 1편의 공간과 인물이 등장하는 양상을 정리한 것이다. 『토지』 서사 도입부에 해당하는 1부 1편은 인물과 공간을 소개한다. 특히 서(序)편은 서술자의 시점이 마을 어귀에서 시작해 타작마당을 지나고 최참판댁 사랑채로 이어진다. 이후 1장은 최참판댁 곳간과 사랑으로 연결된다. 이후 장소의 이동은 머슴방, 윤씨 부인 방, 별당, 장터, 두만네, 윤보 집, 장마당으로 이어지는 양상을 보인다. 그리고 이러한 장소와 함께 등장하는 인물은 김서방, 삼수와 돌이, 윤씨 부인과 봉선네, 칠성과 윤보 순으로 그려진다. 공간의 경우 최참판댁과 평사리 사람들의 생활 공간이 번갈아가며 등장하고 있다. 공간에 등장하는 인물 역시 최참판댁 노비에서 평사리 농민으로 그리고 다시 윤씨 부인이나 최치수로 이어졌다가 다시 최참판댁 노비나 평사리 농민으로 이어진다.

이와 같은 양상은 부와 편이 거듭되어도 반복적으로 나타나지만, 1부와 2부에서 특히 조밀하게 나타남을 알 수 있다. 이는 초점화 양상이 패턴을 형성하게 되는 원인임을 알 수 있게 한다. 『토지』 1부와 2부 서사의 각 편은 짧게는 19장에서 21장으로 구성되어 있다. 『토지』 서사는 공간 중심 서사이다. 그렇다 보니 각 편의 장들 역시 공간을 중심으로 서술된다.

『토지』 2부에는 용정 서사가 서술된다. 조준구의 악행과 일본군을 피해 용정으로 떠난 평사리 사람들은 용정 이주에 성공하지만 화재(火災)를 겪게 되면서 실의에 빠진다. 서희는 장사에 성공하면서 큰돈을 번다. 그러나 이용을 비롯한 영팔 일행은 용정에서의 적응에 실패한다. 농부였던 이들은 근대 자본주의 시스템에 적응하지 못하고 탄광이나 삼판 같은 곳을 떠도는 열악한 노동자로 전락하고 만다.

이와 같은 서사는 인물이 공간을 중심으로 등장하면서 구체화된다. 그러나 2부에서는 1부의 공간 등장과 달리 그 패턴이 잠시 흐려진 듯 보인다. 이는 서희와 길상의 결혼이라는 서사와 관련 있는 것으로 판단된다. 아녀자인 서희는 닫힌 공간에 머무를 수밖에 없다. 그러다 보니 양반 신분인 서희는 자신의 방에 주로

공사중인 절 공노인, 월선, 길상	**서희 방** 길상, 서희	**술집** 이상현	**길상 방** 길상, 송애
서희 방 길상, 서희	**봉놋방** 전서방, 김두수, 공노인	**길 위** 공노인, 길상, 김훈장	**고물상** 김두수, 고물상 주인, 서울댁
공사장 이용, 길상	**상의 학교** 정호, 송장환, 김선생	**나루터** 길상, 송장환, 옥이 엄마	**복지 곡물상** 은씨, 길상
절 서희	**이상현 방** 이상현, 송장환	**서희 집** 이상현, 서희	**서희 집 마루** 서희, 길상, 옥이 엄마
공노인 집 공노인댁, 송애, 임이네			

2부 1편 공간과 인물의 등장 양상

머문다. 이로 인해 서희와 관련된 서사는 닫힌 공간에서 진행되고, 이 점이 최참판댁과 평사리 사람들 집이 번갈아가며 서술되던 1부와 다른 점이라 할 수 있다. 『토지』 1부와 2부의 서사가 상대적으로 빠른 속도로 이어진다고 느끼게 되는 것은 이와 같은 장의 구성 방식과 관련이 깊다. 그리고 이러한 장의 구성 방식으로 인해 일정한 형태의 패턴을 느끼게 되는 것이다.

통일성 있는 인물 배치와 공간 이동

부산 부두 강쇠	**지리산** 강쇠	**지리산 해도사 집** 해도사, 강쇠	**평사리 나루터** 한복
평사리 한복 집 한복, 이홍	**최참판댁** 환국, 윤국	**최참판댁** 서희	**서울 강선혜집** 임명희, 길여옥, 강선혜
서울 임명빈 집 임명빈, 임명빈 처	**평사리 영산댁 주막** 영산댁	**진주 양교리 댁** 홍선숙	**섬진강 나룻배** 민지연
지리산 도솔암 민지연, 소지감	**지리산 해도사 집** 해도사, 소지감	**평사리 영팔집** 이홍, 영팔	**평사리 동네** 이홍

4부 1편 공간과 인물의 등장 양상

위 그림은 『토지』 4부 1편 각장의 도입부에 등장하는 공간과 인물을 정리한 것이다. 4부는 5편으로 구성되어 있으며 각 편은 17장, 12장, 10장, 13장, 7장으로 이루어져 있다. 이와 같은 구성은 1~5부까지 유지되고 있으며 각각의 장은 앞선 장과 유기적으로 연결되지 않는다. 4부의 1편 1장에는 강쇠가 부산 부둣가를 거닐다 보수동에 살고 있는 송관수를 만난 사건이 그려진다. 2장에는 지리산으로 돌아온 강쇠의 회상이 그려지고 3장은 해도사의 집을 찾는다.

4부 1장에서 3장까지는 강쇠가 초점화된다. 그러나 4부 4장부터는 한복을 초점화한다. 4부 4장은 만주에서 돌아온 한복이설 준비를 위해 장에 나섰다가 주막에 들르는 모습이 그려진다. 4부 5장은 제사를 끝낸 한복이 이홍을 만나고, 6장은 평사리 최참판댁 마루에 모여 앉은 환국, 윤국 형제의 모습이 그려진다. 7장은 이부사댁 방문을 준비하는 서희의 모습을 그리고 있다. 평사리와 그곳의 인물을 초점화하던 서술 양상은 8장부터 변화를 보인다. 8장은 서울의 강선혜, 임명희, 길여옥으로 옮겨지고 9장에서는 임명빈 일가로 넘어간다. 그리고 10장은 평사리의 영산댁 모습으로 11장은 진주 양교리댁의 홍성숙으로 12장은 섬진강 나룻배에 몸을 실은 민지연으로 바뀐다. 이후 13장과 14장에서는 다시 지리산에 머물고 있는 소지감, 해도사를 형상화한다. 15장과 16장은 우가와 오서방 살인 사건을 말리다 칼에 맞은 이홍이 건강을 회복해 영팔의 집에 머무는 모습이 그려진다.

위 서술 내용은 4부 1편만을 예로 살펴본 것이다. 하지만 각 장마다 초점화되는 등장인물과 서사 진행 공간이 동시에 변화하는 패턴을 보인다. 이와 같은 패턴은 5부에서도 확인할 수 있다. 그러나 5부의 패턴은 1부와의 연관선상에서 살펴볼 필요가 있다.

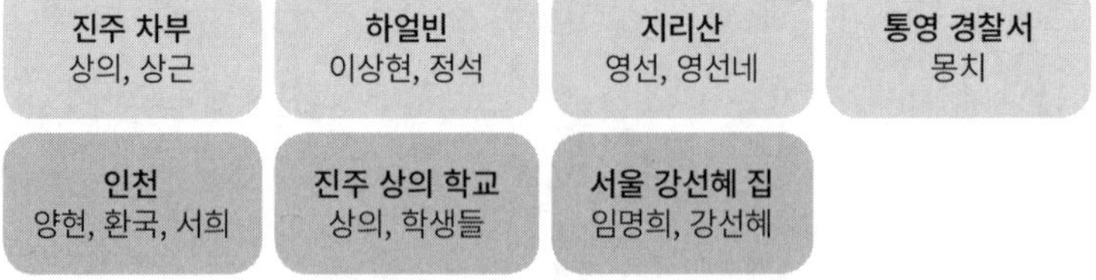

5부 5편 공간과 인물의 등장 양상

앞서 4부의 1편과 마찬가지로 5부 5편 역시 장별 공간 배경과 초점화된 인물이 바뀐다. 서술 순서는 앞선 경우와 마찬가지로 병렬적이다. 5부 1편 1장은 진주 외갓집에서 학교를 다니고 있는 상의와 상근의 모습이 그려지고 있다. 2장은 하얼빈에 머물고 있는 이상현이 등장한다. 3장은 지리산을 찾은 영선네와 영선의 모습이 서술된다. 4장은 통영 경찰서에서 매를 맞고 있는 몽치가 그려진다. 5장은 이양현을 평사리 집으로 데려오고자 하는 서희와 환국의 모습이 서술된다. 6장은 다시 진주에 있는 상의 학교 기숙사를 형상화하고 있다. 7장은 서울 강선혜 집을 방문한 임명희와 강선혜의 모습으로 시작된다. 총 7장으로 구성된 5편의 경우 각 장 도입부의 공간은 중복되어 나타나지 않는다. 진주의 차부에서 시작해 하얼빈, 지리산, 통영, 인천, 진주 상의 학교 기숙사 그리고 서울로 이어지는 도입부의 공간 배치는 소설『토지』에 등장한 대부분의 공간이 한 번씩 다시 호명된 것 같은 인상을 준다. 재미있는 것은『토지』서사의 시작점이기도 한 평사리가 7장 마지막 부분에 등장한다는 것이다. 이와 관련해서는 서사의 처음과 마지막을 만나게 해 수미상관을 이루게 한다는 최유찬의 주장이 설득력을 얻는다.[6]

5부의 마지막이자 소설『토지』의 마지막 장은 서울의 강선혜를 만나러 가는 임명희를 그리는 것으로 시작되고 1부 1편 1장의

6 토지학회, 앞의 책, 222쪽.

도입부는 구천의 주위를 맴돌며 놀고 있는 다섯 살 서희의 모습을 그리고 있다. 1부 1편 1장 도입부에서는 최참판댁에서 뛰어 노는 서희와 봉순을, 5부 5편 7장 도입부는 서울 강선혜 집을 찾은 임명희의 모습을 서술한다. 이를 통해 어린 날의 서희와 봉순이 강선혜와 임명희라는 중년 여인의 모습으로 대체된 것은 아닌가 하는 생각이 든다.

1부 1편 1장에서는 "앙증스럽고 건강해 보이는 아이의 나이는 다섯 살, 장차는 어찌 될지, 현재로서는 최치수의 하나뿐인 혈육이었다."(1권 34쪽)라는 문장으로 서희를 밝힌다. 반면 5부 5편 7장의 도입부에서는 서울의 신여성들은 오랫동안 만나지 못한 안부를 나눈다. 어린아이의 모습과 중년 여인의 모습을 『토지』 서사가 시작되는 도입부와 서사 마지막의 도입부에 배치함으로써 일종의 통일성을 획득하는 것이라 볼 수 있다.

2
다성부 음악적 특성과 교향악적 리듬
— 음악 형식과 서사의 아름다움

포스터는 패턴 이외의 다른 방법으로 소설에 미(美)를 끌어들이는 방법으로 리듬이라는 개념을 제시하며, 교향곡은 그 악장들 간의 관계에 의해 전체로서 리듬을 갖는다고 설명한다. 그는 이와 같은 리듬이 소설에도 있으며 이것이 소설의 미(美)를 가져다줄 수 있다고 주장한다. 그는 리듬이 잘못되면 지루하게 되고 상징으로 변해 우리를 혼란스럽게 만들기도 한다고 지적한다. 리듬이란 적당한 간격을 맞출 수 있어야 하며 그때그때 충동적으로 만들어져야 하지만 작중 인물을 해쳐선 안 된다고 강조한다. 포스터는 소설 속 리듬은 전개에서 찾을 수 있다는 말로 자신의 주장을 마무리한다.

1) 중심 서사와 주변 서사의 교차
— 개별 인물 서사의 중첩

『토지』 1부 1편 1장부터 5장까지를 읽다 보면 『토지』가 최서희라는 주인공과 관련된 소설일 것이란 생각을 하게 된다. 그러나 6장부터 전개되는 이용 일가에 대한 서술 그리고 평사리 농민을 중심으로 한 사건을 접하게 되면 최서희 서사를 중심 서사로 평사리 농민 서사를 주변 서사로 한 소설일 것이라 판단하게 된다. 그러나 이러한 생각은 2부에서 다시 한 번 변화를 맞는다. 용정을 무대로 한 독립운동 세력들과 밀정 김두수의 등장이 비중 있게 다루어지면서 『토지』라는 서사가 최서희를 중심으로 하는 서사와 평사리 농민들 관련 서사로만 이루어진 소설이 아님을 알게 된다. 거기다 2부 3편에서 시작하는 지리산 중심의 동학 세력들의 서사가 더해지면서 최서희 중심 서사는 다른 서사들에 묻히게 된다. 또, 서울의 지식인 세력과 임명희와 강선혜라는 신여성의 등장과 그들의 서사까지 더해지면 다수의 중심 인물을 통해 서사가 펼쳐지게 된다는 것을 알게 된다. 이와 같은 서사 양상을 정리하면 다음 그림과 같다.

『토지』의 서사는 인물이 더해지면서 기존 서사가 누적되는 양상을 보인다. 각 인물의 서사가 중첩되면서 인물의 서사가 더해지는 것이다. 이때 처음 서술된 인물과 관련된 서사는 사라지는 것이 아니라 누적되어 있다가 편집적으로 선택되어 다시 서술

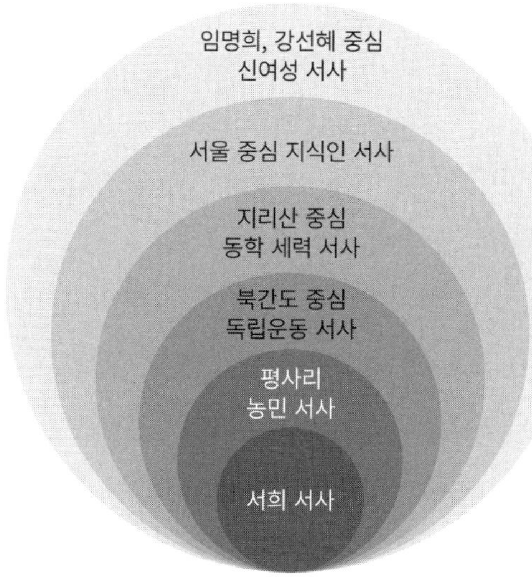

인물 중심 서사 양상

된다.

최서희 중심 서사는 『토지』 5부 5편 7장까지 지속된다. 그리고 『토지』 서사가 시작될 때 중심 서사처럼 보였던 서희 중심 서사는 부를 더해 갈수록 중심에서 멀어지는 것처럼 보인다. 하지만 최서희 서사는 잊지 않고 지속적으로 등장한다. 이러한 특성은 평사리 농민들뿐 아니라 독립운동 세력, 지리산의 동학 세력, 신여성 세력들에게서도 동일하게 드러난다.

결국 모든 인물이 제각각의 서사를 끌고 가며 『토지』라는 하나의 서사를 완성하는 것이다. 이러한 특성은 서양 고전음악의 한 양식인 다성부 음악과 닮아 있다. 다성부 음악이란 여러 개의 선율로 이루어지는 성부를 말한다. 이 음악은 독립된 선율을 가지는 둘 이상의 성부로 이루어진 음악 또는 그런 형식이며 대위법[7]을 기초로 한다. 『토지』의 서사는 독립성이 강한 여러 개의 멜로디를 동시에 결합하는 대위법과 닮아 있다. 중심을 점했던 서사는 또 다른 서사로 인해 중심에서 밀려나지만 사라지지 않는다. 그리고 기존의 주변 서사가 중심 서사의 자리에 위치하게 된다. 이와 같은 양상은 아래와 같은 형태로 도식화 할 수 있다.

중심 서사의 주변 서사화 양상

중심 서사	A서사 시작	B서사 시작	C서사 시작	D서사 시작	…
주변 서사	–	A서사 주변 서사화	B서사 주변 서사화	C서사 주변 서사화	…
시간	T	T+1	T+2	T+3	…

T(+숫자) : 시간흐름의 단계
화살표↘ : 중심 서사의 주변 서사화

위 그림은 『토지』 중심 서사가 주변 서사로 변화하는 양상을 나타낸 것이다. 도입부이자 『토지』의 중심 서사를 점했던 서희 서사는 시간이 지나면서 지리산 동학 세력 서사나 서울 지식인 서사 혹은 신여성 서사에 중심 자리를 내주고 주변 서사화된다. 이처럼 중심 서사를 점하던 서사가 주변 서사로 자리를 내주는 양상이 일정하게 반복되는데, 이를 통해 일정한 리듬(Rhythm)을 느낄 수 있

7 두 개 이상의 선율을 독립적으로 활용하여 조화로운 음악을 만드는 작곡 기법을 말한다.

다. 리듬은 일정한 규칙이 되풀이될 때 느껴지는 것으로 시간의 덩어리를 일컫는 말이다. 그러니까 『토지』에서는 시간의 흐름 속에서 중심 서사가 주변 서사화되는 일정한 양상이 반복되고 이로 인해 리듬이 느껴지는 것이다. 그리고 주변 서사화된 서사는 사라지지 않고 『토지』 내부에 남아 있으면서 수시로 재등장하는데, 이때 밀려나 있던 서사는 다시 중심 서사가 되기도 하고 주변 서사가 되기도 한다.

『토지』 서사의 이러한 특성으로 인해 여러 그룹의 성악가나 합창단 전체가 동시에 노래하는 다성부 음악과 유사한 음악적 정서를 느끼게 된다. 『토지』는 개별 서사가 하나씩 더해지거나 빠지기도 하고, 초점화를 통해 인물이 번갈아 등장하기도 하고, 공간을 공유하며 동시에 나타나기도 한다. 마치 바흐(Bach)의 브란덴부르크 협주곡(Brandenburg Concertos BWV 1046-1051)을 감상할 때 느낄 수 있는 리듬감을 『토지』 서사를 읽으면서 느낄 수 있는 것이다. 『토지』의 이러한 특성을 다성부 음악적 특성과 유사한 형태라 말할 수 있다.

김인숙은 박경리가 『토지』를 집필하면서 동시대를 어떻게 평가한 것인지 바흐친의 대화이론과 관련하여 논의를 전개한다. 바흐친은 도스토예프스키의 소설을 다성악적 소설이라 정의한다. 이에 대해 김인숙은 바흐친의 다성악적 소설의 특징을 대화적인

것이며 이는 『토지』의 대화성과 유사하다고 말한다.[8]

바흐친이 말하는 다성악이란 다성부 음악의 개념을 서사 이론에 빌려 쓴 것이다. 다성부 음악은 독립적인 두 개의 음악이 조화를 이루는 형태의 음악을 말한다. 대위법으로 작곡된 다성부 음악은 각각의 멜로디가 조화를 이루도록 하는 것이 특징이다. 바흐친은 등장인물의 목소리를 다성부 음악의 개별 멜로디에 해당하는 것이라 설명한다. 이때 인물의 목소리는 작가로부터 독립된 인물 고유의 목소리여야 하며 이것들이 주제를 향해 결합해 나가는 것임을 강조한다. 결국 바흐친이 말하는 다성악이란 개별 인물의 특성이 누락되지 않는 상태로 어우러지는 것과 같은 특성을 말하는 것이다.

본 글에서 말하는 다성부 음악적 특성은 바흐친의 다성악과 유사하나 좀 더 음악(music)에 가까운 의미이다. 바흐친의 다성악이 여러 목소리가 제 목소리를 내고 있음에 집중하는 것이라면 본 글에서 말하는 다성부 음악적 특성은 개별 목소리의 등장 패턴에 따라 일정한 리듬을 느낄 수 있음에 집중하는 것이다. 결국 이러한 『토지』의 전체적인 특성은 다성부 음악의 연주를 듣는 것과 같은 감흥을 느끼게 한다.

8 김인숙, 앞의 논문, 14-22쪽.

2) 대화·서술·사색으로 완성되는 교향악적 리듬

짧은 토론식 대화 · 서술 · 사색

다음으로 『토지』를 구성하고 있는 각 부별 특성을 교향악의 형식과 비교해 보고자 한다. 『토지』는 5부로 구성된 대하소설이다. 도입부에 해당하는 1부는 최참판가의 비극을 다루고 있다. 아래 표는 『토지』 1부에 나타나는 토론식 대화와 과거 서사 서술, 사색 서술 양상을 분류한 것이다. 토론식 대화의 경우 양반과 평민을 나누지 않았으며 그 길이가 유난히 짧은 경우와 과거 서사 서술 역시 서술자에 의해 압축 서술되는 경우는 분류에서 제외하였다.

『토지』 1부의 편별 토론식 대화, 과거 서사 서술, 사색 서술 양상 분류

편	토론식 대화	과거 서사 서술	사색
1편	5장: 이용, 칠성 계급에 대한 대화 7장: 윤보와 용의 시국에 대한 대화 10장: 윤보와 김훈장의 의병에 대한 대화 11장: 이동진, 최치수, 조준구 토론 15장: 조준구, 김훈장 토론	4장: 서희가 귀녀에게 침을 뱉었던 낮의 사건 서술 7장: 길상의 내력에 대한 서술 15장: 최치수 서울에서 몸 망친 사건 서술 16장: 최참판댁 내력 서술	4장: 봉순네 귀녀에 대한 생각

편	토론식 대화	과거 서사 서술	사색
2편	3장: 주막 나그네들 민비와 대원군에 대한 토론 6장: 조준구, 김훈장 토론 13장: 조준구, 김훈장 토론	2장: 문의원 윤씨 부인 태기 확인하던 사건 서술 5장: 이용누나 사망사건 서술 9장: 윤씨 부인 절로 떠나던 사건 서술. 동학운동 당시 윤씨 부인과 김개주 만남 서술 14-15장: 최치수 우관 만남. 연곡사 머문 사건 서술 19장: 월선네 굿하던 모습 서술	4장: 이용 월선을 떠올림 6장: 강포수 귀녀 생각 11장: 김평산 사색 18장: 수동 구천에 대한 사색
3편	2장: 김훈장, 문의원 시국대화 4장: 최치수, 이동진 토론 19장: 문의원과 조준구 서재필에 대한 토론	3장: 환이 우관선사 찾아간 사건 서술 14장: 조준구와 김훈장 시국토론 다툼 서술 15장: 임이네를 돌본 이용모습 서술 16장: 한복과 길상의 대화 서술 17장: 귀녀와 칠성 평산 사형사건 서술 19장: 김훈장과 조준구 서희 혼처에 관한 대화 서술	16장: 길상의 상념

편	토론식 대화	과거 서사 서술	사색
4편	4장: 윤보, 이용 시국대화 7장: 이동진, 최재형 토론 회상 17-18장: 조준구, 김훈장 토론 19장: 조준구와 양반들의 토론	4장: 이용 결혼날 서술 6장: 윤보 월선 만난 사건 서술 8장: 이동진 묘향산에서 구천 만난 사건 서술 12장: 월선 아버지 만난 사건 서술. 수동과 삼수 다툼 서술 19장: 한조 매맞는 사건 서술	
5편	6장: 김훈장과 조준구 토론. 김훈장과 마을사람들의 대화 10장: 노인과 김환의 동학에 대한 대화	1장: 장날 임이네 신발을 사 간 이용에 대한 서술 2장: 어린 날 치수와 이용과의 사건 서술 7장: 김훈장 유생들과 떠난 사건 서술 10장: 환이 최참판댁 상황을 주막에서 전해 들은 사건 서술 11장: 김환과 김개주 만난 사건 서술. 혜관과 우관 과거 대화 서술 17장: 월선을 찾아온 임이네 사건 서술	1장: 월선의 사색 13장: 최참판댁 머슴 순이의 사색 14장: 돌아온 윤보의 사색

구천과 별당아씨가 사라진 후 최치수는 귀녀와 김평산에 의해 살해된다. 뒤이어 발병한 호열자로 윤씨 부인이 죽고 조준구는 최

참판댁을 장악한다. 이후 가뭄과 흉년으로 민심이 흉흉해지자 평사리 사람들은 최참판댁을 습격하게 된다. 목숨을 건진 조준구는 왜병을 동원해 의병에 가담한 사람들을 잡으려 혈안이 되고 이를 피해 서희 일행은 용정으로 떠난다. 이상이 최서희를 중심으로 한 1부의 중심 서사다. 이 외에도 이용과 월선의 사랑, 귀녀와 강포수의 사랑 등이 그려지며 호열자의 창궐과 마을 사람들의 봉기 등의 긴박한 사건들이 연이어 벌어진다. 거기다 인물들의 성격이 부각되는 상황, 예를 들어 윤씨 부인과 최치수의 대결이라든가 강청댁과 월선의 대립 등이 연속적으로 그려지면서 서사는 박진감 있게 이어진다. 이처럼 긴장감 있는 사건이 연이어 벌어지다 보니 1부의 서사 속도는 빠르게 느껴진다. 또한 개성 있는 인물들 간의 갈등 관계를 형상화함으로써 몰입도 또한 높다.

또, 이와 같은 1부의 특성은 토론식 대화와 과거 사건 서술 그리고 인물의 사색 빈도 등에도 영향을 받은 것이라 할 수 있다. 토론식 대화의 경우 양반과 평민 모두에게서 나타난다. 특히 평민들의 경우 토론보다는 개인의 생각을 짧게 나누는 정도이며 그 길이도 짧다. 반면 양반은 여러 인물들이 객관적 근거를 제시하며 자신의 의견을 개진하는 경우가 많으며 편이 지속될수록 대화의 길이도 길어진다. 과거 사건 서술의 경우 현재 사건의 근거가 되거나 인물의 특성이 드러나는 경우가 많다. 1편과 2편 그리고 3편이 별당아씨와 구천의 도망을 주요 사건으로 다루다 보니 이들 사건의 계기가 되는 과거 서사 언급이 주를 이룬다. 반면 인물들의 사

『토지』 2부의 편별 토론식 대화, 과거 서사 서술, 사색 서술 양상 분류

편	토론식 대화	과거 서사 서술	사색
1편	3장: 이상현과 송장환 토론 10장: 이홍과 송장환의 대화 11장: 송장환과 길상의 대화 14장: 권필응, 이상현, 송장환 토론	1장: 영팔이 광산으로 떠난 사건 서술 3장: 서희 시주문제로 이상현과 다툼 12장: 윤보 죽음 서술	8장: 김두수 사색. 이용 김두수를 만난 뒤 사색 13장: 서희의 사색
2편	8장: 송장환 길상 토론 10장: 허묵, 오영감, 권필응 토론 13장: 은씨 길상 토론 16장: 김두수 윤이병 토론	10장: 이상현과 이동진 만남 서술	3장: 김두수 사색 5장: 월선 사색 9장: 임이네 사색 13장: 길상의 사색
3편	4장: 이상현, 임명빈 토론 8장: 윤도집 혜관 사내와 관수 토론	1장: 이상현 떠나던 날 염씨분인 모습 서술 3장: 우관스님과 환의 만남 서술 6장: 봉순이 어린날 사건과 한조 죽음 서술 13장: 환이 마을 사람들에게 매 맞은 사건 서술 14장: 서의돈과 이상현 기화 만난 사건 서술	7장: 석이네의 사색 14장: 기화 사색

편	토론식 대화	과거 서사 서술	사색
4편	5장: 혜관, 길상 토론 9장: 주감 강의원 대화 12장: 이동진, 장인걸, 권필응 토론 13장: 임명빈, 서의돈 토론 14장: 공노인, 임역관 토론 16장: 사내와 공노인 토론 17장: 윤도집과 혜관 토론	2장: 공노인과 권서방 만난 사건 서술 8장: 기회 판술네 만남 서술 11장: 송씨 일가 장례식날 서술 15장: 홍씨가 향심을 찾아온 사건 서술 18장: 영산댁이 공노인에게 최참판댁 내력 설명	1장: 서희의 사색 3장: 윤이병 사색 4장: 길상 사색 9장: 임이네 사색 10장: 노인과 송애의 사색
5편	1장: 신태성, 길상 토론 5장: 송장환 길상 토론 13장: 최서기와 김두수 토론 14장: 권필응, 김환 토론	1장: 길상 산판에서 돌아온 주갑 만남 서술 2장: 두메 부모에 대한 이야기 서술 15장: 길상과 서희 김환의 내력에 대해 이야기함	4장: 송애 사색 11장: 김환 사색, 서희 사색 12장, 13장: 김두수 사색

색은 거의 서술되지 않는다. 결국 짧은 토론식 대화와 빈도 낮은 사색의 서술 등이 서사의 속도를 빠르게 한다. 반면 현재 사건의 근거가 되는 과거 서사의 서술로 인해 서사의 개연성이 확보된다.

2부의 서사는 서희와 길상의 결혼 문제, 조준구 재산 탕진을 위한 인물들의 행동, 심금녀를 쫓는 김두수의 모습, 평사리로 돌아온 김환의 모습, 탐욕으로 눈이 먼 임이네의 행패, 흥겹고 유쾌한 주갑의 등장 등을 그리고 있다. 여러 인물의 다양한 사건이 서술되면서 나름의 속도감을 느낄 수 있다. 그러나 이때 느끼게 되는 속도감은 1부보다는 느리며 3부보다는 빠르다.

이와 같은 속도감은 빈번한 시국 토론과 여러 인물들의 속마음을 사색의 형태로 표현하는 것과 관련 있다. 용정의 화재로 서사가 시작된 2부는 후반부로 갈수록 인물 간의 시국 토론이 잦아지고 그 길이도 길어진다. 예를 들어 4편 12장의 경우 인물들의 시국 토론으로만 이루어진 장이라 할 만큼 토론 내용이 길다. 이후에도 시국 토론은 꾸준히 길어지며 서사 속도를 늦춘다. 또, 사색의 경우 그 빈도가 증가함은 물론 길이도 길어진다. 결국 2부의 경우 토론식 대화와 사색의 빈도수가 늘어남으로써 1부에 비해 서사의 진행 속도가 느려지는 것을 알 수 있다.

3부는 1부나 2부 못지않은 사건들이 전개된다. 먼저 병으로 쓰러진 이용은 고향 평사리로 돌아간다. 월선의 죽음과 임이네의 탐욕스러운 모습으로 인해 방황하던 이홍은 염장이를 겁탈하는 등 마음을 잡지 못한다. 심금녀는 김두수에게 잡히지만 자살하고 한복과 김두수 형제는 성장한 어른의 모습으로 만난다. 아무 이유 없이 일본 경찰에 잡혀 갔던 이홍은 출소 후 허보연과 결혼하고, 이홍의 생모인 임이네는 병에 걸려 죽는다. 새롭게 등장한 임명희는 이상현에게 사랑을 고백하지만 거절당하고 조병하의 두 번째 부인이 된다. 동학 세력의 밀고로 체포된 김환은 옥중에서 자살하고 길상은 계명회 사건으로 체포되어 수감된다. 아편쟁이가 된 기화가 죽고 이용도 병사하며 한복과 송관수는 만주로 떠난다.

이처럼 많은 사건들이 벌어진 3부지만 토론식 대화 역시 빈번하게 나타난다. 또, 각 장마다 본 서사를 시작하기에 앞서 과거 서사를 길게 해설하는 부분이 늘어날 뿐만 아니라 인물의 사색 또한 장황하게 서술된다.

길어진 토론식 대화 · 서술 · 사색

다음 표는 3부 각 편에 나타나는 토론과 본 서사에 앞서 서술되는 과거 사건에 대한 해설 그리고 인물의 사색을 정리한 것이다. 표를 통해 확인할 수 있는 것은 인물 간 토론이 자주 등장한다는 것이다. 물론 이러한 시국 토론은 1부와 2부에서도 나타났지만 3부부터는 그 길이도 길어지고 토론의 주제도 다양해진다.

『토지』 서술에서 찾아볼 수 있는 또 하나의 특징은 각 장 도입부에서 과거 사건에 대한 해설을 장황하게 늘어놓는다는 것이다. 과거 서사에 대한 장황한 해설 뒤에 이어지는 본 서사의 경우 특별한 사건 없이 인물의 사색만으로 이어지는 장이 나타나기도 한다. 이와 같이 내적 갈등을 겪는 인물들의 사유가 길어지면서 서사 속도는 느려질 수밖에 없다.

이러한 특성은 4부와 5부에서도 나타나며 시국에 대한 토론과 인물의 사색이 더욱 길어지고 빈도도 많아진다. 반면 각 부에 해당하는 사건은 감소한다. 4부의 경우 우가와 오서방의 싸움으로 우가가 사망하고 이홍이 다치는 사건이 벌어진다. 임명희는 조용하와 이혼한 후 교사로서의 삶을 살아간다. 조용하는 불치병에

『토지』 3부의 편별 토론식 대화, 과거 서사 서술, 사색 서술 양상 분류

편	토론, 대화	과거 서사 서술	사색
1편		6장: 짝쇠의 내력 서술 9장: 장서방 내력 서술 13장: 선이 결혼 생활 서술 17장: 지리산 동학 세력에 대한 해설 18장: 평사리 집에 관련된 서술	12장: 서희 사색 15장: 홍이의 사색
2편	2장: 최서기, 송장환 등의 토론 9장: 선우일 등 서울지식인 토론	1장: 한복에게 용이 길을 알려줌 3장: 김두수가 금녀 잡기까지의 과정 서술 5장: 임명빈과 임명희의 신여성론 전사 서술 7장: 명희의 회상 서술 8장: 주갑과 이상현의 만남 서술 10장: 푸건 만난 서술 16장: 홍이 결혼 관련 서술	6장: 임명희의 사색
3편	1장: 선우신, 서의돈 토론 3장: 상현과 산호주 토론 10장: 친일파에 대한 토론	9장: 장이와 홍의 현재화 11장: 환국에 대한 인상 현재화	7장: 박의사 사색
4편	18장: 관수, 소지감 등 토론	1장: 환국과 양소림의 첫 대면 서술 18장: 소씨 집안 내력 서술	7장: 서희의 사색
5편	1장: 공노인과 혜관의 토론. 송병문 일가에 대한 대화 6장: 민족개조론에 대한 토론	4장: 신태성 내력에 대한 해설 8장: 허정윤과 숙희의 과거 서술 9장: 홍씨 부인 죽음 서술 12장: 홍선숙과 조용하 불륜 서술	

걸렸음을 알고 자살한다. 오가다의 사랑을 거부한 유인실은 오가다의 아이를 낳은 후 만주로 떠난다. 이홍은 신경에서 자동차 서비스 공장을 차린다. 이처럼 사건은 줄어든 반면 시국을 주제로 한 토론이 늘어난 것이다.

5부의 경우는 4부에 비해 사건은 다양해진다. 지리산의 동학 잔당이자 백정의 딸과 결혼해 스스로 천민이 돈 송관수가 사망하고, 길상은 관음탱화를 완성한다. 서희를 사랑했지만 마음을 접고 재혼했던 박영효는 자살로 생을 마감한다. 독립운동에 몸을 담게 된 유인실과 오가다가 재회하지만 유인실은 자신의 길을 묵묵히 걸어간다. 금붙이 밀수 사건으로 허보연과 이홍이 경찰에 연행되고, 강두리를 보호하기 위해 삼수와의 추문을 퍼트려 복동네를 자살하게 한 봉기가 사망한다. 통영에서 소목 일을 하는 조병수를 찾아 갖은 악행을 저질렀던 조준구 역시 자연사한다. 정석의 딸 남희가 몹쓸 병에 걸려 돌아오고 양현과 영광은 둘만의 밀월여행을 떠난다. 죽지 않으려 발악하던 임이네가 사망하고 윤국이 징병에 나간다. 환국의 처 덕희와 신분 문제로 갈등을 겪던 양현이 서희와 함께 평사리 집으로 돌아온다. 살아남은 평사리 사람은 김영팔의 장례를 치르며 지난 시절을 회상한다. 양현은 서희에게 해방 소식을 전하고 연학은 동네 어귀에서 너울너울 춤을 추듯 독립 만세를 외친다.

1부와 5부의 통일성

4부에 비해 대화, 토론, 담론이 줄어든 5부는 인물들의 구체적이고 세세한 모습들을 서술한다. 5부 1편 1장에서는 호열자와 관련된 내용이 언급된다. 『토지』 1부에서의 호열자는 평사리 사람들의 목숨을 앗아가지만 5부에 언급되는 호열자는 남경 학살과 연관된 것이고 임명희와 강선혜가 만나 신여성에 대한 잘못된 인식을 가졌던 지난날을 반성하기도 한다. 그런가 하면 관음탱화를 완성한 길상의 모습은 1부에서 탈바가지를 만드는 길상의 모습과 일치한다.

> 아직 채색은 하지 않았으나 모양으로 보아 하나는 소무(小巫) 인 성싶고 다른 하나는 샌님 탈인 것 같았다. 도장 안의 희미한 광선을 받은 두 개의 탈은 채색이 되지 않은 탓이기도 하겠으나 윤곽과 생김새가 정묘하여 괴기한 느낌을 준다. (중략) 길상은 절에 있을 적에 금어(金魚, 탱화를 조성하는 승려)인 혜관스님한테 그림 그리기를 익혔고 탈바가지는 동구 밖에서 묵고 간 사당패들이 가진 것을 구경한 일이 있었다. 길상은 구례 연곡사에서 온 아이였다.(1권 132쪽)

5부에서 관음탱화를 감상한 서희는 형용할 수 없는 슬픔을 느낀다. 그리고 용정의 운흥사의 흑불탱을 생각한다. 서희는 길상에게 흑불탱은 채색이 되지 않았고 본존 자리도 비어 있어 쓸쓸하고 황량했음을 고백한다. 길상은 그때의 쓸쓸함은 타국을 떠돌았기 때문이라 설명한다. 관음탱화에 대한 아름다움은 병수의 시선을 통해 구체적으로 그려진다. 병수는 관음탱화를 보며 서희를 떠올리고 아름다움에 감동한다.

5부에서는 1부에서 길상이 만들었던 탈과 5부에 완성하는 관음탱화를 나란히 그리고 있다. 이를 통해 길상의 예술적 세계관이 완성되었음을 보여 준다. 또 1부의 중요 사건이었던 호열자가 5부에서 송관수 죽음의 원인으로 다시 한번 언급되면서 세월이 흘러서도 끝나지 않는 불행이 있음을 역설한다. 그런가 하면 『토지』 서사가 시작된 추석 풍경과 『토지』 서사의 마무리에 해당하는 해방된 8월 15일의 풍경이 평사리 들판을 배경으로 그려지고 있다는 것은 『토지』라는 서사의 근원이 토지임을 강조하는 것이라 할 수 있다.

> 자손으로 하여금 그들 조부들 죄의 핏자국을 닦게 하기, 씻게 하기 위하여 모든 우연이 있었다는 생각을 했던 것이다. (중략) 운명을 지배했던 존재를, 뿌옇게 열리고 있는 하늘을 보며 영호는 깊은 한숨을 내쉬었다.(18권 179쪽)

최치수 살해를 은근히 독려한 조준구의 시신을 김평산의 후손인 김영호가 장례 치르도록 함으로써 조부대의 악연을 끊는다. 김환은 김강쇠의 아들에게 휘라는 이름을 지어주고 자신이 불던 피리를 남긴다. 김휘는 송관수의 딸 영선과 결혼한다. 김평산의 손주이자 한복의 아들인 영호는 박숙이와 결혼해 통영에서 산다. 송관수의 아들 영광은 만주의 악단에서 트럼펫 연주자로 살아간다. 이용의 아들인 이홍은 만주에서 자동차 서비스 공장을 운영한다.

네 남자들의 만남은 5부 2편에서 이루어진다. 이를 통해 아버지 혹은 할아버지대의 악연과 인연이 이들 세대로부터 갈무리되거나 새롭게 이어지게 됨을 보여 준다. 이들의 만남은 완전한 세대 교체를 의미하는 것이며 1부에서 시작된『토지』서사의 한 매듭을 맺는 것이라 할 수 있다.

『토지』의 1부는 다양한 사건과 빠른 서사 진행을 느낄 수 있었던 반면 2부는 공간 이동을 통한 분위기 전환과 몇몇 사건들로 1부보다는 느리지만 3부보다 빠른 속도감은 느낄 수 있다. 그러나 3부부터는 토론과 담론, 대화 같은 언술 행위가 많아지고 길어진다. 또한 각 장의 본 서사 시작 전에 과거 사건의 해설이나 과거 사건의 현재화가 빈번하게 일어난다. 인물들의 긴 사색이 이어지면서 서사 진행 속도가 느려지는 것은 물론 서사 전개보다는 서술과 해설이 많아지는 양상을 보인다. 4부는 3부보다 속도가 더 느려진다. 3부보다 더 많아진 토론, 담론, 대화도 원인이겠지만 시국과 관련한 해설자의 긴 해설이 더해지면서 속도는 한층 더 느려진다. 그런가 하면 5부는 4부에 비해 사건이 늘어나고 토론과 담론이 줄어들면서 4부에 비해 5부의 서사 진행 속도는 상대적으로 빠르다.

그리고 1부와 관련 있는 요소들이 5부에 다시 등장한다. 어린 길상이 만든 탈바가지와 관음탱화, 평사리 마을을 쑥대밭으로 만든 호열자가 중국에서 발병하고 송관수가 호열자로 사망한다. 1부 서사의 시작은 음력 추석이고 5부의 마지막 서사는 1945년 8월 15일을 배경으로 진행된다. 조준구의 마지막을 거드는 영호는 김평산의 아들이다. 김환과 김평산 조준구와 이용, 송관수로 이어진 인연들은 김휘, 김영호, 조남현, 이홍, 송영광으로 이어진다. 이처럼 5부에서 찾을 수 있는 1부와의 연결성은 1부로부터 시작된 주제의 갈무리 짓기라 말할 수 있다.

『토지』 각 부별 특성은 교향곡의 구성과 유사하다. 일반적으로 교향곡은 4부로 구성되어 있다. 교향곡의 시작 악장에 속하는 1악장은 빠른 악장이다. 1악장의 템포는 주로 알레그로(allegro)를 사용한다. 알레그로는 빠르고 쾌활하다는 뜻이다. 2악장은 느린 악장에 해당하며 1악장의 템포보다 느리다. 3악장은 춤곡과 같은 경쾌함이 느껴지는 악장이며 스케르초나 미뉴에트와 같은 형식을 취한다. 4악장은 다시 빨라지는 악장으로 피날레에 속한다. 1악장부터 시작된 주제부를 다시 한 번 들려주거나 반복된 주제를 장엄하게 정리한다.

위는 일반적으로 알려진 교향곡의 악장 구성으로, 변화를 줄 수도 있다. 예를 들어 1악장 앞에 서곡을 넣을 수도 있고 2악장과 3악장의 순서를 바꿀 수도 있다. 악장 구성은 작곡자가 자신의 곡에 맞게 선택할 수 있다. 작곡자는 기본 악장 구성의 변형을 통해 더 높은 음악적 완성도를 획득한다.

『토지』는 일반적인 교향곡의 악장 형식이 아닌 변형된 악장 형식으로 구성되어 있다. 1부가 빠른 1악장의 알레그로 템포를 느끼게 한다면 2부는 3악장과 같은 경쾌함을, 3부와 4부는 2악장의 느린 템포를 느끼게 하며, 5부는 다시 빨라지는 4악장과 흡사하다. 더욱이 피날레에 해당하는 4악장처럼 『토지』 5부에서는 1부 서사에서 언급되었던 요소들을 재등장시켜 그 의미를 정리한다. 결국 『토지』 각 부별 특성은 변형된 교향악의 구조와 흡사하고, 포스터의 말처럼 독서를 끝낸 뒤 독자는 교향곡을 듣고 난 것과 같은 아름다움을 느낄 수 있게 되는 것이다.

결론

『토지』를 읽는 방법

박경리의 세계관과 창작방법

본 글은 소설 『토지』의 창작방법을 살펴 소설이 획득하게 되는 미학(美學)적 성과를 규명하는 데 목적이 있었다. 이를 통해 대하소설 『토지』를 읽는 새로운 방법을 고안할 수 있기를 바란 것이기도 하다. 『토지』를 읽는 것은 그리 만만한 일이 아니다. 방대한 양도 양이려니와 그 속에 담긴 서사와 인물들 그리고 그들을 통해 형상화하고 있는 세계가 워낙 거대하기 때문이다. 때문에 본 글은 『토지』라는 거대한 세계로 다가갈 수 있는 하나의 방법으로 창작방법과 박경리라는 작가의 세계관을 찬찬히 들여다본 것이다. 이를 위해 제임스 우드와 애벗의 서사 이론 그리고 포스터의 이론을 빌려 논의를 진행했다.

『토지』의 창작방법을 살펴보기에 앞서 작가의 세계관이라 할 수 있는 생명관(生命觀)의 특성을 살펴보았다. 박경리는 생명의 특성을 능동성으로 규정한다. 생명의 능동성은 생명 간의 수평적이며 균형 잡힌 관계로 획득된다. 생명의 수평 관계란 크든 작든, 귀하든 천하든 모두 평등하게 존재한다는 것이다. 그렇기에 선한 것도 악한 것도 생명을 유지하며 생명 활동을 한다. 수평 관계에 놓인 생명은 모두 평등하다. 또한 생명은 어느 한쪽으로 치우침 없이 균형 있게 유지된다. 이러한 생명관은 소설 『토지』 속에서 발견할 수 있다.

박경리의 생명관은 소설 창작방법에서도 드러난다. 박경리는 소설 창작 행위를 인물을 통한 공간의 창조라 말한다. 작가는 인물의 시계(視界)를 포착하여 공간을 창조한다. 박경리는 누구의 세계를 창조하든 해당 인물의 세계를 창조하는 동안에는 그 인물이 주인공임을 강조한다. 작가의 이러한 창작관은 평등한 인물 등장과 균형 잡힌 공간의 형상화, 그리고 수평적인 서사 전개 양상으로 구현된다.

균형과 평등 그리고 입체

『토지』의 인물들은 자유간접화법과 선택적 초점화 그리고 다각 관계 구조로 입체화되고 균형 있게 서술된다. 이를 위해 『토지』 서사 전편에 나타나는 자유간접화법 용례와 초점화 양상 그리고 인물 관계 구조를 분석하였다. 자유간접화법 용례를 통해 확인할 수 있었던 것은 인물의 심리가 생동감 있게 그려지고 성격이 입체적으로 드러난다는 것이다. 『토지』 서사는 3인칭 시점으로 서술된다. 그러나 부분적으로 나타나는 자유간접화법은 시점의 변화를 만들고 이러한 변화는 인물의 성격을 입체화한다.

『토지』는 많은 인물이 등장하기로 유명하다. 그런데 이 인물들 중 중심 인물을 찾기란 쉽지 않다. 뿐만 아니라 공간을 중심으로 서사가 진행되고 있어 중심 인물은 물론 통일성 있는 줄거리를 찾기 힘들다. 또한 『토지』는 균형 있는 공간 선택과 함께 선택적으로 초점화된 인물을 중심으로 서사가 진행된다. 선택적 초점화를 통해 주요 인물 혹은 부수적 인물이라는 경계가 없어지고 인물의 수평적 관계가 가능해진다. 초점화된 인물의 시선에서 1인칭 시점으로 대상을 서술함으로써 성격을 구체적이고 직접적으로 드러낼 수 있어 인물의 성격이 생동감 있게 전달된다. 이와 같은 초점화 양상은 서사가 진행되면서 차이를 보인다. 1~2부의 초점화가 조밀하게 나타난다면 3~5부의 초점화는 느슨하게 나타난다. 이와 같은 양상은 3부부터 집중적으로 나타는 토론식 대화, 긴 서술, 인물의 사색과 같은 서술이 늘어나기 때문으로 판단된다.

인물의 균형 있는 서술은 인물 간 애정관계에서도 찾아볼 수 있다. 『토지』에 나타나는 애정관계를 분석해본 결과 대부분의 애정관계가 삼각 혹은 사각 관계를 형성하고 있었다. 다각적 애정관계 역시 주요 인물이나 부수적 인물을 가리지 않고 나타난다. 이러한 다각적 애정관계는 개별 인물의 성격에 기인한다. 인물의 성격은 내적 유인이나 외적 유인으로 형성된 것이며 이렇게 형성된 성격은 인물의 다각 관계 형성에 영향을 미친다. 외적 유인으로 성격이 형성된 인물의 경우 능동적 다각 관계를, 내적 유인에 의해 성격이 형성된 인물의 경우 수동적 다각 관계를 맺는다. 내적 유인이란 유전적으로 타고한 성격을 의미하고 외적 유인이란 타고난 성격에 인물이 겪게 되는 사건과 사회적 원인이 복합적으로 작용해 성격이 형성된 경우를 말한다. 결국 경계 없는 인물 설정이 인물들의 다각적 애정관계를 만들게 되는 것이다.

다음으로 『토지』 서사를 공간 중심 서사로 보고 그 특성을 살펴보았다. 『토지』의 주요 인물은 서사가 진행될수록 흐려지고 새로운 인물이 등장하거나 부수적 인물이 주요 서사를 끌고 가는 등 인물의 다변화가 자주 발생한다. 이는 『토지』 서사가 인물 중심이 아닌 공간 중심으로 전개되기 때문이다. 공간 중심 서사 전개는 말 돌리기와 사건의 역순행적 구성 그리고 세부사항들의 결합 등을 통해서 가능해진다.

시·공간 동시 서술과 관련된 말 돌리기는 같은 시간 다른 공간에서 벌어지는 서사를 동시에 서술함으로써 서사의 동시성을 획득하게 한다. 이러한 말 돌리기는 서사 간 경계를 사라지게 하며 서사를 입체적이게 한다. 또 말 돌리기에 판소리계 소설에서 발견하게 되는 어휘들이 사용되고 있어 구어체적 특성도 함께 느끼게 한다. 서사 진행 관련 말 돌리기는 앞 서사와 무관한 서사로의 말 돌리기가 나타나는데 인과관계가 없는 서사를 연속해 서술함으로써 서사를 수평적으로 만든다. 그런가 하면 앞 서사와 무관한 서사의 삽입 말 돌리기를 통해 서사가 빠르게 진행된다. 서사 진행 말 돌리기는 서사 간 맥락을 논리적으로 연결하지는 못하지만 서사를 앞으로 나아가게 한다. 서사와 관련한 또 다른 특성은 사건의 역순행적 배치를 통해 서사를 진행하거나 지연시킨다는 것이다. 이때 사건의 배치는 과거 서사를 중간에 삽입하거나 현재 서사 앞에 전사(前事)로 제시하는 방법으로 구체화된다. 또 인물의 회상이나 인물 간 대화를 통해서도 과거 사건을 드러낸다. 과거 서사 삽입은 3인칭 서술자의 서술로 그려지는 반면 회상은 초점화된 인물의 회상을 통해 그려진다. 이와 같은 사건의 역순행적 구성은 서사의 개연성을 확보하게 하고 균형 있는 서사의 서술을 가능하게 한다.

세부사항은 시·공간의 특성을 부각시킬 뿐만 아니라 서사의 개연성을 강화하여 서사의 고유한 개성을 부여한다. 『토지』의 세부사항들은 인물의 개성과 시대적 특성을 구체적으로 보여줌으로써 소설로 구현되고 있는 시대를 인식할 수 있게 한다. 『토지』의 세부사항은 서사가 진행되면서 다른 양상을 보인다. 『토지』 1부와 2부에 무속 신앙과 민속 문화 관련 세부사항이 집중된다면 2부 후반부에서 5부까지는 인물이나 사건에 대한 평가나 복장 서술이 주를 이룬다. 물론 1부와 2부에서도 인물과 사건에 대한 평가나 복장 서술이 나타난다. 그리고 무속 신앙이나 민속 문화와 관련된 세부사항 역시 2부 이후 서사에서도 찾아볼 수 있다. 다만 이러한 특성들이 『토지』 전반부에 몰려 있느냐 후반부에 몰려 있느냐의 차이로 볼 수 있는데, 이러한 차이는 구한말과 일제강점기라는 시대적 특성과 관련이 있다.

2부 이후부터 식민지 시기 피폐한 삶을 살아가는 민중의 모습이 구체적으로 그려지는데, 농사지을 땅을 잃은 농민들이 가난으로 내몰리고 이를 극복하지 못한 채 가난한 삶을 이어간다. 3부 이후부터는 가속화된 근대화의 이면이 그려진다. 그러다 보니 무속이나 민중 문화에 대한 언급은 줄어들고 도시화되었지만 여전히 궁핍한 민중의 모습이 구체화된다. 또, 인물의 복장 묘사를 통해 인물의 성격을 구현한다. 이처럼 『토지』의 세부사항들은 인물과 배경에 현실감을 부여하고 서사를 입체화한다.

인물, 서사, 세부사항으로 구현된 『토지』의 아름다움

『토지』는 위와 같은 창작기법을 통해 치맛자락 패턴과 다성부 음악의 특성 그리고 교향악적 리듬을 느끼게 한다. 치맛자락 패턴은 시·공간은 물론 인물의 균형 잡힌 등장으로 형성된다. 시·공간과 인물의 균형 잡힌 등장은 선택적 초점화와 사건의 역순행적 구성으로 구체화된다. 다성부 음악적 특성과 교향악적 리듬은 중심 서사와 주변 서사의 교차 양상과 인물의 대화, 서술, 사색의 영향으로 서사 진행 속도가 변하면서 드러난다. 『토지』라는 서사가 획득하는 미학적 특성은 작가 박경리의 생명관이 구현된 것이다.

앞선 장(章)에서 살펴보았듯이 생명은 평등과 균형으로 유지되며 능동적 속성을 지닌다. 작가의 이러한 생명관은 인물의 평등한 등장과 균형 잡힌 공간 서술로 나타난다.

『토지』의 서사는 말 돌리기를 통해 동시적이고 입체적으로 진행되는데, 이때 사건은 치맛자락의 주름처럼 하나하나 덧대진다. 별당아씨와 구천이 사라지는 사건에 뒤이어 이용과 월선의 사랑이 덧대지고, 호열자 발병이 그려진 뒤 임이네가 새 생명을 생산하는 모습이 덧대지는 것이다. 이처럼 각각의 서사가 하나하나 덧대어져 근대 격변기 민중들의 구체적인 삶이라는 하나의 치마가 만들어지는 것이다.

이는 자유간접화법과 선택적 초점화를 통해 중요 인물과 부수적 인물의 경계가 흐려지고 인물이 균형 있게 등장하기 때문에 가능하다. 『토지』의 인물은 주요 인물이나 부수적 인물로 구분되는 것이 아니라 개별 인물 하나하나가 각각의 개별 서사를 이끌어간다. 그러다 보니 인물들이 확장되고 서사는 켜켜이 쌓이게 된다. 처음 등장한 인물이건 뒤늦게 등장한 인물이건 등장 횟수에 차이는 보일지라도 개별 인물의 서사는 사라지지 않는다. 『토지』의 이러한 특성은 마치 여러 성부가 덧대어지면서 아름다운 선율을 느끼게 하는 다성부 음악의 특성을 느끼게 한다. 또 서사 전개에서 느껴지는 속도는 마치 변형된 교향곡과 같은 리듬감을 느끼게 한다. 서사 속도가 빠른 1부는 1악장인 알레그로, 2부는 교향곡의 변형된 악장으로서의 3악장 스케르초나 미뉴에트, 3~4부는 느린 템포인 2악장, 5부는 피날레에 해당하는 4악장과 유사하다.

방대한 『토지』의 마지막 장을 덮고 난 뒤 독자들은 다성부 음악의 아름다운 선율을 감상한 것과 같은, 혹은 변형된 교향곡을 감상한 것과 같은 아름다움을 느끼게 된다. 결국 『토지』는 경계 없는 서사 배치와 균형 있는 인물의 등장을 통해 작가의 생명관이 치맛자락 패턴과 다성부 음악적 특성과 교향악적 리듬이라는 문학적 아름다움을 획득하게 되는 것이다.

참고문헌

기본자료

박경리(1993), 『Q씨에게』, 솔.

______(1994), 『꿈꾸는 자가 창조한다-박경리의 원조 통신』, 나남.

______(2012), 『토지』, 1권~20권, 마로니에북스.

______(2013), 『일본산고』, 마로니에북스.

______(2015), 『버리고 갈 것만 남아서 참 홀가분하다』, 마로니에북스.

______(2016), 『생명의 아픔』, 마로니에북스.

______(2017), 『문학을 사랑하는 젊은이들에게』, 현대문학.

단행본

권덕하(2002), 『소설의 대화이론-콘라드와 바흐찐』, 소명출판사.

권택영(1995), 『소설을 어떻게 볼 것인가』, 문예출판사.

김윤식(1999), 『농경사회 상상력과 유랑민의 상상력』, 문학동네.

김병욱(2007), 『현대 소설의 이론』, 예림기획.

김치수(2016), 『박경리와 이청준』, 문학과 지성사.

이강은(2011), 『미하일 바흐친과 폴리포니야』, 역락.

이미화(2012), 『박경리 『토지』와 탈식민적 페미니즘』, 푸른사상.

이승윤(2009), 『근대역사담론의 생산과 역사소설』, 소명출판사.

정호웅(2006), 『한국의 역사소설』, 도서출판 역락.
정현기(1994), 『한과 삶』, 솔출판사.
_____(1997), 『한국 소설의 이론』, 솔출판사.
최유찬 외(2004), 『토지의 문화지형학』, 소명출판사.
________(2008), 『한국 근대문화와 박경리의 『토지』』, 소명출판사.
________(2018), 『박경리의 『토지』 읽기』, 세창미디어.
토지학회 편저(2015), 『『토지』의 공간-토지학회총서 1』, 마로니에북스.
___________(2016), 『『토지』와 서사구조-토지학회총서 2』, 마로니에북스.
___________(2018), 『박경리와 전쟁-토지학회총서 3』, 마로니에북스.
___________(2019), 『『토지』 인물열전』, 마로니에북스.

외국서적 번역본

E. M. 포스터(E. M. Foster)(1993), 『소설의 이해』, 문예출판사.
H. 포터 애벗(H. Porter Abbott)(2018), 『서사학 강의』, 문학과지성사.
S. 채트먼(Seymour Chatman)(2003), 『이야기와 담론』, 푸른사상.
란다 사브리(Randa sabry)(2003), 『담화의 놀이들』, 새물결.
웨인 C. 부스(Wayne C. Booth)(1999), 『소설의 수사학』, 예림기획.
제임스 우드(James Wood)(2018), 『소설은 어떻게 작동하는가』, 창비.
피터 브룩스(Peter Brooks)(2001), 『플롯 찾아 읽기』, 강.

학위논문

강국희(2004), 「박경리 『토지』 여성인물 연구」, 경희대학교 교육대학원 석사.
강민경(2013), 「『동의보감』의 생명관 연구」, 서강대학교 교육대학원 석사.
강성금(2011), 「『토지』에 나타난 높임법 양상 연구」, 강원대학교 대학원 석사.
권은미(2006), 「박경리 『토지』 탈식민적 양상 연구-소설적 형상화화 그 양가

성을 중심으로」, 울산대학교 대학원 석사.
김경희(2016), 「박경리의 『토지』 연구-공동체의 형성과 해체 양상을 중심으로」, 상지대학교 대학원 박사.
김명준(1992), 「박경리 『토지』 연구-〈삼대담〉의 갈등구조를 중심으로」, 단국대학교 대학원 석사.
김명희(1994), 「박경리 소설의 비극성 연구」, 전주대학교 대학원 석사.
김보경(1996), 「서부경남방언의 연구-소설 『토지』를 중심으로」, 아주대학교 대학원 석사.
김선하(2013), 「한국어에 나타난 '생명'의 은유적 개념화 연구-박경리 소설을 중심으로」, 한국교원대학교 대학원 석사.
김수진(1997), 「박경리의 『토지』 연구-인물 형상화를 중심으로」, 연세대학교 교육대학원 석사.
김순례(2013), 「근대사회 형성기 여성적 세계관의 변화양상 연구-박경리의 『토지』와 최명희의 『혼불』을 중심으로」, 경희대학교 대학원 박사.
김영신(1993), 「박경리의 『토지』 연구」, 배제대학교 대학원 석사.
김은경(2000), 「『토지』 서사구조 연구」, 서울대학교대학원 국어국문학 석사.
김인숙(2000), 「박경리 『토지』의 대화성연구」, 연세대학교 대학원 석사.
문상경(1996), 「박경리의 『토지』 연구」, 계명대학교 대학원 석사.
박상민(2009), 「박경리 『토지』에 나타난 악의 상징 연구」, 연세대학교 대학원 박사.
박은정(2005), 「『토지』에 나타난 박경리의 역사관 연구」, 한국외국어대학교 대학원 석사.
박창범(2016), 「『토지』의 정념 연구」, 고려대학교 대학원 박사.
박혜원(2002), 「박경리 『토지』 인물연구」, 이화여자대학교 대학원 박사.
서현숙(2002), 「장편소설 주제 탐색을 위한 지도 방법 연구-박경리 『토지』를 중심으로」, 대구대학교 교육대학원 석사.
서현주(2013), 「박경리의 『토지』에 나타난 타자의식 연구」, 경희대학교 대학원 박사.
손용문(1999), 「박경리 『토지』의 통속성 연구」, 광운대학교 대학원 석사.
심혜순(1997), 「박경리 『토지』 지모신 성격 연구」, 경북대학교 대학원 석사.
안세영(1999), 「박경리 『토지』의 작중인물 연구」, 동아대학교 교육대학원 석사.
윤남희(2012), 「박경리 『토지』 연구-여성성 및 '일체'사상 연구」, 배제대학교 대학원 박사.
이기성(2003), 「『토지』 연구-역사의식과 인물유형」, 충북대학교 대학원 석사.
이미숙(1996), 「문학작품 속에 나타난 한의 인간 커뮤니케이션 분석-박경리 토지를 중심으로」, 서강대학교 석사.
이미화(2011), 「박경리 『토지』에 나타난 여성인물 연구-탈식민적 페미니즘의 관점에서」, 부산대학교 대학원 박사.
이상진(1998), 「박경리 『토지』 인물형상화 연구」, 연세대학교 대학원 석사.
이성애(2013), 「『토지』 과부 인물 연구」, 중앙대학교 대학원 석사.
이수경(2011), 「『토지』의 인물 성격화 방법에 대한 연구」, 전남대학교 대학원 석사.
이승윤(1994), 「박경리 『토지』 연구」, 연세대학교 대학원 석사.
이우화(2003), 「박경리 『토지』에 나타난 전통적 가치관에 관한 연구」, 한국교육대학교 교육대학원 석사.
이은주(2012), 「소설 『토지』 속에 나타난 방언의 성격-조사와 어미를 중심으로」, 경남대학교 교육대학원 석사.
이주연(1996), 「『토지』의 인물과 총체성 연구」, 동국대학교 대학원 석사.
이희자(2009), 「박경리 『토지』 연구」, 강원대학교 대학원 석사.
임금희(2007), 「『토지』의 교육학적 연구」, 고려대학교 대학원 박사.
임영민(1997), 「박경리 『토지』에 나타난 죽음의 요소」, 조선대학교 대학원 석사.
정선경(1998), 「박경리의 『토지』 연구-민족운동의 흐름과 일본을 중심으로」,

성신여자대학교 대학원 석사.
정운갑(1996), 「박경리의 『토지』 연구」, 중앙대학교 교육대학원 석사.
조윤아(1999), 「박경리 『토지』 생명사상 변모에 관한 연구」, 서울여자대학교 대학원 박사.
최옥중(1989), 「『토지』 공간배경과 인물 연구」, 연세대학교 대학원 석사.
최유희(1999), 「박경리 『토지』 연구」, 중앙대학교 대학원 박사.
최재은(2006), 「박경리의 『토지』 연구-여성인물의 욕망을 중심으로」, 안동대학교 교육대학원 석사.
최지선(2013), 「박경리 『토지』에 나타난 남성인물의 존재방식과 욕망 양상 연구」, 부산대학교 대학원 박사.
최혜원(2016), 「박경리 『토지』의 가족관계연구-부모자식관계를 중심으로」, 한국방송통신대학교 대학원 석사.
하태욱(1997), 「박경리 『토지』 연구-등장인물의 한 맺힘과 풀림을 중심으로」, 연세대학교 교육대학원 석사.
홍순이(2002), 「박경리의 『토지』 연구-존재론적 생활론을 중심으로」, 카톨릭대학교 대학원 석사.
홍장미(2015), 「박경리 소설의 글쓰기 방법 연구」, 중앙대학교 대학원 석사.

국내학술지 논문

강찬모(2009), 「박경리의 소설 『토지』에 나타난 간도의 이주와 디아스포라의 기소성 연구」, 『어문연구』 59권, 어문연구학회, 207-229쪽.
공임순(2018), 「(대하)역사소설 『토지』와 역사적 개인의 젠더 역학」, 『아시여성연구』 57권 2호, 숙명여자대학교 아시아여성연구원, 7-40쪽.
김근호(2014), 「박경리 소설 『토지』의 언어 생태학-인물간 대화를 중심으로」, 『한중인문연구』 45권, 한중인문학회, 1-24쪽.
김명숙(1998), 「박경리의 『토지』에서 본 민간적 색채」, 『현대문학연구』 11권,

한국문학연구회, 337-353쪽.

김승종(2015), 「『토지』의 역동적 가족서사 연구-'성장, 변신 원리와 대조의 원리'를 중심으로」, 『현대문학론연구』 63권, 현대문학이론학회, 91-112쪽.

김연숙(2015), 「『토지』에 나타난 민족 서사의 구성방식」, 『새국어교육』 15호, 한국국어교육학회, 409-433쪽.

김영민(1996), 「박경리의 문학관 연구-고통과 창조, 그리고 생명의 글쓰기」, 『현대문학의 연구』 6호, 현대문학연구학회, 203-221쪽.

김용의(2011), 「박경리의 『토지』와 일본인식-『토지』에 등장하는 일본 문학자」, 『일본어문학』 51권, 한국일본어문학회, 305-324쪽.

______(2016), 「박경리 『토지』에 나타난 일본 천황에 대한 인식」, 『일본문화학보』 69권, 한국일본문화학회, 217-234쪽.

김원희(2008), 「김경욱 소설의 서사 패턴과 리듬」, 『한국문학이론과 비평』 40권, 한국문학이론과 비평학회, 119-144쪽.

김은경(2004), 「갈등구조를 통한 박경리 『토지』의 담론 특성/미학 고찰」, 『비교문학』 33권, 한국비교문학회, 235-277쪽.

______(2007), 「박경리 『토지』에 나타난 굴절의 원리와 인물 정체성의 문제」, 『민족문학사연구』 35호, 민족문학사학회, 306-338쪽.

______(2006), 「박경리 『토지』의 유기적 인물 관계와 '리좀적' 서사구성」, 『관학어문』 31권, 서울대학교, 317-357쪽.

김정숙(2018), 「박경리 문학의 근원으로서의 '생명의식'과 그 특성」, 『아시아여성연구』 57권 2호, 숙명여자대학교 아시아여성연구원, 41-61쪽.

김종회(2016), 「『토지』 공간과 동시 수용 방향성」, 『비교문학』 60호, 한국비평문학회, 7-25쪽.

김현숙(2008), 「박경리 문학의 생명사상」, 『한중인문학연구』 24권, 한중인문학회, 47-74쪽.

김희진(2015), 「홍명희 『임꺽정』 에 나타난 구술적 양상연구」, 『한국민족문화연구』 48권, 한민족문화학회, 35-59쪽.

박상민(2006), 「문학연구 방법으로서의 악의 상징」, 『대중서사연구』 15호, 대중서사학회, 199-228쪽.
______(2012), 「박경리 『토지』에 나타난 윤리적 종교적 존재로서의 인간 이해」, 『인간연구』 23호, 카톨릭대학 인간학 연구소, 55-79쪽.
______(2004), 「『토지』에 나타난 일본론」, 『현대문학의 연구』 24권, 한국문학연구회, 77-122쪽.
______(2013), 「박경리 『토지』에 나타난 근대 사회와 유교적 이상 균열」, 『문학과종교』 18권 3호, 한국문학과 종교학회, 99-122쪽.
______(2017), 「박경리 『토지』와 신동엽 「금강」의 동학담론」, 『동학학보』 44권, 동학학회, 97-126쪽.
______(2012), 「박경리 『토지』에 나타난 죽음의 수사학」, 『수사학』 12호, 한국수사학회, 167-188쪽.
______(2015), 「박경리 『토지』 연구의 통시적 고찰」, 『한국근대문학연구』 31호, 한국근대문학회, 271-319쪽.
박은정(2018), 「박경리 『토지』에 나타난 의복 표현의 의미」, 『세계문학비평연구』 65권, 세계문학 비교학회, 35-60쪽.
박 진(2003), 「채트먼의 서사이론 서사시학의 새로운 영역」, 『현대소설연구』 19호, 한국현대소설학회, 357-382쪽.
박창범(2015), 「『토지』의 사랑 양상과 그 의미 연구」, *Journal of Korean Culture* 30권, 한국어문학연구 국제학술포럼, 191-220쪽.
박혜원(2007), 「박경리 소설의 인물창조 원리와 『토지』로의 확대양상 연구」, 『구보학보』 2권, 구보학회, 319-336쪽.
백지은(2008), 「김승옥 소설에 나타난 글쓰기 특징-『다산성(多産性)(1966)의 문맥 형성 과정 고찰」, 『국제어문』 44호, 국제어문학회, 303-327쪽.
서현주(2012), 「박경리의 『토지』에 나타난 타자 인식 연구」, 『국제한인문학연구』 9호, 국제한인문학연구회, 57-86쪽.
______(2019), 「박경리 『토지』에 나타난 장애인의 타자화된 몸과 윤리적 주

체」, 『현대문학의 연구』 68권, 한국문학연구학회, 37-66쪽.
성용구(2010), 「박경리의 『토지』연구-사랑과 실존에 관한 주제를 중심으로」, 『숭실어문』 24권, 숭실어문학회, 131-156쪽.
심원섭(1996), 「박경리의 생명사상 연구」, 『현대문학의 연구』 6호, 한국문학연구학회, 299-327쪽.
우수영(2017), 「한국소설의 동학담론」, 『동학학보』 43권, 동학학회, 295-331쪽.
유영대(2010), 「판소리 전통과 최명희의 『혼불』」, 『판소리 연구』 29호, 판소리학회, 169-195쪽.
윤영옥(2020), 「황석영의 『장길산』에 나타난 전통문예장르 수용양상 연구」, 『국어국문학』 190호, 국어국문학회, 277-312쪽.
이 경(2015), 「박경리의 『토지』에 나타난 집 떠나기 모티프와 여성」, 『한국문학론집』 69권, 한국문학회, 159-190쪽.
이동재(2012), 「대하소설의 창작방법론-박경리의 『토지』를 중심으로」, 『어문논집』 66호, 민족어문학회, 415-444쪽.
이덕화(1996), 「서술의도에서 본 『토지』의 인물유형」, 『현대문학의 연구』 6호, 한국문학연구회, 123-161쪽.
이미화(2011), 「박경리 『토지』에 나타난 여성의 몸 연구-생물학적 결정론에 대한 저항을 중심으로」, 『한어문교육』 25권, 한국언어문학교육학회, 155-179쪽.
______(2015), 「박경리 『토지』에 나타나는 생태학적 특성 연구」, 『인문사회학연구』 16권 2호, 부경대학교 인문사회과학 연구소, 65-90쪽.
______(2011), 「박경리 『토지』에 나타난 조선 문화의 토대」, 『인문사회과학연구』 12권 1호, 부경대학교 인문사회과학 연구소, 109-136쪽.
______(2012), 「박경리 『토지』에 나타난 식민지 여성의 성역할 연구」, 『인문사회과학연구』 13권 1호, 부경대학교 인문사회과학 연구소, 139-158쪽.
______(2009), 「박경리 『토지』에 나타난 여성하위주체의 저항」, 『한국문학론

집』 51권, 한국문학회, 253-260쪽.

이상진(2014), 「운명의 패러독스, 박경리 소설의 비극적 인간상」, 『현대소설 연구』 56호, 한국현대소설학회, 373-408쪽.

______(2018), 「심상과 사실, 지도의 상상력-박경리 『토지』의 만주지역 형상화 방식」, 『통합인문연구』 10권 1호, 한국방송통신대학교 통합 인문학 연구소, 277-306쪽.

______(2004), 「박경리의 『토지』에 나타난 유교가족 윤리의 해체 양상과 그 지향점」, 『현대소설 연구』 20호, 한국현대소설학회, 325-345쪽.

______(2008), 「자유와 생명의 공간, 『토지』의 지리산」, 『현대소설연구』 37호, 한국현대소설학회, 277-300쪽.

______(2015), 「『토지』에 나타난 여담의 성격과 서술전략」, 『현대문학이론연구』 63권, 한국여성문학학회, 351-382쪽.

______(2004), 「『토지』에 나타난 동아시아 도시, 식민주의와 물질성 비판」, 『현대문학의 연구』 37호, 한국문학연구학회, 385-413쪽.

______(2015), 「예외를 보는 시선과 더블-박경리 소설의 결손 인물」, 『여성문학연구』 한국여성문학학회, 351-382쪽.

______(2004), 「『토지』 속의 만주, 삭제된 역사에 대한 징후적 독법」, 『현대소설연구』 24호, 한국현대소설학회, 231-256쪽.

______(2005), 「『토지』의 평사리 지역 형상화화 서사적 의미」, 『배달말』 37권, 배달말학회, 262-286쪽.

______(2010), 「탈식민주의적 시각에서 본 『토지』 속의 일본, 일본인, 일본론」, 『현대소설 연구』 43권, 현대소설학회, 409-445쪽.

이승윤(2018), 「『토지』의 서사전개 양상과 소설작법」, 『대중서사연구』 24권, 1호, 대중서사학회, 417-447쪽.

______(2008), 「『토지』에 나타난 식민지 경성의 문화와 근대성의 경험」, 『현대문학의 연구』 35호, 한국문학연구학회, 303-334쪽.

이재복(2013), 「박경리 『토지』에 나타난 숭고미」, 『우리말 글』 59권, 우리말 글학회, 363-396쪽.
임금희(2007), 「『토지』에 나타난 교육 양상」, 『한국문예비평연구』 22권, 한국현대문예비평학회, 183-218쪽.
임회숙(2019), 「소설 『토지』의 근대화 형상화 방식 연구-토론, 사유, 신변변이(變移)를 중심으로」, 『석당논총』 47권, 석당학술원, 5-28쪽.
장미영(2003), 「현대소설의 음악적 구조-토마스 만과 밀란쿤데라의 서사적 실험」, 『독어문집』 44권, 4호, 한국독어독문학회, 123-142쪽.
전예진(2017), 「『토지』의 여성이 겪는 트라우마와 공간 이동-서희와 봉순을 중심으로」, 『현대문학이론연구』 70권, 현대문학 이론학회, 409-432쪽.
정호웅(2016), 「『토지』의 만주공간」, 『구보학보』 15권, 구보학회, 348-374쪽.
조윤아(2003), 「박경리 『토지』의 공간 연구」, 『태릉어문연구』 11권, 서울여자대학교, 257-289쪽.
______(1999), 「박경리의 『토지』 연구-생명사상의 변모를 중심으로」, 『논문집』 7호, 서울여자대학교, 215-226쪽.
______(2018), 「두 가지 층위로 나타난 하얼빈의 장소성-박경리 『토지』를 중심으로」, 『비평문학』 68호, 한국비평문학회, 218-247쪽.
최유찬(2004), 「『토지』의 미시문화사적 연구 방법론」, 『배달말』 35권, 배달말학회, 155-181쪽.
최유희(2019), 「『토지』 속 인물을 통해 본 추의 미학」, 『현대문학의 연구』 69호, 현대문학 연구학회, 93-122쪽.
______(2010), 「박경리 『토지』의 창작방법론 연구-생명사상과 관련하여」, 『한국문예창작』 9권 3호, 한국문예창작학회, 107-137쪽.
한점돌(2013), 「박경리 『토지』의 문학사상 연구-「『토지』와 동학사상의 관련양상」, 『현대문학이론연구』 55권, 현대문학이론회, 373-400쪽.
허연실(2013), 「박경리 『토지』에 나타난 '민족모성'과 비체-유연실의 '주체되기'를 중심으로」, 『현대문학이론연구』 53권, 현대문학 이론학회, 341-361쪽.
______(2019), 「박경리 『토지』의 신화적 모티프와 그 현재적 의미-바리데기

신화와 서희의 서사를 중심으로」, *Journal of Korean Culture* 44권, 한국어문학 국제학술포럼, 251-277쪽.

홍순이(2002), 「박경리 『토지』 연구-존재론적 생극론을 중심으로」, 『성심어문집』 24권, 성심어문학회, 195-254쪽.

방송자료

MBC 경남, 〈『토지』 완간 10 주년 특별 대담 '작가 박경리' 1, 2, 3부〉, 2004.

인터넷 인용자료

한국일보, "김호기의 100년에서 100년으로 「억압 버텨낸 생명의 존엄성 기록-민족정신 '든든한 창고' 짓다」"(www.hankookilb0.com) 2020년 12월 03일.

한국민족문화대백과사전(http://encykorea.aks.ac.kr) 2020년 12월 03일.

국립국어원 표준국어대사전(https://stdict.korean.go.kr) 2020년 12월 03일.

찾아보기